A vida prodigiosa
de Isidoro Sifflotin

ENRICO IANNIELLO

A vida prodigiosa de Isidoro Sifflotin

Tradução
Ivone Benedetti

1ª edição

Rio de Janeiro | 2023

CIP-BRASIL. CATALOGAÇÃO NA PUBLICAÇÃO
SINDICATO NACIONAL DOS EDITORES DE LIVROS, RJ

I17v
    Ianniello, Enrico
        A vida prodigiosa de Isidoro Sifflotin / Enrico Ianniello ; tradução Ivone Benedetti. - 1. ed. - Rio de Janeiro : Bertrand Brasil, 2023.

        Tradução de: La vita prodigiosa di Isidoro Sifflotin
        ISBN 978-65-5838-241-6

        1. Romance italiano. I. Benedetti, Ivone. II. Título.

23-86254
        CDD: 853
        CDU: 82-31(450)

Meri Gleice Rodrigues de Souza - Bibliotecária - CRB-7/6439

Copyright © Enrico Ianniello, 2015.
Traduzido e publicado por acordo com Agência Meucci — Milano e Andrew Nurnberg Associates — Londres.

Este livro foi publicado mediante contribuição do Ministério das Relações Exteriores e de Cooperação Internacional da Itália.

Texto revisado segundo o Acordo Ortográfico da Língua Portuguesa de 1990.

Todos os direitos reservados.
Não é permitida a reprodução total ou parcial desta obra, por quaisquer meios, sem a prévia autorização por escrito da Editora.

Direitos exclusivos de publicação em língua portuguesa somente para o Brasil adquiridos pela:
EDITORA BERTRAND BRASIL LTDA.
Rua Argentina, 171 — 3º andar — São Cristóvão
20921-380 — Rio de Janeiro — RJ
Tel.: (21) 2585-2000,
que se reserva a propriedade literária desta tradução.

Seja um leitor preferencial.
Cadastre-se no site www.record.com.br
e receba informações sobre nossos
lançamentos e nossas promoções.

Atendimento e venda direta ao leitor:
sac@record.com.br

A Carlo, doador de inocência.
A Gabriella, doadora de sorrisos.
A Peppe, o cego, capaz de assobiar
até às portas da morte.

There was a boy
A very strange enchanted boy
They said he wandered very far
Over land and sea
A little shy and sad of eye
But very wise was he
[...]
The greatest thing
You'll ever learn
Is just to love
And be loved in return.

NAT KING COLE, *Nature Boy*

Primeira parte

I.
Pri-í-í

O meu nome não é exatamente Isidoro Sifflotin, eh.

Quer dizer, não foi sempre esse, tive também outros dois nomes: o primeiro era Isidoro Raggiola, bem no comecinho, filho de Quirino Raggiola e Estrela Demar. Já sei, o nome da minha mãe parece gozação; a verdade é que os pais dela eram daqueles cheios de imaginação que, sabendo que Demar seria seu sobrenome, se divertiram procurando um nome que combinasse, como uma camiseta com as calças, e escolheram Estrela. Havia outros exemplos desse tipo no lugar; de fato uma coisa que na época se usava era essa de combinar o nome com o sobrenome; vou lhes dar só os dois mais estranhos: o do pedreiro Aniello Santaniello e o da filha do doutor Damorte, que foi batizada como Ilha — e, naturalmente, chamada por todo mundo de Lina. Quando essa moda pegou no povoado, o pároco fez o diabo, desabafando a raiva numa homilia que dizia mais ou menos o seguinte:

— Como vamos batizar essa menina? Para? E o teu sobrenome qual é...?

— Madonna. Tonino Madonna, padre.

— Toni', mas que carai de nome é esse? Para? De Giuseppina, Concetta, Anna vocês não gostam? Que que é isso?! Na semana passada me fizeram botar o nome de Jardim num pirralho! É o filho do Peppe Florido! E ele agora se chama Jardim Florido! Já chega, tá!

— Mas nós estamos fazendo isso por devoção, padre, queremos dedicar a menina Para Madonna.

Era uma cidadezinha rural, uma cidadezinha de montanha.

Que tinha só um médico, e ele também era dono da farmácia e pai da Ilha. Imagine só ter essa profissão com esse sobrenome; por sorte eram simpáticos, e no fim ninguém pensava que estava indo ao doutor Damorte, porque seria como comprar docinhos da marca Intoxikante, boias salva-vidas da marca Fincruel e remédios Aguarrala. Para a minha mãe, no fim das contas, até que deu certo, se bem que o mar ficava longe, a uns cem quilômetros, e se chegava lá por uma estrada que ia atravessando todas as cidadezinhas, uma a uma, montanha abaixo de montanha. O nome dela era a coisa mais marítima que havia em toda a região; eu, por exemplo, não vi o mar até os dez anos, e mamãe não sei se alguma vez viu. Sim, quem ia ao mar dizia alguma coisa; falava dos banhos, da areia e de tudo o que se fazia por lá. Seria melhor que os nomes das pessoas fossem dados no fim, na hora da morte, e então mamãe se chamaria Estrela de Massa, e esse seria o nome certo. Por sorte, meus pais não entraram na brincadeira do nome; no meu povoado, meu sobrenome — Raggiola — significa Ladrilho, e não quero nem pensar no que podia dar isso. Talvez me chamassem de Quebra ou Racha, mas, ao contrário, os outros meninos das escolas primárias trataram de mudar meu sobrenome bem depressinha; na época, eu já assobiava, se bem que ainda com a técnica vocal, e todos me conheciam e me chamavam de vários modos, como Apitinho ou Passarinho, porque eu ainda não tinha conhecido o francês, mas na escola me chamavam de Isidoro Poucapança, porque a pele da barriga e a coluna vertebral se separavam com dificuldade para dar espaço àquele punhadinho de estômago que eu tinha. No entanto, eu comia, era impossível não comer na minha casa, mas corria, corria, corria o tempo todo, e assobiava, sim, mesmo correndo, como aquelas andorinhas que gritam voando, aquelas de que falávamos antigamente. Eu assobiava como um mainá, naquela idade. Vocês sacam o som do grito do mainá?

Logo depois que nasci, apertei os olhos, estava com os punhos azuis de tanta tensão, abri a boca e fiquei vermelho, como todos os recém-nascidos. Mas nao chorei, eh, não; gritei, mas não chorei. O ar entrou imperioso e sem ser convidado nos pulmões não adestrados, e eu o repeli com toda a minha força, mas não chorando, não fiz "inhé". Fiz "pri". Assobiei. Depois fiquei quieto durante algumas horas. Me limitei a olhar o que estava acontecendo dentro de casa, e o que acontecia era o seguinte: primeiro enfiaram um tubo no meu nariz — para liberar minhas vias respiratórias, acho que foi isso que a enfermeira disse —, e aí lancei o segundo assobio, que a deixou mais preocupada que o primeiro, tanto que ela foi correndo pegar uma lanterna e lançou na minha garganta um feixe de luz da grossura de um aspargo, na tentativa de entender o que havia de estranho no meio de toda aquela meleca nojenta. Depois me lavaram, me limparam direitinho, se bem que me reviravam e giravam que nem um cabrito, enquanto papai ficava perto de mamãe, acariciando mamãe sem parar, os dois olhando contentes, mamãe com as mãos sujas, como sempre, de farinha em pasta e em crosta. Depois me puseram no berço, mas o berço de verdade eles ainda não tinham, porque quem devia dar o berço era um parente de um vizinho de um conhecido de um amigo que estava na Alemanha e tinha um novinho em folha, que ia dar de presente, ia trazer no próximo verão, exatamente para mim; mas eu tinha nascido antes do tempo, e o berço ainda estava na Alemanha e lá ficaria, na verdade. Então mamãe, assim que sentiu as primeiras dores, não se deu por vencida, mesmo sendo aquele o primeiro e único parto: antes de se preparar para enfrentar todo aquele trabalho, fez dois belos quilos de massa bem macia e a acomodou no grande tabuleiro redondo que em nossa casa também servia de mesa. Enquanto sovava a massa com aqueles belos braços musculosos e brancos que pareciam feitos também de massa, de vez em quando parava para dizer "Ui Nossa!", papai dizia "Estrela, o que foi?", "Nada", respondia ela, e continuava amassando. Depois foi a vez de um "Ui Jesus!", um "Ui Sant'Antônio!", um "Ui São Brás bendito!", e no fim, justamente, num crescendo irrefreável de santidade, chegou a hora do Grande Chefão, e ela exclamou um "Ui Meu Deeeeus!!!" na contração mais forte: a bolota de massa estava pronta e enfarinhada. Pediu a papai que a cobrisse, porque tinha posto um pouco de fermento para ficar mais macia. Com uma cobertinha tricotada de todas as cores por cima, esse foi meu primeiro lindo berço, de massa fermentada. E naquela fofura passei toda a noite e a madrugada de olhos abertos, com meu pai ali perto: eu olhava para ele, e ele olhava para mim. Ainda bem que no povoado morava aquela enfermeira, porque toda vez que havia um parto prematuro não dava tempo de ir para o hospital, distante sessenta quilômetros, e então era ela que fazia tudo.

Já nos primeiros dias eles se acostumaram com meu modo estranho de chorar, com aqueles gritos apitados ascendentes, "pri-í, pri-í", que mamãe se gabava de reconhecer imediatamente.

— Pri-í.
— Fez cocô.
— Pri-i-í.
— Quer mamá.
— Príííííííí
— Pega ele no colo, Quirino!

Antes de fazer um ano, em todo caso, eu já sabia dizer as primeiras palavras, e o assobio diminuiu bastante; além disso, comecei a entender um pouco melhor como eram a minha garganta e a minha boca, o meu "aparelho fonador", como me disseram que se chama. Então, se queria chorar, eu chorava como todas as outras crianças, e todos se esqueceram do assobio, inclusive eu, até que Ali chegou; Ali era um lindo mainá indiano.

Não é muito certo dizer que ele chegou, é mais o caso de dizer que foi trazido. Mattinella — o meu povoado — na verdade não estava na rota de arribação dos mainás, estaria na rota de arribação de outros pássaros, mas não dos mainás, penso eu. Ali foi comprado pelo senhor Alfredo Esmo, o dono da empresa de zootecnia A ESMO.

Os pais dele tinham lhe dado um nome comum, Alfredo, mas, com aquela inicial pinchada na tabuleta, sem ponto, ele tinha estragado tudo. Para completar o serviço, a filha dele, casada com o senhor Nicola Ottavio Largo, depois foi morar no apartamento de baixo, e, no térreo, morava a senhora Dante, viúva. Os interfones, de cima para baixo, tinham as seguintes inscrições:

A ESMO
N O LARGO
DANTE

Mas o nosso também era bonito: Raggiola-Demar, ou seja, ladrilho de mar.

Pensei muito nisso. Já imaginaram ter um ladrilho feito de mar? Vinte centímetros por vinte de mar na sua casa, com um peixe passando por dentro de vez em quando e depois desaparecendo? E aí você põe o tal ladrilho apoiado na mesa de cabeceira, e de manhã fica olhando a cor do mar durante dez minutos antes de ir trabalhar? E, nessas alturas, se é possível ter um ladrilho de mar, então se pode ter um piso de mar, trinta metros quadrados mais ou menos de água azul, uma sala de jantar com mesa e sofá, e a água debaixo dos pés, e gente que passa nadando, pleno verão! Bom dia! Oi, meu caro! Ou até uma casa inteira, feita de ladrilhos de mar, que espetáculo!

O senhor Esmo tinha uma espécie de comércio numa ruela atrás da praça, onde se podia comprar máquinas agrícolas, fardos de feno, colheitadeiras, azeite, tudo. No estabelecimento não havia nada: a porta de aço, quando se desenrolava, dava para uma sala vazia, mas vazia mesmo, e no centro dela havia uma escrivaninha com tampo de fórmica verde e duas cadeiras, uma na frente e outra atrás. Na de trás quem se sentava era o senhor Esmo, e na da frente, o lavrador que ia fazer a compra.

E o empresário Alfredo Esmo sempre começava com o mesmo convite:

— Digue.

Era gentil, queria convidar o outro a falar. Mas, ignorante, estava convencido de que se diz "digue", e não "diga". Enfim, o senhor Esmo se declarava conhecedor e aficionado de animais exóticos. Sua enorme coleção consistia em: um iguana roubado de uma casa de Caianello (e vai entender o que fazia um iguana em Caianello), um cachorro pelado que tremia em pé — "esse aí é um cachorro africano, vocês não entendem porra nenhuma, aqui ele sente frio, por isso é que treme", disse uma vez na praça — e agora um mainá. O mainá Ali foi colocado numa gaiola que ficava na entrada da lojinha e assobiava para todo mundo que passava. Tinha aprendido o assobio para quando as garotas passavam (Fuí-Fuiu!), o que era para mexer com os homens (Ti-too!) e o ascendente "simples", de mainá, justamente (Tooooí!).

As ruas do povoado eram poucas, portanto quis o acaso, e conseguiu sem muito trabalho, que eu passasse exatamente por lá um dia, junto com meu pai Quirino. Eu teria uns dois anos. A gaiola estava no devido lugar, mas, assim que o mainá me viu aparecer na esquina, lançou o seu "Tooooí!" veloz como uma lagartixa em fuga. Papai chegou alguns segundos depois, porque era mais lento e, principalmente, sempre andava lendo jornal. Minha mãe dizia toda vez:

— Quiri', como você consegue cuidar do garoto e ler jornal?

— Com a visão lateral — respondia ele, indicando o olho esquerdo, estrábico, todo virado para a esquerda.

O fato é que, fosse com a visão central, fosse com a lateral, ele percebeu que eu parei, encantado, porque também parou. Não havia ninguém na rua além de nós, estávamos dando a nossa voltinha das cinco da tarde pelo povoado, e era eu que, caminhando, decidia que rua pegar, e ele vinha atrás, lendo o jornal.

O mainá ficou me olhando, e eu olhando para ele. O mainá movimentava o pescoço de solavanco, e me dava vontade de fazer o mesmo gesto. Ele apontava o bico para o alto? Eu também apontava os lábios pequenininhos. De repente, ele abriu aquele belíssimo bico amarelo e ficou parado, sem assobiar, e eu fiz a mesma coisa, fixando-o de lado, com a boca aberta. Éramos uma espécie de espelho menino/pássaro, os dois parados, com a boca aberta, de perfil, olhando-se com um olho só. Atrás de mim, Quirino lia tranquilamente o jornal; mesmo assim, eu me virei para ter certeza e percebi que o olho esquerdo, o descentrado, despontava da beira da página e olhava para mim. Tinha razão, o Olhar Lateral! Enquanto eu voltava a olhar o meu novo companheiro de brincadeira daquela tarde, Ali soltou com toda força outro dos seus assobios melodiosos, uma curva descendente e depois uma chicotada final para o alto, um belíssimo "Tiu-u-u-u-í!". Estupendo! Que lindo aquele som! Eu estava entusiasmado, também precisava fazer aquilo, e fiz. Respirei fundo pelo nariz, como tinha acontecido naquela primeira vez depois de nascer, pus a boca na posição do *u* e lancei aquele assobio estupendo, igual, idêntico, cuspido e escarrado. TIIUUUUÍ! Sim, gritei, não assobiei; eu não sabia assobiar ainda, não sabia apagar velinhas e todo o restante do repertório das crianças que não sabem soprar nem tomar suco de canudinho, mas em algum lugar do meu corpo estava escrito: ASSOBIE! E então gritassobiei (essa quem inventou foi papai, porque, além de muitas outras coisas, ele era inventor de palavras) com toda a capacidade das minhas cordas vocais de menino. Ali me olhou impressionado. Sem dúvida nunca tinha visto um mainá daquele feitio, branco, grande, sem asas e com todas aquelas patas, e então me lançou um desafio: outro assobio, uma espiral com três aberturas e fechamentos, um "Tuí-Tuí-Tuí" que apanhei no ar — aliás, com o mainá, só podia mesmo apanhar no ar!

    Continuamos por mais algum tempo, Ali propondo, eu repetindo: conversávamos. Com os adultos eu tartamudeava, repetia algumas sílabas de qualquer jeito, ainda não ia muito além de mmá, ppá, aua, mas com Ali eu entabulava uma falação fenomenal. Ele contava da Índia, dos voos feitos para chegar ao povoado, dos desertos, dos animais que tinha comido e dos que tinham tentado comê-lo, dos amores que tinha deixado em sua terra, de como o senhor Esmo o tratava, e eu ia repetindo cada coisa, para garantir que tinha entendido. Depois de algum tempo, porém, os adultos se cansavam de tanto assobio e nos separavam, até porque papai e Esmo não simpatizavam muito um com o outro; aliás, os dois se detestavam abertamente.

Mas a partir daquele dia eu quis passar sempre por lá, para ver meu amigo indiano Ali.

II.
Quirino, quer...?

Enfim, o meu nome vocês entenderam; mas, alguns meses antes de eu fazer dez anos, aconteceu um milagre. Primeiro, porém, preciso falar de um dia "normal" em nossa casa, um dia sem milagres, digamos. Começa da seguinte maneira um dia qualquer na casa Raggiola-Demar: o despertador toca no quarto dos meus pais, são seis horas, eu ouço e me viro para o outro lado, gosto muito de acordar e pensar que posso dormir mais uma hora e meia; então me ajeito um pouco no travesseiro e depois desmorono de novo até as sete e vinte, mais ou menos. Quirino — papai — dorme no lado esquerdo da cama de casal, apoiado no flanco esquerdo. Abre o olho esquerdo, o descentrado, todo virado para a esquerda, olha o despertador e o desliga. Obrigado pela posição, precisa fazer isso com a mão direita e não gosta muito, sempre foi um homem de esquerda. Levanta-se e apoia no chão o pé esquerdo primeiro. Abre a portinha da mesa de cabeceira — bobagem dizer com qual mão — e tira de lá uma garrafa de água de um litro e meio, preparada na noite anterior, e um envelopinho branco com um pozinho que fica à esquerda da garrafa, e vai para o banheiro. Ele se constitui — na escola me ensinaram a escrever assim, constituir-se — no maior Consumidor Mundial de Idrolitina. Começou a usá-la na juventude, encantado com o gosto salgado e refrescante daquelas bolinhas, apaixonado pela manobra de preparação, segundo ele extremamente relaxante, feita na época, pelo que contou, com dois envelopinhos, um vermelho e um azul.

Começou até a colecionar as caixinhas amarelas, cujo *desainér* antigo — assim dizia — apreciava; nas caixinhas vazias havia de tudo, parafusos, moedas; uma vez ele tentou até dobrar uma camisa, para ver se conseguia enfiá-la, e não conseguiu por pouco; também separou cinco Caixinhas Especiais, e dentro delas ficam as frases que ele copia de livros, jornais, de todo lugar; recorta as frases que o impressionam e as põe em ordem, dobradas nas caixinhas, e de vez em quando as abre na mesa da cozinha, do mesmo modo como mamãe estende a massa, para fazer a Noite das Belas Palavras, quer dizer, um jogo em que ele toma uma frase ao acaso — antes põe todas viradas para baixo —, lê em voz alta, e eu e mamãe precisamos dizer tudo o que nos vem à cabeça, assim, à toa, sem regras, e ele diz que fazemos poesias belíssimas, "cheias de independência", que, se alguém as escrevesse, logo ganharia o Nobel da Liberdade de Palavra.

Por exemplo:

Frase encontrada num jornal
(mas, na minha opinião, inventada por ele)

Quem não sofreu cantarola.
Quem sofreu canta.

Belas palavras:

O Peppino come pouco e fala muito / Quem não escuta mãe e pai vai morrer onde não nasceu / vou dar uma volta de barco / eu gosto de você, mas de manhã cedo / quem não tem suflê come pouco, quem tem suflê come tudo! / pra mim pra mim pra mim / voaaaar / pesar pesa, mas é leve / ahaha ri você, porque a mamãe fez nhoque / ânimo, Pascá', a vaca deu leite azul, então é do Napoli / ouro ouro nos cabelos ouro nas lembranças / peras e maçãs, peras e maçãs! / chora o telefone apaixonado pela geladeira / estradas do campo / brrrraaaaaccrrrrrruuu!

A mim não parece poesia bonita, aliás, não se entende nada, mas é divertido mesmo participar daquela cascata de palavras sem sentido, e às vezes eu até uso o jogo para dizer todas as coisas que não tenho coragem de dizer fora do jogo, e que nem sei direito o que significam, até porque nada é proibido, nem palavrão nem nada, e aí criei coragem de dizer pela primeira vez "boquete", "tomá-no-cu", "punheta", assim como "gastrite", "intelecto" e "adulador", e talvez o jogo sirva para eles saberem o que me passa de fato pela cabeça, vai saber, porque, quando eu digo uma dessas palavras, o papai olha para a mamãe meio que dando uma piscadinha.

Então eu estava dizendo que o Quirino vai para o banheiro de manhã, fecha a porta à chave — bobagem, porque nós sabemos muito bem o que vai acontecer lá dentro durante os quarenta e cinco minutos seguintes — e liga o rádio no jornal. Aí abre a água quente do bidê, depois de tapar o cano de saída. Deixa escorrer pouquíssima água fervente, que só serve para regular a temperatura, e sacode o envelopinho com dois dedos, para deslocar o conteúdo todo de um lado; nessa altura, rasga com perfeição uma tirinha retíssima — para conseguir que ela saia assim reta, antes ele a dobra algumas vezes, para um lado e para o outro, sussurrando lá consigo a regra do arame —, aperta as bordas do envelopinho para "funilizá-lo", como diz com uma das suas palavras inventadas, e derrama o pozinho na garrafa de um litro e meio, dose calculadíssima em anos e anos de prática. Tampa a garrafa e fica boquiaberto olhando aquela neve sutil descer devagar pela água, encontrando-se com as primeiras bolhinhas velozes que voltam à superfície serpenteando.

"Parece a transição entre os velhos e os novos", diz nessa altura, inclusive quando prepara Idrolitina para o jantar, e diz sempre "os velhos vão devagar para o fundo, mas são eles que deixam a parte de cima livre para os jovens, que correm disparado para a superfície, achando que vão encontrar sabe-se lá o quê. Em vez disso, encontram os velhos que, descendo, murmuram 'nada de extraordinário'..."

Acho que só nesse ponto Quirino acorda de verdade

Põe a garrafa totalmente à esquerda, para olhá-la com o olho descentrado. Quem o visse de trás, acharia que está absorto a olhar a janela à sua frente, mas na verdade olha a garrafa que está ao lado, apoiada no movelzinho. Depois de dar três poderosos giros — vai saber por que sempre precisa girar com tanta força! —, segura a garrafa perto do ouvido esquerdo e, abrindo bem devagar a tampa de cerâmica branca com guarnição cor de laranja, daquelas presas com arame no vidro, ele se delicia ouvindo o pfff da efervescência que anuncia o começo de um novo dia. Para ele, esse pfff é mais importante que o aroma do café da manhãzinha, revigora-o mais que o bom desjejum campesino que Estrela está preparando na cozinha. Mas ele não tem a menor intenção de beber o conteúdo da garrafa, de jeito nenhum!

Esse é o momento: seis e dez, no banheiro também entra a primeira luz fresca da manhã, e a elétrica é rigorosamente apagada. Naquela penumbra mágica da aurora — "Gosto porque é uma penumbra cheia de esperança, da noite que está acabando, não é a penumbra da tarde, que é triste, porque o pouco de luz que ficou vai embora muito depressa, engolida pelos cantos", diz —, naquela penumbra ele abaixa as calças, despeja o conteúdo da garrafa no bidê, mistura rapidamente com a mão, senta-se com as pernas abertas e lava as bolas.

Lava bastante, por muito tempo, lava com prazer, deliciando-se com a efervescência que o rejuvenesce, com a massagem daquela água fresca e espirituosa que se estende até a parte de baixo da barriga e depois escoa rápida pelos cantos obscuros daquele corpo de trinta e oito anos, baixo, barrigudo, torto, estrábico e peludo. Sente a carícia das borbulhas, olha as gotas que escorrem entre os dedos, está convicto de que sente — e talvez sinta mesmo — toda uma vida frisante que começa a despertar e transmitir-se para as pernas, para o peito lanudo e brilhante de bolhinhas de água, para as axilas. Porque aquele se tornou o seu modo de tomar banho, "o banho bolocêntrico", diz ele. De fato, com um copo, ele recolhe a água morna que contém Idrolitina e a despeja no corpo, nos cabelos, nas costas, no rosto, depois de se ensaboar com um sabonete de azeite de oliva feito pela mulher de um camponês amigo seu. Até ajeitou um espelhinho na frente do bidê, e naquela mesma posição também faz a barba. Quando toda a água do bidê está no chão, a operação pode ser dada por concluída; então ele se levanta, enxuga pacientemente o piso, enxuga o corpo e passa demoradamente pelo rosto um lindo creme com perfume de limão.

Tentou convencer Estrela a lavar-se pelo mesmo sistema, e ela faz isso de vez em quando, para contentá-lo, mas não vê o mesmo benefício. Ele, porém, se gaba de "nunca ter tido problemas!" graças àquela lavadura, que energiza, refresca, tonifica, desperta e põe em movimento o que precisa ser posto em movimento no corpo de um homem! E também se gaba de não ter nem um fio de cabelo branco, porque "debaixo do couro cabeludo eu tenho ar fresco, e não o veneno dos pensamentos *mefétidos*".

Essa palavra ele também inventou; significa "mefíticos e fétidos".

A felicíssima lavada é acompanhada por comentários sobre as notícias do jornal radiofônico, sempre iguais, tradicionais, digamos: "Um sacana", para certo político, não um qualquer, mas especificamente aquele; "Mais um sacana", para outro político da mesma tendência; "Um malandro" e "Um enganador", falando de outros dois protagonistas da cena política do lugar. Depois seguem "Um bocó", "Um inútil", "Um lacaio", "Um servo da gleba" — deste último comentário, não sei por quê, ele gosta bastante e o impingiu a um democrata-cristão do Norte, talvez para dar a entender que é preparado —, e depois um inquietante e inapelável "Que nojo".

Só quando o rádio fala de Enrico Berlinguer, cita frases de Enrico Berlinguer, alude a Enrico Berlinguer, Quirino diz com voz firme e convicta: "Esse sim." E repete: "Esse sim, esse sim, esse sim."

Não que não soubesse argumentar, ao contrário, atenção, papai era o representante sindical da sua fábrica, amado em toda a província exatamente porque sabia falar. Mas não era famoso por saber pôr as palavras em fila, ser ouvido, ser convincente e se vangloriar disso, não, não é por isso que gostavam dele, o motivo era outro: ele sabia falar para as cabeças que tinha diante de si, falava *para escutar*, pronto, eu poderia dizer assim.

E, quanto mais escutava, mais falava.

Por ele, seria um taciturno.

Às seis e dez, quando começa a lavada de bolas, Estrela, minha mãe, também se levanta e vai para a cozinha. Prepara o desjejum para o Quirino dela: pão e linguiça, um tomate-maçã e um copo de vinho. E um belo café. Ela sempre diz que não entende como Quirino consegue comer aquela coisa toda às seis e meia da manhã, mas ele responde que ela, se também se desse aquela lavada energizante, teria uma bruta fome de gente sadia e ativa, como ele. Não que mamãe fosse mirrada, eh; pesava setenta e seis quilos e era bem avantajada de carnes.

Acabando de comer, Quirino vai trabalhar, levando na maleta o almoço que mamãe cozinhou; na porta, ela lhe dá um beijo, depois põe a mão aberta nele bem lá no meio e diz "você está bem fresquinho hoje também?", e ele, sorrindo e arregalando os olhos que enxergam do Tirreno ao Adriático, responde "estou energizado!" e a beija por sua vez.

Depois ela entra com um bilhete na mão. Isso eu não deveria saber, naturalmente, porque na minha idade essas coisas a gente não deve saber, mas nessa hora eu também já estou em pé para ir à escola, e sempre vejo essa cena fazendo de conta que não estou vendo, e acho aquilo bem engraçado.

Quando ficamos sozinhos, eu e mamãe comemos juntos. Ela faz para mim pão ensopado no leite, de que eu gosto muito; mas sempre mete três ou quatro biscoitos picados no meio, e, quando você está comendo o pão ensopado, com uma fome de louco, como a que eu tinha, e de repente dá com o pedacinho doce de biscoito no meio do miolo, a única coisa que pode fazer é sorrir, mesmo sem querer. A propósito, papai tinha inventado a palavra *docedente*, que não significa dente melado, mas é uma fusão de *doce* e *surpreendente*: um raio de sol que entra pela janela enquanto você está de costas pode ser docedente, uma lufada de vento de verão debaixo de uma figueira pode ser docedente, os *tagliatelle* de mamãe à noite, quando ele não espera, são docedentes. Ele disse a um colega que voltava a trabalhar depois de ter resolvido inesperadamente um sério problema familiar: "Está vendo que bela *docedentada* a vida lhe reservou?", deixando-o embasbacado. Papai inventava as palavras quase sempre desse modo, fundindo duas outras. Às vezes fazia isso por exigência técnica, digamos, quer dizer, para "condensar duas utilidades"; em outros casos, como em *docedente* ou *mefétido,* era porque "algumas palavras estão no meio de outras duas, são feitas de duas metades, e não são nem uma nem outra".

Depois me apronto para ir à escola, ajeito a pasta nas costas e me ponho a caminho, enquanto ela se transforma em Estrela de Massa.

Depois de se despedir de papai a seu modo, Estrela — mamãe — entra em casa com um bilhetinho na mão. Não é propriamente um bilhetinho, para dizer a verdade, é uma folha grande, escrita com letra bem apertadinha, que papai lhe dá. Durante anos achei que fossem cartas de amor escritas no banheiro, naqueles quarenta e cinco minutos do amanhecer. Mas depois percebi que — antes do toque mágico da mão de mamãe entre as pernas dele e da troca de beijos apaixonados — papai, saindo de casa, pega a Encomendia (a Encomenda do Dia, fusão técnica). Na porta de nossa casa, que dá diretamente para a rua, há um preguinho. Lá, todas as noites, às sete horas, papai pendura uma folha de papel em branco, sempre com um lápis pendente de um barbante. Os habitantes do povoado, o dono da cantina Sant'Angelo e até os donos de outras duas cantinas dos povoados vizinhos, passam pela frente da nossa casa e escrevem a massa e a quantidade que querem para o dia seguinte, e mamãe faz o que pedem e vende.

Às oito da manhã, em resumo, na nossa casa há neblina. Há neblina porque mamãe pega uma tina enorme, despeja nela vários quilos de farinha, água morna, ovos, sal, e começa a fazer a massa. Isso exige uma força incrível, mas é o espetáculo dos espetáculos, para mim, quando posso ficar em casa vendo: depois de prender todo o cabelo com um lenço branco de linho cru — ela guarda todos os seus lenços dobrados em triângulo numa gaveta que cheira a sacristia —, ela assume posição de pernas abertas, apoia o recipiente na levantina, que é um banquinho de madeira construído e batizado por papai, e faz a montanha de farinha com um buraco no meio. E aí se ergue a primeira bufadela de neblina. Depois, ela põe no meio ovos, água e farinha, e mexe, mexe, e a cada virada se levanta outra bufadela branca, e em nossa casa de manhã às oito há neblina de vapor de farinha. Mamãe faz todo o trabalho em silêncio, e a gente só ouve os buff! e o rumor das mãos trabalhando a massa, aliás, não só das mãos, mas de todo o corpo, porque é uma participação geral, de músculos, inteligência, respiração e, principalmente, sentimento. Ela remexe com força aquela massa branca e poeirenta, que depois se torna úmida e grudenta, antes de ficar lisa, suave, elástica; ela lhe dá forma, depois volta a quebrá-la, girá-la, dar-lhe forma de novo, até que, entre seus braços — e suas pernas —, após uma boa meia hora de sova, se forma uma grande bolota branca, esplêndida, viva, acolhedora como o meu primeiro berço. Então ela a pega no colo, como a uma criança, e passa a trabalhá-la na superfície de madeira; e a amassa, abre, amassa de novo, passando o peso das costas para as mãos, apoiando-se e empurrando. Acho que nunca reparou, mas, a cada empurrão, ela emite um som, um ngh de esforço com a boca fechada, pensando em outra coisa, com o rosto relaxado e concentrado.

Papai me contou que se apaixonou por ela quando a viu fazer massa, e que ainda montaria nela por trás, quando ela está inclinada na mesa de madeira fazendo ngh. A verdade é que, depois de tantos anos manuseando farinha, as mãos dela ficaram macias, ágeis, sedosas, e no verão eu adoro ver a cor da farinha na sua pele bronzeada.

Nessa altura, terminado o primeiro tratamento da massa, ela pega a folha de papel e divide a bolota grande em bolotas pequenas, de acordo com os pedidos, e começa a trabalhá-las uma a uma na mesa redonda de madeira. Desenrola, achata, esbofeteia, acaricia e dá forma. No começo da Encomendia (Encomenda do Dia) surgia um monte de mal-entendidos, porque alguns chamavam as *lavanelle* de *pettole*, outros queriam *turcinielli*, mas chamavam de *muglitielli*, e até entre *tagliatelle* e *tagliolini* ninguém se entendia, porque para uns a *tagliatella* é mais larga, para outros, menos, e, enquanto este queria *tagliolini* em forma de ninho, aquele os queria esticados, e havia até quem chegasse a pedir formatos novos, como os *cannelloni* com cano cortado, *rigatoni* lisos ou em pedaços coloridos. Então papai resolveu a questão de uma vez por todas, grudando à Encomendia a Legassa (Legenda da Massa), ou seja, uma tabela caprichada em duas colunas: à esquerda, o desenho dos tipos de massa, à direita, os vários nomes com que podiam ser chamados.

Terminada a transformação das bolotas no produto final, o requisito seguinte é a secagem, e esse é o momento em que a minha casa fica mais bonita. Porque mamãe nunca quis um cômodo exclusivo para isso, dizendo que a massa precisa ouvir sua voz, e ela precisa ir ver a toda hora se o enxugamento e a elasticidade se mantêm, e assim, das dez ao meio-dia, temos centrinhos de mesa feitos de massa, forros de cadeira de massa, cortinas de massa, chuva de *tagliatelle* descendo do teto, *cannelloni* de cano cortado e comprido empilhados em canos e *spianarelle* arrumadas sobre o mármore da cozinha como pequenos ladrilhos. Nessa altura, se o piso realmente fosse feito de ladrilhos de mar, a minha casa seria uma *espetansia*, um espetáculo de fantasia.

Mas, como eu dizia, quando tinha quase dez anos, aconteceu outro milagre.

Certa manhã fui acordado pela campainha das nove. Às nove! O despertador de papai não tinha tocado, não havia cheiro de linguiça assada em casa, apesar de ser uma normalíssima quarta-feira de fábrica, escola e massa, não se ouvia o borbulhar da água no banheiro, não ouvia ninguém dizendo "Um sacana" e "Mais um sacana". Eu me levantei preocupado, pensando que talvez tivesse acontecido alguma coisa, e fui para a cozinha. Nada, tudo em silêncio, as persianas abaixadas, nem um grama de farinha no ar. Quando eu estava para ir olhar no quarto de mamãe e papai, bateram à porta, baixinho.

— Quem é?

— Abre, Isido'! É a dona Ieso!

Abri a porta, e a dona Ieso, nossa vizinha, me deu um enorme buquê de flores, literalmente maior que ela, falando bem baixinho, como uma espiã:

— Põe em cima da mesa, ligeirinho, que o pai e a mãe já vão se levantar. — E desapareceu.

Enquanto eu fechava a porta atrás dela, notando que a Encomendia não estava pendurada no seu preguinho, ouvi a voz estridente de papai:

— Oh-oh! A minha visão lateral está vendo uma coisa *entusiasmela* para você!

— O que será? O que será?

Do quarto saíram os dois de pijama, abraçados, despenteados e sorridentes.

— Uh Jesus! Que flores lindas! Pra quem será que são?

— E pra quem seriam, se não fossem pra você, que é a rainha do meu coração?

Eu olhava para eles e parecia estar vendo um filme com dois bobos de protagonistas, juro, não conseguia entender que diacho tinha acontecido com eles, nem como até os vizinhos estavam na jogada. E que história era aquela? Depois de cheirar as flores, de espalhá-las por toda a sala de jantar como teria feito naquela hora com a massa, pondo três numa mesa, duas em cima da televisão, três ou quatro no lustre, um par em pé sobre a geladeira como pequenos rojões, finalmente percebeu que seu filho não estava entendendo nada e se aproximou de mim, enquanto Quirino fazia café com um olho e com o outro nos observava com uma risadinha nos lábios.

— Hoje é um dia muito especial, Isidoro. Agora o papai vai fazer uma bolocêntrica rapidinha, você também toma uma bela ducha e põe a roupa boa com a gravata; o papai te veste. Depois nós três vamos fazer um servicinho.

Obedeci, mas eles estavam estranhos, eu não entendia mesmo o que tinha acontecido e que surpresa podia ser aquela. Seja como for, tomei a ducha e pus a gravata, como me tinha sido solicitado.

Duas horas depois estávamos na prefeitura: Quirino Raggiola e Estrela Demar queriam se casar. Sim, na época do noivado e de meu nascimento, eles quiseram contrariar as convenções e decidiram viver juntos e ter um filho sem se casar. Não tinham sido poucos os problemas criados por esse fato no nosso povoado montanhoso do Sul da Itália, mas papai dizia "terei a oportunidade de tratar com as pessoas a questão do Amor e da Lei, como se fosse uma tragédia grega!", e mamãe dizia "tá bom, Quiri', de qualquer jeito eu acho que a minha massa eles vão comer assim mesmo!". E como comiam! Aonde não chegaram os argumentos de Quirino sobre o Amor à Lei e sobre a Lei do Amor, a massa da Estrela chegou. A família Raggiola-Demar virou um acontecimento nas cercanias, e vieram fregueses novos até de outros povoados, que tinham ouvido falar da extraordinária habilidade macarroneira daquela fulana, aquela que coabitava pecaminosamente com o estrábico.

E, para brincar com a Publicidade Regional, papai inventou os *espagosos*, fusão técnica de Espaguetes Amorosos; na prática, pares de espaguetes *alla chitarra* trançados, hino ao amor feliz que se reconhece e pronto, amor de duas pessoas que se amam e reamam sem que a lei e a religião se metam no meio. Os espagosos até que tiveram boa venda durante certo período, porque um restaurante, usando o fuxico com a esperança de criar um mito à Romeu e Julieta — uma história de amor e morte que ajudasse a vender massas, xícaras, camisetas e todo tipo de *souvenir*, inspirado em beijos proibidos —, incluiu no menu os Espagosos à la *Vive l'Amour!* (um molho de carne pesadíssimo e picante que, servido com um montão de pecorino ralado, caía muito bem com aquelas trancinhas de massa); seja como for, naquele rincão encravado entre a Campania, a Basilicata e a Puglia, o prato fez muito sucesso, e os campônios, mas também alguns turistas de passagem, se empanzinavam com o tal macarrão, acompanhado de um vinho caipira, um mata-ratos, chamado Goela de Dragão.

Mas na história de Estrela e Quirino não havia suficiente sangue ou morte, aliás, não havia nada disso, e nenhum Shakespeare hirpino soube contá-la com toda a energia poética da tragédia. Assim, pouco depois, a torneira turística representada pela história dos dois amantes secou.

A celebração das núpcias correu bem, foi uma verdadeira alegria para todos, até acontecer algo que parecia ser uma surpresa ruim. Ao chegar a hora da fatídica pergunta "Estrela, quer se casar etc. etc...", mamãe respondeu com um sorriso e um SIM! maiúsculo, cristalino, que foi ouvido até da praça; depois o prefeito, que era irmão do pároco, voltou-se para o sindicalista Quirino.

— Quirino, quer se casar..

Quirino o olhava com o olho direito, um sorrisinho irônico e o rosto ligeiramente deslocado para a esquerda, numa atitude que parecia de desafio.

— Quirino, quer se casar com...

Nada, nenhuma resposta.

— Ei... Quirino? Quiri'!

Parecia encantado.

Sorria, e mamãe, maliciosamente, retribuía o sorriso.

— QUIRINO, quer... — repetiu o prefeito, elevando a voz principalmente no nome dele, mas nada. Nenhuma resposta. Os poucos convidados murmuraram alguma coisa, pensaram em algum ato político de esquerda do senhor Raggiola; alguém disse "será que não está se sentindo bem? Um derrame?", e outro "deve ser emoção, leva um pouco de água pra ele"; o padre, também convidado por amizade e provocação, fez um sinal para o irmão prefeito e disse em voz alta, mas achando que falava em voz baixa, como se estivesse ao telefone:

— Esse aí deve ser completamente tonto!

Papai não se movia um milímetro. Eu estava sentado na primeira cadeira do público, num lugar de honra, digamos: via papai imóvel, com a mão esquerda na mão direita de mamãe; depois desviei o olhar para ela, e vi que ela oscilava lentamente, para a direita e para a esquerda. Nem eu entendia bem que diacho estava acontecendo, mas me acudiu uma ideia. Lembrei que papai, no banheiro pela manhã, quando põe o pozinho na garrafa e a apoia no móvel à esquerda para olhá-la com a visão lateral, por trás parece estar fixando a janela em frente. Mamãe estava com um vestido branco bem decotado... Entendi. Fui até a frente deles, ao lado do prefeito, e vi que papai *parecia* olhar para ele com o olho direito, mas na verdade tinha o olho esquerdo enfiado entre os seios de mamãe, que retribuía o olhar oscilando, para deixá-lo ver melhor! E sorriam um para o outro! E o prefeito lá, repetindo "Quirino, quer se casar?", "Quirino, quer se casar!?". Então toquei na mão livre de papai, que reconheceu meu toque e voltou-se logo para me olhar.

— Diga lá, Isidoro lindo.

— Papai, o prefeito está fazendo uma pergunta.

— E o que ele quer saber?

— Se você, Quirino, quer se casar com ela, Estrela.

— Diga que ele é a única pessoa que ainda não sabe disso.

— É, mas ele diz que é você que precisa dizer.

Então o prefeito repetiu a pergunta pela última vez:

— Quirino, quer se casar...?

E ele, sorrindo, respondeu:

— Sempiternamente.

E a beijou.

O prefeito, erguendo os ombros, disse:

— Tá bom, agora pode beijar a noiva.

Terminado o longo beijo, Quirino respondeu:

— E eu estava esperando a sua autorização! — O que o fez sorrir, finalmente.

Depois houve a troca de alianças, que coube a mim entregar; mas, enquanto estava voltando para o meu lugar, papai me segurou pelo paletó.

— O nosso amado filho Isidoro Raggiola, conhecido no povoado como Apitinho, agora vai nos brindar com um resumo gritassobiado das suas conversas com o mainá do Esmo, que todos conhecemos como Ali.

Beijou minha bochecha e murmurou "obrigado"; mamãe fez o mesmo.

Eu não estava preparado para mais aquela surpresa, porém todos lá eram meus conhecidos e todos me conheciam, então não me dei por vencido. Além disso, nos últimos tempos, eu vinha aperfeiçoando cada vez mais o assobio vocal, o gritassobio como dizia papai, e agora sabia dosar muito bem a respiração, fazer saltos de até uma oitava e modular certas vogais explosivas ou sílabas trituradas na exposição do assobio. Então comecei com um "truí" triplo de aquecimento. A acústica da sala da câmara municipal era ótima para mim, produzia um eco demoradíssimo, permitia encadear perfeitamente os trilos e me poupava muita canseira.

— Toooííí-ííííií-ííítóóóóóóó! Trrrrééiiéé!! Pitiúúúúúúúooo-mooooááá ffíííí!!!

Gritassobiei que estava contente por eles, que eles eram bonitos, e lhes disse Felicidades e Filho Homem! Assim que acabei, todos aplaudiram bastante, talvez aquele fosse o primeiro aplauso da minha vida, e, no silêncio que se seguiu, ouviu-se pelas janelas abertas a voz do verdadeiro Ali, que, de sua gaiolinha, na ruela atrás da praça, respondeu: "Tráá-iúúúíí!"

Significava: "Muitas felicidades!"

III.
Primeira carta de amor escrita no banheiro

Estrela,

Por que escrevo querida ao lado do teu nome? Seria como se uma árvore fosse bonita só porque alguém diz "que árvore bonita". A árvore é bonita e pronto, porque é árvore, porque é forte, porque existe antes de nós e existirá depois de nós, e então é sábia e olha para nós como os sábios olham: com o sorriso de quem gosta da gente e nos entende, mesmo não sendo como nós. E então você é querida porque é Estrela. Além disso, é querida porque é você, querida mesmo que se chamasse Rodilha, Chicória ou Valeta. Depois, queria escrever que gosto de você, mas por que escrever? Quando te vejo, seja com a visão central, seja com a lateral, me alegro, minha pele se eletrifica, começo a rir porque percebo que a vida é uma gasosa! E então, em vez de dizer que te amo, deveria dizer aaaahhhhh!, como quando, no verão, a gente bebe água fresca na nascente e depois enfia as mãos também e joga toda aquela alegria na cara. Enfim, gostaria de escrever que gosto quando você sorri, e seria um grande erro escrever-lhe isso e pronto, como se fosse uma receita do doutor Damorte; porque, quando a gente vê os dentes brancos despontando no meio da tua cara e também quando ouve aquele teu riso com som de vidrilhos, eu não penso que gosto, penso que poderia construir um barco dentro de casa, jogá-lo pela janela e remar pelo meio dos campos até Mattinata, depois descer e andar a pé sobre a água até as ilhas Tremiti.

Aliás, perceba que Jesus Cristo caminhou sobre a água porque o pai o avisou que depois, a certa altura, você nasceria.

Tchau, Estrela querida, te amo e gosto quando você sorri.

Com amor,

Quirino

IV.
Mattinella, Andretta, Lacedonia e além: o verdadeiro sucesso não conhece limites

Naquele dia, no casamento, estava um colega sindicalista que também morava em Mattinella, como nós, ou melhor, era domiciliado em Pisciolo, mas tinha nascido em Lacedonia. Terminada a cerimônia, todos se aproximaram para cumprimentar e beijar os noivos, que marcaram um almoço à base de *massa estelar* — como papai definia — para o domingo seguinte.

— Vocês formam mesmo um belo casal, Quiri'!

— Obrigado, obrigado a todos, já sabíamos disso!

— E agora, o que vão fazer? Festejar sozinhos?

— Vamos fazer amor! — respondeu mamãe, ganhando outro beijão de papai.

— Então o menino vem comigo — respondeu Nocella, o colega sindicalista. — Ensino a ele um pouco de Marx e Engels enquanto vocês fazem o que precisam fazer!

E pegamos o caminho do bar-confeitaria.

— Pegue o que quiser — disse-me, indicando um balcão cheio de profiteroles, *cannoli, zeppole di San Giuseppe*.

— Profiterole de creme de limão — escolhi.

— Dois — disse Nocella, erguendo os dedos em sinal de vitória, mas só queria dizer dois, como se fosse um filme americano. — Vamos nos sentar à mesa, venha cá, precisamos conversar.

— Noce', não me fale nada de Marx, por favor, meu pai já me encheu a cabeça!

— Ah, é? E o que foi que ele disse?

— Tudo, o *Capital*, a classe operária, o proletariado, trabalhadores de todo o mundo uni-vos, silva o vento, ruge a borrasca,* camisa vermelha** e o sol do futuro.

— Não, que Marx, que Sol do Futuro, que nada! Aqui estamos em Mattinella, no meio dos campos e das montanhas, um mar daqui e um mar dali. Aqui, Marx, em vez de escrever *O Capital*, no máximo podia escrever *O Capitoso*. Quero falar de outra coisa. Mas sabe que você é bom mesmo nessa história de assobio? Mas bom, bom; aind'agorinha, eu estava te ouvindo na Prefeitura e fiquei todo arrepiado! Parecia que você tava falando que nem um passarinho, no duro.

— E estava mesmo, não escutou o mainá Ali respondendo?

Chegaram os profiteroles de creme de limão, o doce de que eu mais gostava no mundo, no duro, e o Nocella também, na minha opinião, porque, mal tinha chegado o dele, já pediu outro e o devorou em duas bocadas precisas. Nocella era gordo, sem dúvida nenhuma, não um gordo daqueles de que a gente pode dizer "é cheinho", como havia tantos em Mattinella, nem era um gordo daqueles de quem a gente pensa "talvez precisasse emagrecer um pouquinho". Era gordo e pronto, grande, alto e cheio de barriga em todo lugar, até na cara. Papai o chamava de Canção, e ele ficava muito feliz, porque por hobby tocava acordeão, por isso gostava de ser chamado assim; mas em casa sabíamos que se tratava de uma palavra quirinesca, simples contração de "*Caralho*" e "que pan*ção*!".

— Então, o que é que você falou assobiando agora há pouco?

— Desejei felicidades, disse que eram bonitos, e Ali, o único que entendeu, respondeu de longe, também desejando felicidades.

---

* Orig., *fischia il vento infuria la bufera* — canção de resistentes: letra composta pelo médico Felice Cascione em 1943, sobre a melodia russa *Katyusha*. Um de seus versos contém a expressão *sol dell'avvenir*, sol do futuro, citada a seguir, mote de grande difusão entre socialistas, que serviu de base a canções, livros e filmes. [N. da T.]

** Orig., *camicia rossa*, canção garibaldina, letra de Rocco Traversa, música de Luigi Pantaleoni. [N. da T.]

— Mas não posso acreditar, olha, você é espetacular! Escute, você sabe que eu toco acordeão e faço concertos por toda a Itália e além, não?

— É, o papai me disse mais ou menos isso...

— Então eu pensei uma coisa — disse, e parou encantado diante do segundo profiterole que chegava.

Agora ele devora esse aí correndo e me diz que ideia teve, pensei.

Que nada, aconteceu uma coisa bem estranha: enquanto o primeiro profiterole não tinha durado nem cinco segundos, o segundo ele comeu bem devagarinho, em dez bons minutos, lambendo o creme que transbordava pelos lados, cheirando, passando os dedos nas encrespaduras de massa; em alguns momentos parecia que, antes de abrir a boca para morder, ele até dava uns beijinhos no doce, com a maior delicadeza; durante toda a operação, Nocella não falou. Terminando de verdade, depois de lamber os dedos que tinham sido responsáveis por sustentar a massa e de emitir um suspiro de satisfação, ele me olhou fixo por um pouco de tempo e, agora com um suspiro triste, disse:

— Na revolução ficou faltando o assobio. Todo mundo sempre emputecido, sempre combativo, até aí tudo bem, pelo amor de Deus, mas as pessoas se assustam. A única coisa que assobia é o vento, antes de o vendaval rugir, pode ser uma coisa dessas?! Caramba, assim não dá! Em vez disso, a gente precisa assobiar com leveza, foi nisso que você me fez pensar. A gente precisa ser como os passarinhos, que se contentam com pouco, não se preocupam com o futuro, abrem as asas e voam e assobiam, e você vê eles e quer voar que nem eles.

Ah, tá, vai nessa, pensei, tem vontade de abrir as asas, você, e quando vai se levantar do chão...?

— A revolução tem de ser assobiada, a justiça social tem de ser assobiada, o comunismo precisa virar um assobimunismo, em resumo!

— E aí deu pra sentir claramente a influência de Quirino sobre ele. — Desse jeito a classe operária pode se conscientizar da sua situação por meio de um código de linguagem que deve continuar desconhecido pelos patrões exploradores... Eu, nos meus concertos por toda a Itália e além, primeiro toco as canções napolitanas, depois as canções de protesto. Quando toco as canções napolitanas, as pessoas ouvem, cantam, sorriem. Mas, quando ataco de *El pueblo unido camasserá vensido*, que eu faço num arranjo meu muito forte, com elementos culturais do território, alguns moços cantam, um barbudo ou outro levanta o punho cerrado — os de sempre, que a gente já sabe quem é em todos os lugares —, mas e os outros? Ficam conversando lá das suas coisas. E, quando eu termino, sempre tem uma velhinha pra gritar "*Reginella*! Toca a *Reginella*!", e todos aplaudem contentes. E eu preciso atacar de "*Regine', quanno stive cu'mico...*". Mas você poderia fazer muito pela revolução, tá sabendo? Os pobres, humilhados e maltratados pelos patrões poderiam achar em você uma ajuda fundamental: primeiro vão ficar curiosos com esse berrassobio...

— Tá bom, Noce', não vamos exagerar, é um assobio como qualquer outro.

— Não! Que nada! Não joga a semente do teu talento entre os espinhos. — E aí deu pra sentir um pouquinho a influência do pároco. — Você tem um dom espetacular! E, depois de ficarem curiosos com o teu modo estranho de assobiar, você poderia lhes ensinar um código, entende? Um sistema para falar e ser entendido, para transmitir mensagens revolucionárias sobre a conquista definitiva da igualdade!

Exaltou-se, o Nocella.

Os olhos brilhavam, e, no queixo lambuzado de creme de limão, a mancha amarela reluzia com uma espécie de cremosa participação proletária.

Eu não tinha entendido bem o que devia fazer, de acordo com ele, mas ele parecia convicto de que a coisa era certa, o comunismo chegaria também à Itália, e a justiça triunfaria definitivamente graças ao menino Apitinho e ao gordo Canção. Era uma ideia que eu não tinha captado inteiramente, mas que me pareceu empolgante. Na volta para casa, encontrei uma velhinha toda vestida de preto, com um feixe de lenha nas costas e lhe disse:

— Acabou essa história! A senhora não vai mais carregar lenha nas costas!

— Ah, tá, e quem vai carregar? Você? — respondeu-me, sem parar.

Eu, na verdade, já havia pensado num sistema para fazer sílabas e vogais com assobio, já havia pensado nisso com o Ali, mas não sei se combinaria com toda aquela questão revolucionária pensada por Nocella. Quando o mainá falava comigo, no começo eu o imitava e só, depois comecei a perceber as diferenças entre os sons, que serviam para dizer uma coisa em vez de outra. Em suma, meu caso foi o primeiro de menino imitando mainá, e não o contrário. Em geral, esse tipo de pássaro serve um pouco como atração de circo, não? São ensinados a dizer bom dia, boa noite, alguns palavrões para fazer graça, que eles pronunciam com aquela voz metálica, e coisas assim. No caso de Ali também foi desse jeito; o Esmo lhe ensinou a dizer uma série de palavras com finalidade comercial, digamos: para provocar o riso de alguma senhora que comprasse o vinho de fabricação dele, o mainá repetia "Gordinha! Gordinha!"; para arrancar uma risada do lavrador com quem estava fazendo um negócio importante, ele mandava o mainá dizer "cê gosta de chupar, hein, pau-d'água?". Agora, se ele mesmo queria rir, fazia um sinal a Ali exatamente quando via vindo de longe Giggino Parodia, que sempre andava com os ombros puxados para cima, como se tivesse dois cordões amarrados, mas na verdade andava se elevando a cada passo, nas pontas dos pés; o mainá entoava um "Bi-xxo-na!", e Esmo calcava entre os dentes uma risada ignorante pelas costas de Giggino, que na verdade não incomodava ninguém e, aliás, me parecia a única pessoa um pouco mais sensível em todo o povoado, só que tinha se apaixonado por um homem, e não por uma mulher, e esse tinha sido o seu pecado.

Eu, ao contrário, me postei na frente de Ali e tentei aprender o vocabulário dele, até porque era o primeiro ser vivo com o qual falava sem precisar mudar de língua, como tinha sido obrigado a mudar com mamãe e papai. Sim, porque a minha língua, minha mesmo, era o assobio, não as palavras; nele havia se transformado o primeiro ar que entrara nos meus pulmões; assobiar era natural para mim, eu não tinha escolhido.

O nosso vocabulário, em resumo, não era complexo, tinha quatro ou cinco espécies de consoantes (que eram produzidas com movimentos de garganta ou com estalidos secos) e as cinco vogais. Para mim, eram um pouco difíceis no começo as vogais que deviam ser proferidas com a boca mais aberta, tipo *a* ou *e*, mas depois, devagarinho, com treino, consegui articular todas. No entanto, demorei muito tempo para encontrar um sistema que descrevesse de modo claro a forma que o assobio devia ter. O problema era o pequeno número das letras à disposição, enquanto as palavras para dizer eram muitas; portanto, o que fazer para enriquecer o nosso modo de falar?

Enquanto eu me debatia com esse problema, certa manhã me apareceu a solução. Para dar formato às massas que não conseguia fazer à mão, ou quando, às vezes, lhe pediam uma massa *limpa* — quer dizer, que não saísse toda torta como acontece com as feitas manualmente, que sei eu, talvez para algum hóspede importante —, mamãe usava uma maquininha que tinha uma manivela: ela enfiava uma bolotinha, trocava a peça da frente conforme o tipo de massa que queria fazer, girava a manivela e, de um buraco, saíam macarrões que, depois, ela cortava, espaguetes e espaguetinhos que podiam ter até meio metro de comprimento, *rigatelli, stellette, scazzoni... rigatelli, stellette, scazzoni...*

— Ali, entendi o que precisamos fazer! O ar nos pulmões é a bolota de massa, a boca é a peça que faz o formato! Então, por exemplo, o truííí, certo?, que seria "Sim". Pode ser um truííí em forma de espaguete ou de *spianarella* ou de *tortiglione*, dependendo da expressão, se é de felicidade reta, felicidade torta ou não convicta, ou então que você não está nem um pouco de acordo, digamos! O que acha?

Não é possível, já sei, porque os mainás têm bico duro; mas estou convencido de que naquele momento Ali sorriu, e eu tive a sensação de entender o que ele queria dizer de fato, na sua língua, e não as idiotices que Alfredo Esmo o mandava dizer.

Nocella tinha encerrado a nossa conversa da seguinte maneira:

— No outro domingo tenho um concerto em Lacedonia, é um sarau em minha homenagem, em vista do sucesso que obtive em toda a Itália e além. Pode ser uma boa oportunidade, eu te apresento, e nós fazemos um número juntos. O que acha?

— Tudo bem, mas preciso falar com o meu empresário.

— Quem é, o Quirino? Eu falo com ele.

— Não, é o mainá indiano, Ali — respondi, muito sério.

Nocella me olhou, depois caiu na risada.

— Ahah, mas você é demais, garoto, tem até um empresário estrangeiro!

Não era estranho, para ele, que o empresário fosse um pássaro, o estranho era ser de outro país! Pedi que me deixasse na praça, dizendo que voltaria sozinho para casa, mas fui falar com Ali.

— Pooíí siósiósió cunééyee — disse-me —, triiú aghiááá.

— Claro que gostaria, Ali, mas não entendi direito o que devo fazer! Quer dizer, mais ou menos entendi, gritassobiar umas canções que vamos ensaiar juntos, e ele me acompanha no acordeão; mas depois quer que eu ensine às pessoas o nosso vocabulário dos assobios de mainá, para depois elas poderem assobiar umas para as outras, dizendo coisas que os patrões não entendam, organizar a revolução e obter de uma vez por todas a felicidade... espere... como era mesmo, a liberdade... ah, sim, a felicidade de se livrar da necessidade, foi o que ele me disse, por sinal essa coisa de liberdade etc. que papai também diz sempre.

— Níí soghiéaáá áuuéáí tutrútutrú. Azáaazáá. Bi-xxo-naaa!

— Bichona? Como "bichona"?

Eu não tinha percebido que fazia algum tempo Alfredo Esmo estava na porta, olhando-nos de cima para baixo, atrás dos suspensórios e da barriga, com o palito de dentes na boca. Tinha avistado Giggino de longe e feito um sinal a Ali, que prontamente respondera ao comando; depois de ruminar a costumeira risadinha besuntada de óleo, Esmo entrou de volta na loja.

— O que é que você estava dizendo?
— Azáá azaáá. Uruttraáe Zibicruié!
— Seria bom se houvesse uma língua dos ricos e uma dos pobres? E por quê?
— Cipréú ngaratighéé acrimitrúúúéé.

Disse que, pensando bem, talvez já houvesse duas línguas diferentes, porque serviam para falar de mundos diferentes. Que, como mainá, também achava estranha a organização da nossa vida, em que um chorava sacaneado e outro ria sacaneando, como Esmo e Parodia. Disse também que talvez não fosse má a ideia de Nocella, de transformar os pobres em pássaros, todos os pobres!, e de lhes dar uma língua própria para se diferenciarem dos ricos, porque agora era como quando a gente vai à missa, e o padre (o rico) fala uma língua com Deus e outra com as pessoas (os pobres), para dar a entender que o Pai eterno é de todos, mas ninguém pode falar diretamente, porque é sagrado, e só ele pode fazer isso. E as pessoas, acreditando que estão lá para se aproximar de Deus, na verdade se afastam dele. É o que faz o rico, que usa uma língua para falar com o dinheiro e com quem tem dinheiro, e outra língua para falar com os pobres, e é assim que os jantam. Disse que o deus dos pássaros, ao contrário, é um pássaro como os outros, que também assobia e voa e se diverte fazendo cocô na cabeça dos outros animais e das pessoas, e ninguém sabe *que pássaro é*, mas todos sabem que existe.

Mas também me disse para ter cuidado, porque eu era um menino e podia ficar iludido, achando que salvaria o mundo, pois os sonhos dos meninos logo se transformam em realidade, enquanto a realidade dos grandes, uma ova que se transforma no sonho daquela realidade.

Voltei para casa com a cabeça cheia de pensamentos assobiados e encontrei mamãe e papai se beijando, e papai estava com as duas mãos na bunda de mamãe, que para o jantar tinha feito uma massa em forma de foicinhas e martelinhos, mas como sopa.

V.
Que dias, aqueles dias!

Para os dois domingos seguintes, em suma, já estavam programados compromissos realmente fora do comum; seriam dois domingos históricos, de a gente se lembrar para sempre: o almoço de casamento e o concerto em Lacedonia!

Papai me perguntou o que Nocella e eu tínhamos conversado, e imagino que quis saber principalmente para ver se eu não tinha ouvido mensagens políticas equivocadas ou mesmo erradas; a educação de jovem comunista que ele estava me dando precisava permanecer íntegra nas linhas fundamentais! Era o que ele sempre dizia a mamãe.

Mamãe também era comunista, porém mais por amor a Quirino do que por convicção própria, diria eu. Claro, as intuições dela muitas vezes eram mais profundas que as de papai e temperadas com tanta meiguice e compreensão do destino alheio, que papai a considerava comunista, o padre a considerava católica, Ecloida — a filha de albaneses com quem tinha feito amizade e ia lá tomar café de vez em quando — a considerava muçulmana; enfim, cada um a puxava para o seu lado, reconhecendo nela uma pessoa fácil de se gostar.

Ela, por sua vez, só dizia:

— Acho que as pessoas, todas as pessoas, gostam de ser levadas em consideração.

Então papai respondia assim:

— Mas lembre-se: de que cor é a estrela-do-mar? Vermelha! Então você é Estrela Vermelha!

— Então o Nocella disse que toca em toda a Itália?

— Disse. Ele é famoso, fez concertos num monte de lugares, até no exterior! Disse que toca acordeão e eu assobio uma canção.

— Bom, parece uma boa ideia, não? Vocês podem fazer uma canção domingo, no almoço.

— Não, mamãe, precisamos ensaiar, não é coisa fácil. Até porque, além da canção, vamos fazer uma surpresa; se vocês forem ao concerto de Lacedonia, vão ouvir.

— E onde foi que ele falou que faz concertos? — perguntou papai com um meio sorriso.

— Em toda a Itália...

— ... e Além! — disse, concluindo a minha frase, para cair numa tremenda gargalhada, à qual mamãe logo aderiu.

— Continua o mesmo, esse Canção! Diz que toca em toda a Itália e além, mas fala bem depressinha, assim as pessoas acham que ele toca no exterior! Mas a frase, se você pedir que ele fale devagar, seria "em toda a Itália e em Além": em toda a Itália seria até Avellino. Além é um vilarejo de um povoado lá dos lados dele, aonde ele vai de vez em quando ensaiar!

Eu não me importava com nada daquilo: para mim estava ótimo se a Itália terminava em Avellino e se o exterior podia ser fechado numa garagem, para ensaiarmos ao lado de um trator.

Eu refletia nas palavras de Ali, que tinha acertado em cheio: um mundo novo, mais justo, já tinha chegado, e eu era seu profeta, o Apitinho dos Pobres! Estava pronto para dar uma língua aos perseguidos, que poderiam usá-la para conversar e se unir, organizar, defender! Mudariam o nome dos objetos, trocariam mensagens clandestinas a qualquer hora do dia e da noite com simples assobios, e finalmente a justiça triunfaria graças a uma única pessoa: o Apitinho aqui presente, aquele que difundiu o novo Verbo entre as massas! O sonho já estava transformado em realidade.

Eu estava prestes a me enfiar na cama e pegar no sono devaneando sobre o concerto, o sucesso, as pessoas se abraçando comovidas! Na minha cabecinha cheia de assobios, o dono da maior fábrica do país, no fim do sarau, ia falar com Carlo Zimbardi, vulgo Bomba na Mão, que não batia bem da cabeça, diziam, e vivia como indigente entre a praça e o campo, como aquele fulano, o pintor de que até fizeram um filme, Ligabue! Tinha esse apelido porque, quando antipatizava com alguém, dizia: "Te arrebento a cabeça cu' 'ma bbomba na mmão!", com dois *b* e dois *m* para machucar mais, porém não tinha sido capaz de ferir nunca ninguém, a não ser a si mesmo. Em suma, o rico ia falar com o pobre e, assobiando, pedia desculpas pelo privilégio da riqueza e lhe dava as chaves do carro novo, um Mercedes, que Bomba na Mão aceitava com um Taá-briéé! na forma de *cannellone* liso como agradecimento, assobio muito solene.

Que bom teria sido adormecer pensando naquelas coisas! Mas não foi possível: ainda precisava fazer o dever de casa para o dia seguinte, e mamãe me lembrou disso com uma carícia na cabeça, prometendo contar uma historinha antes de ir dormir. Com muita paciência, comecei a escrever diligentemente a redação para a manhã seguinte, e acho que saiu bem boa.

Redação

Descreva o seu melhor amigo.

Desenvolvimento

O meu melhor amigo são dois: Gerardo Raggiola, que é também meu primo-irmão, e Marella Fazamor. Com eles passo o meu tempo livre, brincando ou inventando passatempos. De vez em quando também fazemos juntos a lição de casa, porque estamos na mesma classe, mas poucas vezes, porque começamos a rir e a fazer bobagens, principalmente Gerardo, que tem mais facilidade para essas coisas. Uma das nossas brincadeiras preferidas é ir ao chafariz que fica na encruzilhada de Mattinella e ficar jogando água um no outro até ficar todo mundo encharcado, e aí nós voltamos para casa para receber o devido esporro dos nossos pais. Gerardo Raggiola, meu primo, mudou de nome. Agora quer ser chamado de Ardo, por ser o mais alto dos três. Mas meu pai explicou que é de fato um belo nome porque significa Queimo e pode significar ser muito apaixonado por alguma coisa. Marella, ao contrário, continua se chamando Marella, que também é um belo nome, na minha opinião. Eu gosto de me lembrar do verão do ano passado, quando nós fomos brincar um monte de vezes na cisterna de Pasquale Durelli, que deixava a gente nadar lá como se fosse piscina.

— Mãããe! Acabei!
— 'Tou aqui, vai pra cama que eu te conto uma historinha e você pega no sono, vai. Se bem que eu 'tou vendo que você já tá quase dormindo.

Ela me pôs na cama e ouvi o começo de uma história linda, que depois quis escutar muitas outras vezes; mas talvez, além do começo, eu nunca a tenha ouvido de verdade, porque o sono ganhava a parada. O nome da história era o seguinte, e mamãe sempre gostava de dizê-lo inteiro, antes de começar:

No princípio era o Assobio,
e o assobio estava com Deus,
e o assobio era Deus.

— Quando o Pai eterno fez o Céu, a Terra, o Mar, os Animais e tudo mais, sabe o que ele fazia para se concentrar? Assobiava. No princípio, quer dizer, no começo, antes de se pôr a fazer todas essas coisas, o Dia, a Noite, a Lua, tudo, acho que ele construiu um apito. Digo que era um apitinho pequenininho, pra ficar dentro da boca, como aqueles usados de chamariz de passarinho, entendeu? E saía passeando pelo Paraíso, sentindo o ar fresco que tinha perfume de limão, com o apitinho na boca, as mãos nas costas. Mas ele era Deus, e então, na minha opinião, num dia em que ele estava fazendo, por exemplo...

— ... os gafanhotos!

— ... eh, que estava fazendo os gafanhotos, que são difíceis de fazer com todo aquele mecanismo pequenininho para pular etc. etc., têm mesmo um formato especial daqueles um pouco mais complicados, esqueceu que tinha deixado o apitinho em casa, na mesinha de cabeceira, mas assobiou assim mesmo, sem pôr nada na boca! E percebeu que era uma coisa boa, que era um ato bonito. Então, quando depois precisou fazer a mulher, porque, justamente, o homem sozinho, sem a mulher, faz o quê?, e encontrou os dois dormindo, Adão e Eva, antes de acordá-los, digamos, abriu a boca dos dois e soprou lá dentro, mas não pôs a vida no corpo deles, como dizem, não... Pôs um instrumento musical, um instrumento que toca sem cansar as cordas vocais, um instrumento que você aprende a tocar e nunca mais esquece, um instrumento que serve de companhia quando a gente está triste, um instrumento que a gente não precisa comprar para tocar porque foi dado pelo Pai eterno em pessoa.

— O assobio.

Eu dormia. Inspirava profundamente, com rosto sereno, e expelia o ar pesadamente, soltando pelo nariz, sem querer, um pequeno sibilo que, de algum modo, podemos chamar de assobio.

VI.
Segunda carta de amor escrita no banheiro

Isido'!
Você nunca deve esquecer que é uma pessoa especial, que é extraordinário, e não deve dar às pessoas ensejo para dizerem que você é normal. Quando alguém, por acaso, lhe disser isso, porque sempre aparece algum sacana, você responda: "Olha só: existem pelo menos duas pessoas na Terra, mas sem dúvida mais de duas, que vivem para ver o meu sorriso, que se entusiasmam só de me verem comer ou correr, isso sem dizer quando lhes conto alguma coisa que me aconteceu quando eu estava sozinho, pois eles são devorados pelo contentamento. Portanto, normal uma ova."

O mundo é tristeliz, Isido', e parece aquele brinquedo que você adora, aquele dos parques, aquela alavanca em que um se senta de um lado e outro se senta do outro lado e vai pra cima e pra baixo, pra cima e pra baixo. Eu te dou um conselho, aliás, dois, vá, pode ser que você guarde esta carta de amor escrita no banheiro:

1) Procure a pessoa que te faça ir pra cima e pra baixo, e tente encontrar uma que fique contente de te ver subir, e a mesma coisa você faça com ela. Quando é você que está em cima, empurre com toda a força para fazê-la subir, e fique contente! Sabe por quê? Lembre-se de como é feito aquele brinquedo: vocês olham um para o outro, mas você enxerga o que está atrás da outra pessoa, e a outra pessoa enxerga atrás de você. Então, quem está em cima deve descrever para o outro o mundo que o outro não consegue enxergar, o mundo que está atrás dele, o mundo do qual ele vem, digamos, e isso pode ser uma coisa linda que se pode chamar amor ou amizade.

2) *Enquanto não encontrar essa pessoa, tente se colocar no meio da tristelicidade do mundo. Não se esforce por ficar só de um lado, como fazem todos, porque isso só te tornaria mais cretino. Quando todos pesam de um lado, encaminhe-se devagar para o lado oposto, mesmo se no começo sentir medo. Vai descobrir muitas, muitas coisas, garanto. Porque hoje em dia as pessoas são sempre empurradas para um lado, porque assim é mais fácil obrigá-las a fazer o que se quer, e as pessoas vão, contentinhas. Mas quem anda sozinho não é comandado facilmente. E, se atrás de você seguirem algumas pessoas, vai acontecer uma mágica! A alavanca vai ficar um pouco reta e um pouco de equilíbrio sempre haverá.*

Tristeliz você sabe o que significa, não? Claro que sabe, porque você é o menino mais intelápido que conheço!

Quirino

VII.
Vote no PC!

Uma primavera irrefreável tinha chegado em Mattinella.
As flores desabrochavam por todo lado, até na boca das pessoas, que tinham passado o inverno com os dentes apertados por causa do frio e da neve. Agora, porém, viam-se todos aqueles lindos sorrisos que me faziam morrer de rir: os dentes amarelos e marrons alternados do Esmo, o dente de Santaniello que pendia na solidão da boca escura, responsável, sozinho, por todo o sorriso, e era muito bem-sucedido, a dentadura da servente da escola, que ria fora da boca, lá por coisas suas, longe dos lábios, num copo apoiado no movelzinho do banheiro.
Eu só pensava no concerto e não via a hora de começar a ensaiar com Nocella. Ia a Pisciolo de bicicleta e chegava depressa, impelido pela vontade de começar a preparar a noitada em que eu seria protagonista, mas naqueles dias se sucederiam muitas outras que eu mesmo não esperava.
Nocella decidiu que prepararíamos duas peças: a primeira, *Mierulo affurtunato*, contava a história de um sujeito que vai lavar as mãos numa fonte famosa de Nápoles e as enxuga com as folhas de uma árvore onde um melro está cantando, e diz como é lindo o canto desse pássaro, e lhe dá vontade de cantar também etc. etc., todas as coisas que costumam estar nas canções napolitanas: como aqui é bonito, e como aqui é bonito, e como aqui é bonito. Papai, porém, sempre dizia: "De Nápoles eu não gosto mesmo, não entendo onde está toda essa beleza, é só porrada, camorristas e palavras vazias."
Ora, na versão original da canção, um flautim imita a voz do melro, fazendo alguns trilos e turipiróó em conchinha, que eu poderia fazer

perfeitamente com meu gritassobio. Depois prepararíamos também outra canção mais conhecida, que eu deveria assobiar por inteiro. Essa foi difícil de preparar, porque, quando se tratava de produzir assobios curtos e fechados, semelhantes a gritinhos, bastava pouco ar; mas manter as melodias longas e abertas das canções napolitanas exigia grande esforço de respiração e de manutenção da nota, mas Nocella foi ótimo maestro, com um método um pouco pessoal, mas infalível.

— Está vendo o acordeão? Cada buraco produz uma nota, vamos dizer, um assobio. Mas, para tocar bem essa nota, o truque está aqui, no fole: se eu não puxo ar suficiente, a nota sai ruim ou simplesmente não sai. Você puxa ar pra valer com o teu fole, que são os pulmões, e apoia a nota no ar. Se você começar a fazer quiquiriqui, é bobagem ensaiar.

— Tá bom, Noce', acho que entendi. Vamos experimentar.

A canção era *Core 'ngrato*.

— Lembra dela?

— Não, da letra não!

— Mas que letra, não, não, e não tão cantante! Você precisa assobiar a melodia da tua maneira e pronto! Pirori, pirori, pati ti roro...

— Ah... Então tá! Vai.

Ele atacou a introdução, eu estava concentradíssimo na respiração, como se previsse ter de ficar debaixo da água durante um tempo que não acabasse nunca. Mas, um pouco antes de começar a cantar, notei um detalhe: o Canção segurava o acordeão apoiado naquele seu barrigão, inspirava quando abria o fole e soprava com os lábios juntos quando o fechava, e então eu imaginei que o ar do acordeão também a ele servia para respirar, ou então que, por algum tubo escondido embaixo, o fole enchia todo aquele bandulho desmesurado, enfiando-se nos ventrículos, nas tripas, nos recessos escondidos e suculentos daquele caldeirão de sopa forte com molho que ele tinha por barriga, para depois encher o estômago, o esôfago, os pulmões; e imaginei que aquela pele cheia de ar, tesa como os quartos de uma vaca, aquela pele de tambor podia significar só uma coisa: peido! Infinitos, melodiosos, martelantes, inflados e boleados peidorrões em forma de canção folclórica com um toque muito, muito, muito pessoal.

Naturalmente chegou a hora de gritassobiar, bem quando eu estava pensando essas coisas; tinha esquecido a respiração, abri a boca e saiu um berro esfrangalhado. E que bofetada o Nocella me deu!

Um sopapão na cabeça com a mão aberta, e logo depois ele voltou a tocar a introdução, como se nada tivesse acontecido, como se tivesse sido uma mosca, como se se tratasse de um movimento natural do solfejo. Eu fiquei de boca aberta, enquanto ele tocava e piscava para mim sorrindo, com uma expressão um pouco aboleimada, como se não tivesse dado nem visto o bofetão, nada. Quando chegou a segunda oportunidade, ataquei realmente bem, um pouco indeciso, mas bem, e os dois primeiros *Catarí* saíram espetaculares, eu já sentia que dominava a arte; respirei como se deve mesmo entre o primeiro e o segundo, tanto que Nocella arregalou os olhos e a boca numa expressão de espanto e alegria que o fazia parecer um palhaço de circo. E respirei como Deus manda mesmo depois do segundo *Catarí*, mas aí a coisa se complicou um pouco. É, porque a letra diz o seguinte: *pecché mi dice 'sti parole amare?*, e a melodia é toda torta, não dá tempo de respirar no meio, e... plaf! Outro bofetão! E, depois, de novo a cara sorridente, de novo a piscada, e o acordeão que não para nunca, e a cabeça fazendo "sim, sim!" de incentivo.

Foi uma belíssima tarde de bofetões e ensaios. No fim conseguimos fazer toda a canção uma vez, e Nocella estava entusiasmado mesmo, repetindo "Saiu! Saiu!" e, para gozar da cara dele, eu completava "Puxa a descarga! Puxa a descarga!".

— A gente se vê amanhã à mesma hora. O *Mierulo affurtunato* você já está fazendo bem, é só improvisar um pouco de assobiozinhos no meio da melodia que eu toco, e você é bem afinado. Muito bem. Mas *Core 'ngrato* vê se aprende direitinho! Presta atenção! A gente vai ter que arrasar. Hein?

E soltou um peido como, de algum modo, eu tinha imaginado.

Peguei a bicicleta e voltei para Mattinella.

Corria, atravessava os campos revendo todas as folhas às quais eu já havia dado nome, porque eram as primeiras cinco ou seis nascidas naquele ano, e a todas eu dizia "Saiu, Giuseppi'! Saiu, Perzeche'! Vai haver concerto!", repetindo as palavras do meu maestro. Mas, correndo e falando com as folhas, não me dei conta das grandes nuvens escuras que me seguiam, nem do vento que tinha virado e estava forte, cortante. O céu escureceu em cinco minutos, mas, para chegar em casa, eu ainda demoraria quinze, pedalando em subida. Que concerto, que nada! Em cima de mim caiu toda a água da primavera louca, baldadas frias que machucavam a cara, parecendo que não estava caindo só a água, mas o balde também, em si e por si, e em dez segundos fiquei mais encharcado do que em cem tardes no chafariz com Marella e Ardo. Não consegui me abrigar debaixo de nada; estava no meio de uma estrada rural, numa subida, então parei e me deu vontade de chorar.

Não sei por quê; talvez a emoção dos ensaios, o assobio que eu sentia cheio e forte na garganta, o medo de perdê-lo — porque Nocella tinha dito "Nada de esforço demais e pouco frio, porque, se te dá uma febre, adeus sarau!", e eu tinha feito exatamente isso, estava todo suado, pedalando, e agora aquela bela ducha gelada. Resumindo: estava tudo perdido. Parei chorando, debaixo da chuva, montado na bicicleta. Não sabia o que fazer, estava sem nenhuma proteção, com água se enfiando em todo lugar e as lágrimas escorrendo até a boca junto ao muco salgado. No entanto, eu tinha apanhado chuva tantas vezes, tinha me divertido a brincar debaixo da água no meio da praça, no verão do ano anterior, mas agora era diferente: eu tinha uma responsabilidade, esperava-se alguma coisa de mim, estava em questão um sarau importante que, quem sabe, depois me levaria para toda a Itália e Além, eu teria visto a cara feliz de mamãe e papai enquanto me exibia no palco, e a multidão aplaudia e gritava "Bravo, Isidoro!"; em vez disso, corria o risco de perder tudo sem nem ter começado. Passei uma das mãos na boca, soprei o nariz no estilo "lenço americano", fazendo o muco voar pelo ar e depois apertando as narinas com dois dedos para jogar fora os últimos restos e acertá-los na calça molhada ou na roda da bicicleta, e decidi que precisava manter a garganta quente, pois assim não me aconteceria nada.

Respirei profundamente duas ou três vezes, apertando com força o guidom da bicicleta, e comecei a soltar os meus "Tirupííí" de aquecimento, debaixo daquele dilúvio, ereto, teso, empertigado e já no meio da estrada, no cume do morro contra o céu violeta e preto.

— Pirutrááá Crutííí! Airiátáá! Chióoóóóó-tiíí-tiííí!

E mais ventania e mais trovoadas, o barulho da chuva e as baldadas em cheio no meio da cara respondendo com mais força ainda. Depois de alguns minutos, quando eu começava a sentir um ardorzinho na garganta — aliás, tinha passado a tarde inteira gritassobiando e levando bofetadas, talvez estivesse um pouco cansado —, ouvi um "ooh, ooh" rítmico e lento vindo em minha direção.

Virei-me e vi: um jumento com o lombo coberto de brócolis, três cabras que avançavam pastando nas beiradas da estrada e, na frente, um guarda-chuva preto de homem, muito grande, que servia de escudo contra a chuva e estava montado sobre duas pernas de velha que despontavam abaixo dele.

Era Ginetta Campolattano voltando da roça. Não se espantou quando me viu ali no meio, parado e assobiando debaixo da chuva, e eu gostei muito daquilo; ela só me disse:

— Menino, como vai?

— Gine', me deixa entrar debaixo do guarda-chuva — respondi.

— E como! — disse ela, o que significava mais que sim, um sim reforçado, mais sim do que "mas é claro!".

Abriu espaço para mim debaixo do guarda-chuva; ela era baixa e o levava apoiado no ombro, mas eu era um menino, tínhamos a mesma altura, então cabíamos perfeitamente. Mas era incômodo andar daquele jeito, puxando a bicicleta, enquanto ela ia segurando a corda que puxava o jumento, portanto não dava mesmo para andar direito.

— Vamos ficar aqui — disse ela —, a gente não tem pressa mesmo, né? Mais dez minutos isso aí acaba; é fúria de juventude.

E lá ficamos, parados, sob o guarda-chuva e sob o temporal, Ginetta, eu, a bicicleta, o jumento e as três cabras, no alto do morro, esperando que passasse a fúria de juventude do céu de Mattinella. Eu continuava pigarreando, mais por causa do medo que tinha sentido do que outra coisa.

— Tá ardendo a garganta? — perguntou.

— Um pouco, Gine'.

Do pano preto que se enrolava como uma segunda saia por cima da saia propriamente dita, que, por sinal, também era preta, não sei de que prega invisível e preta daquele pano ela tirou uma faquinha, na qual havia a sujeira de toda a terra da roça de toda a região, e uma maçã *annurca*, coisa que mais me pareceu magia, não sei onde estava escondido tudo aquilo. Descascou a maçã sem largar o cabo do guarda-chuva, que estava perfeitamente encaixado entre o pescoço e o ombro, como se aquele tivesse sido sempre seu lugar, e deu as cascas a Giggino, o jumento. Em seguida me entregou a bolinha branca, redonda, doce, que tinha ficado linda na mão marrom e calosa, depois de toda aquela operação.

— Come. Isto aqui cura tudo.

Cheguei em casa todo encharcado, e já parecia que me sentia um pouco melhor, que a garganta não doía mais como antes, quando estava assobiando como o melro da canção, mas dentro de uma gaiola de água. Larguei a bicicleta no chão e entrei. Na cozinha, em volta da mesa redonda de fazer massa, estavam sentados papai e — diante dele — dois rapazes de barba preta e comprida, um à direita e outro à esquerda, e papai olhava para os dois, com um olho para cada um.

Um era magro, usava suéter de listras marrons e alaranjadas, e seus olhos eram arregaladíssimos; o outro era gordo e tinha óculos de fundo de garrafa. Um falava e, enquanto falava, fazia cara feia; o outro concordava com um meio sorriso fixo grudado na cara, que continuava parado no lugar, mesmo quando ele mudava de expressão, como se estivesse desenhado numa máscara de papelão. Um tinha muitas coisas para dizer, porque falava sem parar; falava bronqueadinho, e um pouco de ar até entrava arrevesado entre as palavras, de modo que ele precisava parar de vez em quando para ganhar fôlego, pois não conseguia terminar a frase, e, quando isso acontecia, o outro intervinha para dizer sempre uma única expressão: "de fato." Tanto que eu pensei aqui com meus botões: vai ver que a mãe desse aí contou uma história intitulada: "No princípio era De Fato, e De Fato estava com Deus, e De Fato era Deus".

Como tinham percebido que eu havia entrado — mas percebido depois de uns bons cinco minutos, porque eu tinha ficado bem quietinho num canto para não atrapalhar —, fizeram uma pausa.

— Isido', tudo em ordem? Como foi com o Canção? — perguntou papai sorrindo.

— Bem.

— Está com frio?

— Bastante, papai.

— Estrela! — chamou, e fez sinal para os dois continuarem, mas eles me indicaram com os olhos, porque se via que, para eles, era algo que eu não podia ouvir. Então papai disse:

— Se vocês têm alguma coisa para esconder, o problema é de vocês, não do garoto.

Os dois se entreolharam, e a minha impressão é que papai tinha chegado aonde queria, porque eles tiveram uma espécie de sobressalto de orgulho, como para dizer não temos nada que esconder.

— Nós fazemos tudo à luz do dia, Quiri', por isso viemos conversar aqui. Como dissemos antes, ouvimos com muita atenção o discurso que você fez na reunião da semana passada. Pensamos em toda a questão da justiça social...

— De fato...

— ... e naquela história que você falou, da padronização cultural e da defesa das nossas raízes e da nossa cultura local, que deve ser oposta firmemente como baluarte contra o abismo da massificação consumista no qual estamos nos precipitando.

— ... de fato...

— E achamos que palavras bonitas, sozinhas, não servem para nada. Além de tudo, a política sindical dos últimos tempos não corresponde aos anseios das bases...

— Mas que bases? — perguntou papai. — Nós somos vinte pessoas ao todo, e que história é essa de base e topo? Eu sou o representante sindical, só isso, mas também faço parte da base, como você chama.

— Tá bom, companheiro, pra resumir: alguns de nós não estão gostando dos acordos a que se está chegando com o patrão. E não temos a intenção de ficar olhando quietos. Então, viemos te dizer que ou com a gente ou contra a gente.

— Mas é exatamente isso que eu digo sempre, vocês precisam falar, e não ficar quietos. E aí? — pressionou papai, sempre sorrindo, mas atento. — O que querem fazer?

Nessa altura os dois se olharam e o gordo parou de sorrir.

— Precisamos dizer — afirmou o magro.

— De fato — respondeu o gordo.

Então o magro se levantou, deu dois passos em direção à janela e percebeu que havia uma faixa de farinha bem retinha nas suas calças de veludo marrom, porque se sentar naquela mesa significava se sujar de farinha, nós sabíamos disso e, com roupa escura, não nos apoiávamos nela de jeito nenhum; então o outro também se afastou num pulo e viu a mesma risca atravessando, bem retinha, a sua pança, como uma risca de gesso feita de propósito pelo alfaiate antes de cortar o pano com a tesourona. Começaram a se dar tapas, sozinhos, como se estivessem cobertos de marimbondos, porque tinham vestido as melhores calças e os suéteres de passeio para irem falar com Quirino, e não podiam estragá-los. Papai sorria e piscou para mim, sem deixar que eles vissem, porque, seja como for, tinha simpatia pelos dois, pois dizia sempre que gostava "mais de quem erra por paixão do que de quem fica cozinhando em banho-maria". Quando voltaram a ficar marronzinhos e limpos, tipo ovo de Páscoa, recobraram a cara feia e o sorrisinho, e o magro disse num único suspiro:

— Queremos sequestrar o filho do Scannelli. — E os dois se sentaram de novo, tranquilos, esperando uma resposta, como alguém que, no bar, espera a dose de anis no café.

Papai já havia entendido o que eles queriam desde o começo, por isso tinha piscado para mim. Suspirou fundo, refletindo no que eles tinham proposto. Passava a mão pelo rosto, depois a fechava em punho sob o queixo, como se segurasse a barba. Acho que fazia aquilo para dar importância às palavras deles, para lhes dar a entender que nunca os trataria como dois moleques. Depois falou daquele seu jeito de que eu gostava muito, quando enfrentava assuntos difíceis ou importantes: falava com clareza. Tentava dizer poucas coisas com segurança e, se na metade da fala, percebia que tinha sido pouco claro, dizia com muita honestidade: "Desculpem, aqui nem eu entendi bem como penso. Sobre esse assunto não sei o que responder." E depois me dizia, sorrindo: "Estou me sentindo todo confrulhado." Mas não foi esse o caso, agora ele sabia o que queria dizer.

— Entendo vocês — começou falando —, entendo o motivo pelo qual vieram aqui e o que os impeliu a ter esse pensamento. Não vou nem perguntar por que querem sequestrá-lo, quer dizer, para terem o que em troca, porque esse não é o ponto central da questão, para mim.

O magro o interrompeu, começando a dizer feito uma maquininha "O capitalismo na nossa região sempre foi...", mas papai o deteve levantando a mão.

— Espere, espere. Quero dizer três coisas, três motivos pelos quais não estou de acordo com a ação que estão propondo. O primeiro motivo é estritamente pessoal, e desculpem se parto de mim em vez de partir de vocês: é o juramento que fiz a mim mesmo quando tinha a idade de vocês, talvez alguns anos a menos, de nunca pôr no mesmo plano a propriedade e a pessoa, portanto eu não reagiria a um ato contra a propriedade com um ato contra a pessoa. E até agora vocês falaram só de propriedade, quer dizer, de dinheiro que, no fim das contas, lhes caberia e não receberam. Explico melhor: se alguém me rouba alguma coisa, eu não quero me ressarcir com ele como pessoa, nem física nem psicologicamente, mas no máximo com a propriedade dele, sempre com o apoio da Lei. O outro aspecto importante dessa promessa, para mim, é que nunca se julga uma pessoa por aquilo que ela tem ou não tem. Quero continuar pensando nas pessoas como pessoas, não como proprietárias.

— De fato o Scannelli é um merda, mesmo estando cheio de dinheiro — disse o gordo, perdendo o sorrisinho por um instante.

— E o Miele? Como é o Miele? Tem dinheiro, não? Casas, terrenos etc. etc.? E a gente não achou sempre que ele é um grande homem, que se preocupa em fazer o bem à humanidade?

— Isso é — disse o magro.

— O Esmo? Como ele é, falando sério?

— Rico e pilantra.

— O Farinelli? Não tem um tostão, em compensação não tem um pingo de compaixão e piedade por ninguém, certo?

— Certo.

— Até aqui, concordamos. O segundo motivo tem a ver com as ideias de que a gente fala sempre e com a maior Ideia de todas, que fascinou a gente, e o nosso coração bate no ritmo dela: a igualdade de ricos e pobres, o sonho que a gente gostaria de tornar realidade *ao máximo possível*, porque agora sabemos que é uma utopia, sabemos que é difícil imaginar que essa coisa pode acontecer de verdade, definitivamente, sem se transformar, que sei eu, na desigualdade entre os chefões e os subalternos, ou entre os que usam blusão preto e os que andam de camisa branca, ou entre os que administram o sonho e os que fazem parte dele; é difícil pensar em escapar de uma vez por todas da eterna desigualdade entre os fortes e os fracos, em suma. Agora, fazendo uma coisa como essa que vocês estão dizendo, nós consumimos essa grande ideia de igualdade, nós a levamos a uma consequência extrema e a matamos num ato violento. E não temos nenhum direito de fazer isso! Primeiro, porque esse direito não nos é dado pela Ideia, quer dizer, mesmo amando uma grande ideia, você não pode impor essa ideia com violência, senão a gente tá ferrado; segundo, porque não queremos ser consumistas, não? Vocês mesmos disseram isso agora há pouco. Nós podemos *usar* essa ideia belíssima, levar o maior número possível de pessoas a usá-la, mas não podemos consumi-la completamente, queimar, *extinguir*. Essa é a base do consumismo: esta coisa é minha, e fico com ela até a consumir completamente, e só eu a consumo. Porque, aos olhos de todos, o único resultado seria levar a pensar: essa ideia os levou à violência, então essa ideia é nociva, é uma erva daninha. Queimada. Consumida.

— E o terceiro motivo, companheiro?

— E o terceiro motivo é que exatamente as belas palavras, sozinhas, na minha opinião, têm serventia, são aquilo que mais serve e o que é mais difícil conseguir, hoje em dia. É, sim, porque, cara, hoje confundem belas palavras com palavras vazias, e por acaso é a mesma coisa? As belas palavras vêm das belas ideias, e as belas ideias vêm das pessoas que dedicaram a vida pensando nelas, pelo bem meu, teu, dele e de todo mundo. E agora a gente quer jogar as belas palavras na privada, como se fossem nada? Não! O que faz falta são exatamente elas, as palavras bonitas, porque nós estamos nos acomodando cada vez mais, dia após dia, com as palavras feias, com as palavrinhas rápidas das canções, ou da televisão, e com as palavras sujas e inúteis, ou com as palavras pomposas, ou com as palavras da moda, ou com as palavras velhas que precisam ser espanadas de vez em quando, senão saem da boca da gente parecendo um bibelô de duzentos anos, ou, o pior mesmo, com palavras à toa, quer dizer, com aquelas que caem na boca da gente e se multiplicam sem passar pela cabeça e pelo coração.

Papai fez uma pequena pausa para ver se o acompanhavam e percebeu que eles estavam ávidos de alguém que lhes falasse daquele jeito; então se voltou diretamente para o magro.

— A palavra *justiça*, em você, passou pelo coração? *Regras*, passou pelo teu cérebro? Se não passam, são vazias, só fazem ruído, são à toa. E cada uma precisa passar pelo lugar certo da tua pessoa: *justiça* precisa passar pelo coração, porque é uma ideia que se deve amar, não pode passar só pela força dos músculos, senão se torna vingança ou justiçamento; a palavra *regras*, por outro lado, é uma estrada, um caminho que você respeita com a cabeça para chegar àquela montanha de que falamos antes, a *justiça*, que, quando você está em cima dela, vê as coisas de um modo diferente. Mas precisa chegar lá. Precisa conhecer todas as bifurcações das regras, e agora vocês estão bem diante de uma dessas bifurcações, e escolher sempre o caminho certo, porque, senão, acaba caindo na cova. E, se a palavra *regras* não passar pela razão, pela cabeça, mas passar pelo coração ou pelo estômago, vira burrice, fascismo.

— Agora tá parecendo o padre, *cumpanhero*! — disse o gordo, que talvez estivesse se sentindo excluído.

— Eu sei. Gosto da ideia de que aqueles que odeiam realmente a injustiça são todos iguais: católicos, comunistas, do Juventus ou do Napoli.

Ele os convencera, mas eles não queriam aquilo, não queriam ser convencidos, eram jovens e tinham o freio nos dentes, com pressa de correr, de fazer qualquer coisa, mas fazer sem pensar, como me explicou papai depois, porque na idade deles o pensamento era visto como indolência, fraqueza.

Portanto, era de esperar que aprontassem alguma, cedo ou tarde. Quando estavam saindo, papai perguntou com um sorrisinho:

— Rapazes, por acaso vocês sabem quem escreveu VOTE NO PC no chafariz?

O magro olhou o gordo sorrindo, e ele, não podendo dizer só "de fato", explodiu numa risada que salpicou de perdigoto toda a cara do meu pai.

— Eu não, ei, eu não!

E ria, e ria.

— É risada nervosa, cretino — disse ao magro —, por que porra tá me olhando assim?

— Vê se fala bonito — respondeu o outro —, você não ouviu que se deve falar bonito?

Disse com certo azedume, de fato papai ficou um pouco chateado.

— Mas as palavras feias também caem bem, porque são espontâneas! Senão, como é que eu poderia dizer que vocês são dois sacanas? — disse, enquanto saíam, e os fez sorrir de novo.

Nessa altura, mamãe chegou do quarto, dizendo:

— Desculpe, Quiri', estava ouvindo você falar tão bem, mas tão bem, que peguei no sono. Mas você está todo molhado? — disse assim que me viu. — Nossa, vai ficar com febre, vem aqui tomar um banho quente.

Foi um banho ótimo, durante o qual papai me pediu que contasse tudo sobre o ensaio com Canção; ouvia com os olhos arregalados, que se afastavam mais ainda um do outro por causa da admiração, como se toda a cara estivesse se abrindo, se escancarando de felicidade; depois leu para mim um artigo de um sujeito que ele adorava, um que tinha escrito livros e feito filmes, e papai tinha visto todos; mas aquele ele havia escrito no jornal, e falava de muitos assuntos; papai os lia e muitas vezes lia para mim também os artigos dele, e, apesar de tantas vezes eu não entender nada, gostava de ouvir a voz desentoada dele, principalmente quando eu estava na banheira de água quente pensando no dia que passou.

Ele punha uma das mãos na banheira e a mexia para a frente e para trás, fazendo chaff, chaff, enquanto lia, e eu relaxava, sentindo o cheiro da janta que mamãe preparava cantando alguma canção do rádio, tipo *Sei bellissima* ou as canções de Mia Martini. O artigo que ele leu naquela noite se chamava O vazio do poder na Itália.

Mas eu pensava em Nocella, na chuva, em Ginetta e também um pouco em Marella.

VIII.
O sonho com uma corrida

Ultimamente era cada vez mais frequente Marella vir à minha cabeça de um jeito novo. Quando eu me deitava, diziam que eu devia ter bons pensamentos para dormir; o meu bom pensamento preferido sempre tinha sido brincar com Marella e Ardo e me lembrar de todas as coisas divertidas que tínhamos conversado durante o dia na escola, enfim, eu pensava neles e me sentia bem, sereno, soltava alguma risadinha de olhos fechados, depois dormia feliz, até o fim da noite, em um segundo e meio, como todos os meninos contentes, acho; mas fazia um pouco de tempo que me acontecia pensar em certos detalhes só de Marella, e para Ardo não sobrava espaço naqueles dez minutos antes do sono.

    Pensava com prazer em certa risada que ela dava, com um meio gritinho, quando a gente brincava de esconde-esconde, e eu a descobria, ou de queimada, e eu a atingia: depois daquele gritinho, ela me olhava sorrindo e vinha ao meu encontro com os punhos fechados e os ombros erguidos, como que para me bater. E eu gostava daquilo. Eu a empurrava, dizendo "qual é a tua!?", mas gostava. Então, antes de dormir, relembrava aquilo, aqueles momentos, como aquela vez que, depois da brincadeira, quando nós dois fomos feitos prisioneiros, ficamos de mãos dadas, como todos os outros prisioneiros, mas não palma com palma, não, e sim com os dedos enlaçados, apertadinhos, e ela é que tinha proposto aquilo, começando a girar seus belos dedos entre os meus.

    O outro pensamento feliz era a recordação da capital da França.

Escola De Amicis
classe IV B, 10h10

PROFESSORA: Marella, em pé. Qual é a capital da França?
MARELLA: Ah, professora, não sei, ontem não pude estudar porque a minha tia não se sentiu bem e...
PROFESSORA: Não, chega, Marella, não comece a dizer mentiras, que a tua tia está no hospital e que a tua avó ontem teve dores de parto, como você disse na semana passada. A tua avó tem setenta e oito anos! Você é uma menina tão inteligente e capaz, por que não se esforça um pouco mais? Pode ter ótimas notas, é educada, esperta, mas está sempre inquieta, distraída. Raggiola, em pé, ajude. Sabe qual é a capital da França?
ISIDORO: Sei, professora!
PROFESSORA: Então diga no ouvido de Marella, vai, assim, com essa ajuda, ela depois vai poder me dizer tudo o que sabe sobre a França.
ISIDORO [no ouvido de Marella]: Praga.
MARELLA [no ouvido de Isidoro]: Obrigada, Poucapança.

Marella se vira e dá um beijo na bochecha de Isidoro.

Tinha acontecido mesmo, certa manhã na escola. E daquele beijo eu nunca esqueci, beijo repentino, inesperado e na frente de todo mundo. E ela havia feito aquilo de um jeito tão normal, mas tão especial, para mim, que foi a partir daquele momento que comecei a pensar que queria que Marella fosse minha namorada. Voltei para a carteira com a cabeça toda embaralhada, enquanto os outros tiravam sarro, mas depois ela gritou "Praga, capital da França, famosa em todo o mundo por causa da Torre Eiffel", toda contente, e o dia tomou outra direção, porque a professora puxou um pouco as orelhas dela e um pouco as minhas e nos mandou escrever Paris cem vezes cada um na última carteira, o que fiz com muito prazer, porque ela de vez em quando me sorria sem se virar para mim, dizendo baixinho: "Escreve, vai, escreve! Senão ela manda a gente fazer cem vezes Roma, cem Londres e cem Pequim!"

Mas Ardo era mesmo o meu grande amigo e primo, e assim seria para sempre. Era o meu companheiro de brincadeiras preferido, porque a gente se entendia sem falar. Quando papai me deu a carta de amor escrita no banheiro — escrever essas cartas era o passatempo dele, que ocupava os últimos minutos do amanhecer depois do banho bolocêntrico: todo perfumado e com os cabelos penteados para trás, sentava-se no sanitário, que ele chamava de Trrrono Branco, com muitos *r*, e escrevia suas Cartas de Amor, apoiado numa prateleira de madeira que tinha mandado um amigo marceneiro fazer só para isso, e a prateleira se embutia perfeitamente na altura de suas pernas. Em cima havia: uma espécie de pregador de roupa que prendia as folhas brancas, protegidas por uma folha maior de plástico azul, e uma caixinha fechada, com as canetas, de modo que, depois, todo o necessário podia ser mantido em pé entre a máquina de lavar roupa e a parede.

Escrevia cartas para todos e para tudo: para mamãe e para mim em primeiro lugar; mas, por assim dizer, fez Cartas de Amor Escritas no Banheiro para os Pobres da Terra, os Quatro Elementos, as Tardes de Tédio dos Meninos Criativos, Johann Sebastian Bach Cardiologista Popular, a Ideia de Dignidade Humana transmitida por Gandhi e uma de título belíssimo:

Carta de amor escrita no banheiro para o homem e para Deus — <u>não devem ser lidas separadamente.</u>

Em resumo, quando ele me dedicou a carta, aquela em que se fala da gangorra, me convidando a encontrar uma pessoa que se sinta feliz quando a minha parte da gangorra estiver no alto, pensei em Ardo, porque, sempre que eu mandava bem em alguma coisa, ele me lançava um ok com o dedo levantado, e eu ficava contente de verdade por ter um amigo assim. Quando ele mandava bem em alguma coisa, eu também lhe lançava um ok, mas tinha a impressão de que o invejava um pouco. Na minha opinião, ele era uma pessoa melhor que eu, como demonstrou daquela vez que tinha um pão fresco com mortadela.

Eu adoro sanduíche de mortadela e Ardo também adora sanduíche de mortadela, talvez mais que eu. Seja como for, um dia ele levou um à escola para a merenda, no recreio. Eu fiquei olhando enquanto ele comia e nem precisei dizer: "Ardo, me dá uma mordida?" De livre e espontânea vontade, só porque eu era o seu melhor amigo, ele pôs um pedaço de pão no meu uniforme e uma fatia de mortadela comprida, bem esticada, no caderno quadriculado, entre as divisões de três algarismos, de modo que algumas divisões ficaram estampadas na mortadela, e no recreio eu fiz o meu minissanduíche, no meio do pátio, e não lhe disse nada porque éramos amigos, e essas coisas a gente faz e pronto, sem obrigado nem de nada.

Nós três nos contávamos os sonhos.

Depois de brincar no chafariz, quando já não aguentávamos mais, já estávamos encharcados, tínhamos corrido um atrás do outro, depois de pôr Marella no meio e bater nela, enquanto ela gritava "Para! Para! Vocês estão aproveitando porque são dois meninos contra uma menina, mas eu não tenho medo! Eu sou melhor que vocês dois!", o que me parecia ser verdade, e, depois de fazer todas essas coisas, nós nos deitávamos no meio da relva e comíamos o que tínhamos na lancheira. Então, contávamos os sonhos. Nós os tínhamos dividido em "sonhos com aquilo que a gente quer" e "sonhos de medo", e cada um tinha um sonho que sempre retornava, dos dois tipos. Eu sonhava que caía de alguma coisa; uma vez sonhei até que caía de um porta-guarda-chuva gigantesco, e esse era sonho de medo, obviamente. Nas últimas noites, porém, sonhava que apresentava um concerto incrível de assobios, e Nocella primeiro, papai e mamãe depois, vinham me dizer: "Você é bom demais, já sabíamos que você era um menino excepcional, mas agora tivemos mais uma confirmação!" Ardo, porém, sentia medo quando sonhava com um cachorro preto que uma vez correu atrás dele e mordeu seu tornozelo, e sonhava com ele nos lugares mais absurdos; tinha sonhado com ele até dentro do chafariz, que aparecia mostrando os dentes enquanto ele mergulhava e abocanhava seu rosto pouco antes de ele acordar. O sonho bonito dele, o que não oferecia perigo, era sempre com comida; toda manhã, antes de acordar, ele sonhava com *casatiello*, sopa de leite, profiteroles de creme, tortas, rosquinhas, bombas e croissants de chocolate, mas também pão e tomates, frangos com batatas, frangos sem batatas e batatas sozinhas, sem frangos.

Marella, por sua vez, tinha um sonho de desejos que era muito divertido: voar acima de Mattinella, enquanto todos a cumprimentam e lhe atiram roupa boa, vestidos bonitos, flores e bicicletas, e ela se move no ar mexendo só um pouco os braços ou mesmo só as mãos, e a cada movimentozinho das mãos, avança superdepressa, e para parar precisa se segurar na ponta do campanário; para descer, fica de cabeça para baixo e se arrasta ao longo da calha, como quem vai por baixo da água prendendo a respiração.

Mas tinha um muito triste, de medo, que ela contava assim:
"Essa noite sonhei outra vez com as corridas. Vocês dois também estavam no sonho. O Ardo ia correndo na frente, e ria dizendo 'Vamos ver como está o Ali!'. Você, Isido', disparava, como faz sempre, apitando como um trem e movendo esses gambitos magrinhos, depressa, depressa, cruzando-os e abaixando a bunda. Eu ficava para trás. Queria correr atrás de vocês, mas..."

E nesse ponto, sempre aí, Marella começava a chorar, eu nem conseguia ficar perto dela, de tão triste que ficava por ela. Não era só um sonho de medo. Era um sonho que afligia seu coração e a aterrorizava, via-se pelo seu rosto; papai dizia sério, com uma das suas palavras inventadas, "sonho premonitório", mas não entendi quais eram as duas palavras misturadas, nesse caso; depois, indicando um livro de sua pequena estante — escrito também por aquele escritor e diretor de cinema de que ele gostava tanto —, me disse "poderia ser chamado *O Sonho de uma Corrida*". Ela não contava o fim, mas eu e Ardo já sabíamos como era, e era assim: "Eu queria correr atrás de vocês e dava o primeiro passo. Depois movia a outra perna para o segundo passo da corrida, mas era como uma perna feita de um saco de farinha, eu movia a parte de cima, mas a de baixo ficava parada. Depois acontecia o mesmo com a primeira. Vocês iam embora, eu ficava lá, tentando me mexer, mas nem andar eu conseguia mais, parada com as pernas cheias de farinha. E acordava."

Da última vez, no chafariz, aconteceram duas coisas ruins: primeiro Marella perdeu o equilíbrio e caiu. Mas sozinha, sem que ninguém empurrasse ou qualquer outra coisa. Perdeu enquanto andava, devagar, e então, no chão, olhava para nós sem entender, era feio, parecia o olhar de uma pessoa que está se transformando em inseto. Depois aconteceu uma coisa pior: toda uma perna dela se enrijeceu, uma espécie de câimbra forte, e nós não sabíamos o que fazer. Ela ficava no chão, chorando de medo e dor, e dizia: "A perna, a perna, está doendo, está dura." Tentamos fazer alguma massagem, mas quem é que sabia fazer massagem? Tentamos colocá-la de pé, nada, ela caía de novo por causa da dor. Então comecei a brincar, a soltar os gritassobios mais absurdos e estranhos, que normalmente a faziam rir, mas era impossível mesmo, ela estava com medo por causa daquela perna igual a madeira, conseguia apoiar no chão só a ponta do pé, era absurdo, não conseguia pôr o calcanhar no chão, e, além disso, os dedos que saíam da sandalinha estavam repuxados, abertos, como quando Ardo, para bancar o tonto, se sentava e fazia o pé chegar à boca, dizendo "Vou comer a unha do dedão, querem apostar?", e a comia de verdade, movendo-a no ar, e ela agora não conseguia relaxá-los, aqueles lindos dedos pequenininhos e marronzinhos, sujos de terra e lama.

Naquele momento de medo e confusão, eu me sentei perto dela, peguei uma de suas mãos — mesmo não sabendo o que fazer com ela, e, de fato, ela a arrancou de minha mão porque a usava para esfregar a panturrilha, que estava duríssima, e para tentar dar algum jeito no pé —, naquele momento de medo e confusão, dizia eu, só criei coragem de dizer "Gosto de você, quer ser minha namorada?", enquanto Ardo ia procurar ajuda no povoado, eu disse assim, mesmo que fosse para distraí-la um pouco.

E ela, entre as lágrimas daqueles olhos assustados, encontrou forças para sorrir e dizer sim.

Eu sabia que ela era de fato melhor que nós. Era uma potência de menina, corajosa, bonita, simpática e espertinha; para lhe fazer um elogio, eu a chamava de Menina de Potência, e só ela e eu entendíamos por quê. O fato é que, depois daquela vez dos dedos no chafariz, ela começou a ir consultar todos os médicos de Campania, primeiro em Sant'Angelo, depois em Avellino, depois em Nápoles, e me contava tudo o que diziam, mas contava sempre sorrindo, brincava, mancava de propósito, falava de uns exames doloridos, feitos com agulhas muito compridas, mas contava como quem nem está ligando, gozando daquela Marella que tinha sentido dor e se envergonhado na maca do médico, como se não fosse ela.

A um médico tinha até dito:

— Se doer, chamo o meu namorado, e ele vai lhe dar uma assobiada de tapas. — E havia feito o médico rir e querer saber como seria aquela assobiada de tapas, e eu estava muito a fim de ir a qualquer cidade para mostrar.

IX.
Terceira carta de amor escrita no banheiro

De música clássica eu não entendo. Por isso, peço desculpas por tratar você de você e de traduzir o seu nome, porque para mim é um pouco difícil pronunciá-lo em alemão. Caríssimo João Sebastião Bach, sinto um amor profundo por sua pessoa e por aquilo que você deixou depois de si, e faço questão de lhe expor uma ideia minha. Você pode até ser apenas um grandíssimo musicista, como todos dizem e repetem, mas, na minha opinião, é principalmente o maior cardiologista que já existiu. Mas é cardiologista antes da invenção da cardiologia, e isso já é uma grande honra. Porque, enquanto as pessoas que viviam na sua época procuravam consertar o coração como se fosse uma bicicleta, você entendeu que era preciso entrar nele por outro lado, regular os níveis e pôr tudo no devido lugar sem tocar em nada com as mãos, e esse outro lado por onde se devia entrar era o espírito, e eu acho que, através do espírito, você bloqueou infartos, controlou arritmias, purificou artérias cheias de gordura de milhões de pessoas durante centenas de anos e seguramente sempre manteve em ordem o meu coração. Também é preciso dizer que você é cardiologista de quem não tem cardiologista, e não tem ou porque não vai procurá-lo por distração, enquanto não se sente mal e as linguiças estão andando pelos seus ventrículos, e aí vai correndo procurar o doutor Damorte, dizendo "dotô', me salve, me dê alguma coisa!", ou então porque — e essa é outra razão do meu amor — não pode se dar a esse luxo; a toda essa gente eu dou de presente um disco seu, que mando trazer de Nápoles, faço a pessoa ouvir o disco o tempo todo, até se sentir melhor, até o espírito derreter toda a banha de que estão empanzinadas, a banha do dinheiro, a banha do individualismo, a banha da prepotência para chegar mais à frente que os outros, e então me dizem "Valeu, Quiri', sabe que esse baco é mesmo do carai?", que significa — vou traduzir porque você é alemão — "Obrigado, Quirino, sabe que esse Bach é de fato muito bom?". João Sebastió, eu descobri você por acaso, acho que na única vez que fui falar com um padre numa igreja, e ele tinha posto um disco seu nos alto-falantes, e, quando eu perguntei "que música é essa?", ele respondeu "música de igreja". Música de igreja, João Sebastião, mas é possível liquidar desse jeito tudo o que você escreveu? Eu falo com padre, eh, mas preciso falar fora da igreja, porque, caro João Sebastião, não sou crente. Mas sou muito religioso, e isso também tem a ver com você. Porque, ouvindo sua música, primeiro fiz as pazes com o órgão e, depois, também com o pároco e um pouco até com aquele que você chama de Maingótt.

Não posso dizer que somos amigos, mas quem sabe num amanhã.

Obrigado, João Sebastião, por ter me levado a conceber, ouvindo os seus discos, alguns dos pensamentos mais bonitos que já brotaram de mim, sobre mim mesmo, sobre o Pai Eterno, sobre as outras pessoas, sobre o amor e sobre a dor, pensamentos que — em palavras — não dava mesmo para ter.

Danke,

Quirino

X.
A linguagem dos animais

— Isidoroo... Isidoroo...

Eu ouvia toda manhã a voz cristalina de Ali me chamando da sua gaiolinha, toda manhã exatamente às oito e vinte e cinco, quando estava indo à escola, porque precisava passar pela praça para chegar à De Amicis; então não sei se os mainás têm alguma espécie de faro, tipo os cachorros, e por isso me farejava da ruela lá de trás, mas, seja lá como for, assim que eu entrava na praça, o ar se enchia daquele assobio, "críí-íí-troó-óó", e eu sabia muito bem que era o Ali me chamando! Então eu também respondia com um cumprimento rápido, um "tchilapúíí" ou dois *fusilli* altos e enroscadinhos, e todos os que estavam na praça àquela hora fechavam a boca e ficavam me olhando passar gritassobiando com a mochila nas costas, rindo das respostas de Ali; nos últimos dias, porém, mais que isso eu não podia fazer, porque à noite dormia tarde, estava empolgado demais, e de manhã dava uma trabalheira danada acordar, e eu não tinha tempo mesmo de parar e bater papo. De tarde, precisava fazer dever de casa e ensaiar com o Canção, enfim, pra falar a verdade, eu tinha deixado o Ali um pouquinho de lado, e ele me lembrava disso, dizendo também, muito de passagem, "zeméé-tchirióó", tipo chinela ordinária, que queria dizer "de mim, adeeeeus".

Pobre Ali! Mas eu era um menino de quase dez anos, e naqueles dias estava me acontecendo tanta coisa, e o meu corpo era pequeno demais para abrir espaço e deixar entrar tudo aquilo; mas eu gostava dele de verdade, ele tinha sido o primeiro a me revelar que se pode botar pra fora em forma de assobio tudo o que borboleteia dentro do coração, da cabeça e dos nervos da gente, e nalguma tarde daquelas eu ia voltar sem dúvida pra prosear daquele nosso jeito.

Enquanto isso, os ensaios para o concerto iam muito bem, e logo encontramos o jeito de lidar com o método esbofeteante e ventoso de Nocella. Contei a mamãe como tinha sido o primeiro ensaio, então ela inventou a solução num vapt-vupt: pegou um boné vermelho com viseira, que eles tinham me dado de presente no ano anterior e em cima estava escrito MOZZARELLA ZARRILLI, mas era um pouco grande; quando eu voltava da escola, ela fazia bem rapidinho uma bolota de massa do tamanho do meu punho, que ficava descansando enquanto a gente comia; depois, ela forrava bem o boné e o punha na minha cabeça, apertando bem fundo, mas com delicadeza, como só ela sabia fazer. Com aquele boné recheado e incrustado, mesmo deixando as orelhas de abano salientes e descobertas, o maestro Canção podia me dar todos os bofetões que quisesse, eu não ia sentir nada! Depois mamãe também achou um jeito de eu não ser perturbado pelo "vento aromático", como dizia papai, que ele intitulou em quirinesco de "ventomático", quer dizer, o fedor da estrebaria e de Nocella, que de vez em quando compensava a pressão interna e a externa, como se faz com os pneus dos carros, dizendo "Solfejo!", sempre sem mudar minimamente de expressão, com o sorriso estrilabado, os dentes de coelho e as sobrancelhas de escova bem levantadas. Claro que o problema não era o fedor em si, imagine só se não estávamos acostumados, afinal aquilo era um povoado rural; mas, quando ficava muito forte, eu não conseguia manter aquela respiração relaxada e larga que o maestro mandava, eu puxava um ar apertado e nervoso no meio da canção, gritava em vez de gritassobiar e splaff!: sopapo, sorriso e sobrancelhas levantadas, pontuais.

De um vaso que ficava do lado de fora da porta, Estrela colheu umas folhas de um pé de citronela, cortou em pedaços iguais e as costurou dentro do lenço, "só um alinhavo", dizia. Fez duas filas de folhinhas, e aquilo ficou tão bom que elas pareciam desenhadas no pano.

— Quando o ventomático for demais, você pega o lenço e faz de conta que está assoando o nariz. Mas na verdade está esfregando o lenço no nariz, assim o cheiro da citronela fica na tua cara — dizia mamãe.

Em apenas três dias de ensaio, os progressos foram excepcionais: *Mierulo affurtunato* logo saiu muito bom, eu começava com Pí-ttí-ró!, todo sorridente, e também fazia um gestinho com as mãos que provocava o riso do Canção. *Core 'ngrato* também saía decente, segundo ele, mas ainda precisava ser trabalhado; de qualquer modo faltava uma semana inteira, tínhamos tempo para o famoso arraso em Lacedonia. Naquele sábado à tarde, porém, ele silenciou de repente, parou de tocar bem quando eu escalava a parte *hai pigliato 'a vida miiia!*, me olhou fixo e não falou mais. Eu então achei que ele estava se concentrando para soltar um dos seus exercícios de solfejo e imediatamente tirei o lenço do bolso para pôr no nariz, mas Canção ficou sério, fechou o sorriso que estava sempre aberto, de sol a sol, e ficou me olhando. Eu não sabia o que fazer, o que dizer, fiquei quieto; ele, percebendo o meu embaraço, perguntou bem sério:

— Por quê?

— Por que o quê, Noce'?

Ele fez uma pausa longuíssima, talvez estivesse simplesmente em silêncio, mas para mim era como se estivesse quase chorando, eu não entendia mesmo o que estava acontecendo.

— Por que você nunca me traz nada pra comer?

— Nossa, Noce', desculpa, não tinha pensado nisso, segunda-feira vou pedir pra minha mãe...

— Ahahah, não, estou brincando, fica tranquilo! — disse, voltando a ser o Canção de sempre. — Eu queria te dizer: por que estamos fazendo isso? Lembra?

— Ah, porque você disse que o meu gritassobio é bonito, e que...

— ... e quê?

— e que... as pessoas se divertem quando me ouvem...

— ... e?

Mas que porra que você tá querendo, Cançó?, era o que eu queria berrar, ele estava me deixando nervoso com aquele questionário, e, se era para responder a perguntas sem quase nunca saber a resposta, então já chegava a escola, não?!

— Pixote, não esquece: nós temos uma tarefa mais elevada, nós precisamos comunicar uma mensagem. Senão, se for só pra fazer os caipiras rir se empanturrando de mais uma costeleta de porco e um copo de vinho, então pra que é que a gente precisa do Isidoro Raggiola?

— Aaah, tá, e quem se lembrava, Cançó, desculpe. É verdade, aquela história da felicidade por se livrar da necessidade, não?

— Exatamente, se vê que você é filho daquele grande homem. Então agora vamos deixar um pouco de lado a canção e pensar como a gente pode ensinar os pobres a falar a língua dos passarinhos.

Enquanto ele guardava o acordeão e pegava outro fardo de palha para eu também poder me sentar, voltaram à minha memória as palavras que Ali tinha dito, três dias antes, quando eu tinha ido falar com ele na qualidade de meu empresário:

— Talvez não seja má ideia transformar os pobres em pássaros, todos os pobres!

Comecei a rir sozinho, pensando no público do concerto de Lacedonia começando a gritassobiar comigo, um pouco por vez, com asas despontando nos sovacos, uma pena aqui, uma ali, mais outra pena, depois a boca ficando pontuda e formando o bico, as pernas se afinando, ficando bem fininhas e, em cada mocassino que caía, ficavam dentro dois dedos separados do pé, porque daqueles sapatões saíam só patinhas em forma de tripé, como as de Ali, e, nessa altura, todos os jornais escreveriam, no dia seguinte, com umas letras deste tamanhão:

O público da festa do pimentão sai voando
No chão ficam os ricos

"Aprender a assobiar é o primeiro passo para aprender a voar",
declara o jovem líder Isidoro Raggiola, de Mattinella.

— E aí, como é que a gente pode fazer? — disse Nocella. — Agora o maestro é você.

— Então, Canção, você precisa de papel e caneta para escrever o Assobulário.

— Assobulário!? Essa quem inventou foi o Quirino?

— Não, essa eu pensei sozinho! Você precisa escrever os formatos do assobio e quem sabe fazer um desenhinho do lado, pra se lembrar de como são.

— Mas você disse que são como os formatos da massa, não?

— São mesmo.

— Então deixa comigo: formato de massa é coisa que eu tenho estampada na carne; se eu fosse fazer uma tatuagem, fazia uma panela de macarrão e uma de feijão em cima de cada nádega.

Mesmo assim se pôs à disposição, escreveu tudo, efetivamente entendia bem a diferença entre um formato e outro, aliás se demorava a falar do rendimento, na fase da mastigação, de um *rigatone*, um *fusillo* ou uma *scoppella*, e até conseguia pôr a língua na posição certa, como eu lhe mostrava.

Mas na hora de soltar a voz foi um desastre completo; era como se tivesse bochecha demais, aliás, era como se tivesse outra barriga na garganta, e a voz saía formando um nó atrás da língua, como quando a pessoa fala e a saliva não vai nem pra cima nem pra baixo. Não consegui me segurar. No primeiro gritassobio de marreco que ele soltou, sentei-lhe um bofetão, um pescoção na nuca que fez um PPÁ! sem eco, como quando uma mesa cai, depois olhei para ele sorrindo exageradamente e levantei as sobrancelhas dando uma piscadinha, igualzinho ao que ele fazia comigo!

Ele rachou de rir e, apesar daquela voz carregada de profiteroles, conseguimos preparar uma surpresa para a festa dos recém-casados do dia seguinte.

Na volta, parei no Ali, meu empresário indiano, e avaliamos a situação.

— Estou contente de te ver — disse-me. — Lembre que tchiorotó-aaacreéé.

— É, eu sei que você é o meu empresário! Não me esqueci, não! Desculpe se passei uns dias sem vir, mas aqui estão acontecendo milhões de coisas! Se aquele lá deixasse você vir, eu te levaria sempre comigo, te punha em cima do guidom da bicicleta, e você me acompanharia, assim ia poder ver pessoalmente quantas coisas estão acontecendo!

— Esqueça.

Era a voz azeitada do Esmo, que tinha dado as caras assim que ouviu a primeira conversa entre mim e Ali, para soltar essa frase e logo entrar de novo com o seu famoso "Digue!", para um freguês que tinha entrado na loja, indo embora com cara de nojo que, eu sabia muito bem, era de nojo por ter me visto e era de nojo como mensagem para o meu pai. O meu próprio empresário me contou que, quando eu me afastava, o Esmo sempre dizia um monte de coisa ruim sobre "aquele escroto do Quirino, que acha que vai salvar o mundo com aqueles quatro livros de merda que lê. Que por sinal eu tenho certeza que não entende porra nenhuma, porque um olho lê e o outro olha a janela".

Todo mundo no povoado antipatizava com o Esmo, mas ele tinha feito muito dinheiro por ser cunhado de um político que o tinha mandado vender, a peso de ouro, um terreno onde queriam construir o estacionamento de um hospital, então todo mundo fingia que ele era simpático só para ficar do lado dele. O dinheiro ele recebeu, mas depois não foi feito estacionamento nenhum nem foi construído o hospital, e o terreno tinha virado um lixão; ele mesmo jogava lixo lá e até tinha colocado duas máquinas agrícolas e um trator que tinham enferrujado e davam nojo. Papai um dia apareceu na loja com o seu toca-discos e um trinta e três rotações de Bach, a *Missa em si menor*, parece, pôs para tocar no volume máximo e entrou com as mãos nos bolsos dizendo, acima daquelas notas belíssimas, "Vamos conversar um pouco!", enquanto em toda a loja ecoava o Kirie Eleisoón, e papai parecia o Paul Kersey de *De-*

sejo de matar. A briga foi feia. Papai disse que ele era ladrão e desonesto, que ele e o cunhado mereciam a cadeia, porque aquele terreno estava sob *custódia* dele, Esmo, mas era de todos, porque a terra é de todos os que a veem e a respiram e vivem perto dela, e é também de quem viver no futuro, no entanto eles tinham especulado e armado uma tramoia nojenta com um terreno que tinha custado o sangue dos seus pais e dos seus avós, sem nem um pingo de vergonha. Enquanto isso, os cantores do disco se esforçavam, subiam até o mais alto, desciam depressa, tudo rimbombava com aquela música que me parecia os gritos de todo o inferno querendo ir para o paraíso, mas todo aquele esforço não derreteu nem meio grama do individualismo e do "tô-nem-aísmo" — essa era da mamãe — do Esmo, que respondeu com algum vai-tomar-no-cu e não-me-enche-o-saco e chega; então Quirino, saindo, disse:

— Estou de olho em você, não se esqueça! — indicando o olho descentrado.

— Vê se não esquece o toca-discos com essa música de merda — respondeu o Esmo, apontando com o palito de dentes que tinha na boca.

— Ali, hoje estou te achando chateado — disse-lhe eu. — Por que isso? Só porque fiquei três dias sem vir?

— Timcáá zupuritóó — respondeu. — Nianaá.

— É mesmo? Iguana te contou a história dele esta noite? E por que você não conta essa história para mim? É triste?

Ele respondeu com quatro lasanhinhas lisas — *tris tís si ma* — e um *conchiglione* — *mas também engraçada* —, depois concordou em contar. Eu me sentei na escadinha da loja e, mesmo sentindo penetrar nas minhas costas aquele olhar flechoso, envenenado e com gosto de crocodilo, nem liguei, porque estava ao lado do meu amigo e empresário, que me contava, obviamente com um pouco de sotaque indiano, esta história:

Uuuainainaáá-tuckí-looaiatcheé
(Um iguana em Caianello)

O Esmo sempre foi amigo do Anjinho Cano, encanador fascista oriundo de Marcianise, povoado próximo a Caserta. Tinha esse apelido nem tanto por causa da profissão, mas porque, quando o assunto era dar porradas, ele sempre carregava um cano de uma polegada e meia, dizendo que ia sentá-lo no lombo do desgraçado. Encontravam-se porque de vez em quando Anjinho vinha passear por estes lados com a família, e assim, foram ficando amigos aos poucos.

Um dia, Anjinho, sabendo da paixão do Esmo pela fauna exótica, ligou para ele:

— Digue.

— Esmo, é o Anjinho.

— Como vai, querido?

— Bem, tenho uma boa notícia pra você.

— A nível de?

— A nível de fon'exótica.

— Fone importado? Eu não vendo.

— Não, os bichos que você gosta.

— Ah, fauna exótica...

Você deve saber que, pelos lados do Anjinho, se pronuncia o *o* muito aberto, até se tornar *au*: a baula (a bola), a gaula (a gola). Então, querendo falar certo com o amigo, ele tinha pronunciado "fona" em vez de "fauna", para fazer bonito, achando que aquela fosse a palavra correta.

— Ont'eu fui numa casa em Caianiello, pra pôr uma privada nova...

— Ah. E aí?

— E no que que eu tô montando a privada, muito bonita, de um tom azulzinho que combinava direitinho com os ladrilhos xadrez marrom e azul-celeste, muito bonito e elegante mesmo, me entra de repente aquele tipo de largatixão que dá um nojo danado, com um monte de *pauntas* (pontas)...

— Um iguana! — disse Esmo, arregalando os olhos fixos na parede de frente e pondo-se em pé.

— Eh, isso! Cê qué? — respondeu Anjinho. — A casa tá vazia mesmo, os donos ainda não *vaultaram*.

Logo organizaram a expedição: na noite seguinte foram de carro para Caianello e furtaram o iguana da casa ainda desabitada. O iguana, no entanto, primeiro mordeu o Esmo, que se aguentou sem dizer nada por amor a nós, animais, que "não são invejosos e malvados como os homens", dizia; mas, depois da mordida, veio uma forte chicotada com o rabo entre as bolas do Anjinho, que, gritando "essa puta chinesa!", tentou sentar o cano também no lombo do iguana; mas, como não sabia muito bem onde é o lombo do iguana nem de onde ele vem, se limitou a lhe cortar o rabo batendo com o cano.

Não pedi a Ali que também me contasse a sua história; alguma coisa ele tinha já contado, no começo, quando tínhamos acabado de nos conhecer; mas, pensando bem, eu era muito pequeno, teria dois ou três anos, e de todas aquelas histórias eu me lembro como se fossem lindas; talvez ele as romanceasse um pouco para me fazer gostar delas, falava de lugares incríveis, dizia que tinha vindo da Indolásia — era assim que eu tinha entendido, achava que era uma palavra de papai, uma fusão técnica de Índia e Malásia, de onde vinha Sandokan — e que a sua família vivia numa montanha de onde se via primeiro uma espécie de igreja próxima, pontuda, bem alta e muito linda de manhã cedinho porque despontava da neblina e do verde-escuro das árvores, e mais longe ele via o mar azul; havia saído de lá por livre e espontânea vontade por ser um pássaro que tinha a curiosidade de ver como era o mundo do outro lado, e também por saber que devia se tornar amigo de uma pessoa muito especial, que seria eu.

Não sei se eram histórias verdadeiras, mas ele ficava contente por me contar, os assobios eram sempre cristalinos e ascendentes; enquanto me contava a história do iguana, porém, vi que estava um pouco triste, e por fim entendi o verdadeiro motivo daquele rabo torto, que olhei por um instante antes de voltar para casa.

XI.
A maçã nunca cai longe da árvore, mas sempre cai

Aquele foi um Sábado-Livro, por ter sido cheio de histórias; além daquelas que Ali tinha me contado, a noite me preparava outra surpresa, talvez a mais bonita. Quando cheguei, encontrei a casa cheia de gente: dona Ieso e outras quatro amigas de mamãe tinham ido ajudar a preparar toda a Massa Estrelar para o almoço do dia seguinte, e os respectivos maridos estavam jogando cartas com papai na sala. Assim que entrei, as quatro senhoras, mais mamãe, me fizeram sentar a um canto da mesa, puseram a toalha dobrada no meio, porque ainda estavam trabalhando na outra metade da mesa, e em cinco minutos colocaram na minha frente só "alguma coisinha", porque não tinham cozinhado a janta e "todo mundo tinha se virado" com um pouco de salame, presunto, salsichão, queijo *caciotta*, provolone defumado, provolone picante, pão, salada de tomates, um pouco de pimentão assado, berinjela *al funghetto*, escarola refogada com uva-passa e uma *crostata* apenas, uma só, com geleia.

Era maravilhoso comer naquele cantinho, com a casa cheia de gente, enquanto se alternavam risadas e comentários em voz alta da mesa onde estavam jogando e o movimento daquelas cinco mamães na cozinha, que iam de um lado para o outro sem nunca se darem encontrões, corpulentas, gordas, mas leves, sempre sorridentes e afetuosas, mesmo entre si, naquela espécie de balé com bandejas nas mãos. Matutei que, se por acaso ficasse sem os meus pais, não estaria sozinho lá no povoado, mas eu era apenas um menino, e aquela noite me parecia uma vigília de Natal fora do calendário, uma vigília de Natal presenteada.

Depois de comer, peguei no sono com a cabeça na mesa, ainda com o boné/casco MOZZARELLA ZARRILLI, que tinha massa por dentro; então mamãe me pegou no colo, me levou para meu quarto, me vestiu o pijama e estava para me deitar na cama, quando eu disse:

— Mamãe, esta noite não tem história?

— História é pra fazer você dormir, filhinho, e você já estava dormindo!

Era verdade, eu estava cansado e nem conseguia ficar de olhos abertos, mas já sabia que durante todo o dia seguinte não a teria só para mim nem um instante, então insisti, mesmo estando moído, só para retê-la mais dez minutos.

— Tá bem, então vou contar uma história que se chama assim: Separe e Entenda.

Pousei a cabeça no travesseiro, fechei os olhos e, enquanto ela falava, deixei espaço livre para os pensamentos, como sempre fazia, e aquelas palavras tomavam mil direções, se multiplicavam, mudavam de cor, faziam florir ideias e situações diferentes e novas, e uma espécie de pequenos sonhos antes da dormida de verdade começava a andar pela minha mente, alguns sonhinhos ainda ligados à vida de verdade.

— Todas as coisas que crescem se dividem, se separam: a pera cai da árvore em que nasceu, o cachorrinho se afasta da cachorra que o fez etc. Se você olhar melhor, vai perceber que a vida é como uma árvore: existe o tronco, mas do tronco se separam os ramos, dos ramos se separam as folhas, das folhas se separam as flores, depois se separam as sementes e vão para longe. As famílias, por exemplo, são assim, é fácil: existem os avós, depois os filhos, depois os netos, depois os bisnetos...

— A árvore...

— Eh, genealógica, muito bem. Então, quando você não conseguir entender alguma coisa, lembre-se sempre dessa regra: separe e entenda. Quando lhe dizem "Essa coisa é deste jeito", ou "Aquela pessoa é daquele jeito", não confie, tente entrar naquela coisa ou naquela pessoa e separar, separar um ramo do outro ramo, uma folha da outra folha, e vai ver que começa a entender. "Aquela é uma família ruim!", dizem; tá bom, concordo, mas dentro daquela família algumas pessoas são diferentes, cada um tem uma cabeça, não sei se concordo sempre... você separa e entende. Vou dar outro exemplo. Nunca viajei muito, mas você sabe que gosto muito de ouvir as pessoas falando de viagens. Se alguém me diz "A América é linda", que é o que todos os patrícios que foram morar lá sempre dizem quando voltam para passar férias, não; bom, quando dizem isso pra mim não significa nada. Mas se me dizem "Na América existe uma cidade tal, e nessa cidade existe uma rua tal, e nessa rua, a certa altura, existe um banco, e nesse banco sempre se senta o mister Johnny, e o mister Johnny — que está sempre com aquelas calças vermelhas esquisitas — toda vez me faz sinal para me sentar com ele e comemos alguma coisa juntos enquanto batemos papo e ele me conta a história daquela moça que ele sempre amou, mas ela nem sabe quem é ele, e essa moça é filha dele", então, sim, entendo, separo o banquinho e mister Johnny do resto da América e entendo a América. Não esqueça, filhinho: tudo o que se entende na cabeça, que nem tudo o que amadurece, precisa ser separado; se não for assim, nunca vai nascer nada de novo. Todas as coisas da vida são assim, e você, se aceita, vive mais contente.

— E então por que você e o papai se casaram? Se tudo se separa quando fica maduro, quanto mais vocês se gostavam, mais longe deviam ficar um do outro.

— Por que a gente se casou não é importante, a gente se casou porque queria fazer uma festa junto com você e com todo mundo, e, como pra todo mundo essa festa se chama casamento, então tá, casamento! A pergunta certa é: por que se uniram? Então vou responder.

Não tenho certeza de ter entendido muito bem a resposta para a minha pergunta, o sono já tinha chegado e punha para andar na minha cabeça umas figuras estranhas que nasciam da voz de mamãe, e ela estava falando de um jogo feliz entre estar sozinho e estar acompanhado, de como é bom encontrar alguém que te deixa sozinho porque gosta de você, de uma corrida pelos campos, ao encontro de Quirino, de um primeiro beijo dado de raspão, sem se deter, e da continuação da corrida, cada um cuidando da sua vida. Mas, se não me engano, a história acabava mais ou menos assim: só quem vai embora pode escolher voltar, e é muito bom sentir saudade de alguém que a gente pode rever.

Mas passei uma noite estranha, aqueles sonhos tão bonitos e coloridos que tinham se formado no começo, brotando como gotas de creme daquela voz com sabor de bolo, depois de algumas horas se transformaram em gente gritando, idas para a montanha, carro indo embora com mamãe e papai dentro, e eu ficando sozinho, na lama, tentando alcançá-los, mas sem conseguir.

Por volta das cinco e meia me levantei, queria tomar um copo de água, fui à cozinha, já tinham preparado tudo, aquelas dez mãos de mamães vai saber até que horas tinham ficado trabalhando. Mas aquela comida toda me parecia sem vida, não sei por quê, talvez aquela luz cinzenta, escura, ou os sonhos da noite me dessem aquela sensação ruim de funeral na sala de jantar, com todos aqueles panos brancos cobrindo a massa como se fossem mortos.

Cheguei perto da janela, de onde se via a ruela da nossa casa bem retinha em frente. Um gato preto, a Bichaninha, como mamãe chamava, estava comendo alguma coisa de um cartucho jogado no chão, fazendo aqueles movimentos de cabeça que os gatos fazem para mastigar. Abri a janela para chamá-la, ela me conhecia, gostava de mim e sempre se deixava acariciar, mas, assim que eu disse "Bichaninha!", ela se virou, olhou para mim e fugiu. Fiquei chateado. Voltei para a cama e me pus a ler um "Mickey" de capa amarela, porque o sono tinha ido embora; era uma história do Tio Patinhas bronqueado, correndo atrás dos Irmãos Metralha, depois tive a impressão de sentir a mão de papai me cobrindo e apagando o abajurzinho da mesinha de cabeceira.

Os convidados eram poucos, só cinquenta pessoas, que encheram a casa em todos os cantos possíveis e imagináveis; papai tinha idealizado um sistema que, usando um monte de palavras em vez de grudar só duas, como sempre fazia, tinha chamado de Felizes os Convidados porque Estarão todos Acomodados, ou Multiplicação das Massas e dos Lugares à Mesa.

Tinha pedido ao amigo marceneiro de sempre que preparasse uma série de tábuas, e naquele domingo de manhã eu o ajudei a montá-las, uma depois da outra, numa espécie de mesa contínua que, partindo da sala de jantar, atravessava a cozinha, o corredor, o meu quarto, o quarto deles e o banheiro, apoiando-se em prateleiras, na máquina de costura, na tábua de passar roupa, em dois cordões puxados entre dois armários, em qualquer coisa, tocos de madeira, brinquedos, pilhas de jornais, roupas velhas bem dobradinhas, varal de roupa ou vasos vazios.

Os convidados podiam sentar-se onde quisessem: nas camas, na banheira, nos armários abertos, no chão, no mármore da cozinha, nas janelas, onde quisessem. Como era lindo de ver! Toda a casa tortuosa, toda a casa cheia, toda a casa alegre, com os amigos lavradores enchendo o espaço das janelas com aquelas costas largas, sentados de dois em dois nos peitoris com as pernas pendentes e os sapatos lustrosos, ou as senhoras do povoado muito elegantes, rindo, jogando-se para trás na cama com comida na boca e a mão na cara, como mocinhas de quinze anos, ou os três amigos do sindicato, todos barbudos, sentados no armário, que nem dava para ver, todos de preto, ternos escuros para a ocasião, caras cheias de pelos e cabelos escuros e crespos; mas, quando riam, brotava uma fila de três bocas de dentes brancos que era uma gostosura, porque eram três belos rapazes que "pelo sorriso dava pra ver as belas ideias que tinham", como dizia Quirino.

Ele conservou para si o lugar de honra: o Trrrono Branco, que depois cedeu a mamãe, fazendo todo mundo rir quando, indicando-lhe o lugar, disse:

— Cedo o meu lugar, não quero vê-la privada de assento!

E se sentou no bidê, que afinal, depois de anos de banho bolocêntrico, já havia tomado a forma da sua bunda. Ouviam-se risadas de todos os pontos da casa, e, de vez em quando, o brinde que começava numa sala se transmitia a toda a mesa, ou então alguém puxava uma canção no quarto, que já era outra quando chegava à cozinha!

Exatamente como eu tinha imaginado, durante o dia inteiro consegui receber poucos sorrisos — de longe — de mamãe e papai, mas a festa foi de fato espetacular, e eu me diverti muito, já desde o início, quando os convidados iam chegando, porque gozavam de mim, brincavam comigo, enfim, parecia que eu era o protagonista do dia; quando o Canção chegou, então, a situação ficou bem legal mesmo, pois ele não parava de repetir "Esse aí é bom!", todo convicto, como papai fazia com Berlinguer, quando dizia no banheiro "Esse sim, esse sim".

— O menino é dotado! É afinadíssimo, tem senso musical, acompanha o ritmo o tempo todo e, quando está trabalhando, é sério, concentrado, e, mesmo quando eu enchi ele de safanão, nunca abriu a boca pra reclamar!

Então mamãe e eu trocamos uma piscada, lembrados do boné/casco.

Papai o fez esperar fora de casa, dizendo:

— Espera aí, Cançó, você entra por último e se senta na cabeceira da mesa, perto da porta, porque, se entrar já, gordo do jeito que é, não passa mais ninguém!

As regras do almoço eram:

– ninguém mais passa pela porta, senão todo mundo precisa se levantar;

– para ir ao banheiro, passar pelas janelas e entrar na casa pelo lado;

– quem está perto da comida enche e passa o prato de acordo com as indicações de Estrela, e desse mesmo jeito, de mão em mão, os pratos sujos são retirados no fim do almoço; mesma regra para o vinho e as sobremesas;

– se ouvirem a descarga, quer dizer que precisam ficar em silêncio, porque alguém vai fazer um discurso.

Isso papai disse de lá do banheiro em voz alta, depois quem falou foi mamãe.

— Graças à ajuda das minhas caríssimas amigas, preparei quinze tipos diferentes de massa...

— Ooooohhh! Que bom! — disseram todos.

— ... para comer com cinco molhos diferentes...

— Eeeehhhh!

— ... mais dois formatos especiais para os meus homens amados: Espagosos à la Vive l'Amour para o estrábico mais bonito do mundo inteiro conhecido e desconhecido!

E aí se ouviu de fato um grito de alegria, porque aquela massa tinha ficado na memória e na barriga de todos.

— ... e uma nova invenção, os Apitinhos com tomate, manjericão e queijo parmesão para aquela coisinha cheia de música que é o Isidoro, que, quando corre assobiando parece um triquetraque pronto para fazer um espetáculo pirotécnico, lindo da mãe! Quando forem comer, experimentem pegar um SEM TOMATE DENTRO, não se esqueçam, e soprar: ele apita de verdade!

No fim daquela enxurrada de massas, durante a qual papai inventou mais cinco ou seis palavras novas e todos erguiam uns brindes de morrer de rir, fizeram um concertinho de apitos com a massa que mamãe tinha me dedicado; então chegou a hora da surpresa que Canção e eu tínhamos preparado, que saiu muito bom, aliás fomos ajudados pela posição dos convidados, porque nós dois não nos enxergávamos.

Quando fiz sinal a papai, ele puxou a descarga e todos se calaram novamente quando ouviram o sinal combinado; eu então fiquei de pé em cima de um triciclo vermelho de ferro, de quando eu era pequeno, tirei do bolso a folha que Canção e eu tínhamos escrito e Ali tinha corrigido e disse:

— Bom domingo a todos os patrícios e infinitos votos de felicidade a Estrela e Quirino, que são os meus pais amados e preferidos. Como todos sabem no povoado, não sou muito forte, não sou tão bom na escola, mas sou bom pra fazer outra coisa.

— Fiuííí — assobiou alguém do pedaço de mesa que ficava no corredor.

— Exato! — disse eu. — Sou bom pra assobiar! Então aproveito a vossa presença pra fazer uma demonstração de uma nova forma de vocabulário que eu preparei com o meu amigo Ali, o mainá do Esmo...

— ... que na ruindade é sempre o mesmo... — completou a voz de sempre, dessa vez também aplaudida.

— Peço um instante de atenção. Então: eu digo no ouvido de quem está perto de mim a palavra que vou assobiar, e essa pessoa pode dizê-la aos outros e assim por diante, mas não pode dizer ao Nocella, que deve adivinhar que palavra é!

— Vai, vai! Ótimo! — começaram a dizer. — Muito bem, Poucapança!

— Noce', tá pronto?

— Truíí! — respondeu ele, e ouviu-se a primeira risada.

Depois, quando se fez silêncio, eu disse ao ouvido do meu vizinho: "A palavra é Amor, dita em tom de sinceridade", e a palavra foi passando entre risadinhas e comentários; em seguida, me preparei para gritassobiar, e todos ficaram quietos, uns olhando para a parede, outros para a pia, outros para um casaco, outros para o copo que tinha na mão, todos de orelha arrebitada.

— Traáá-cróooo-mieéé!, em *rigatone* reto.

Nocella se levantou, e todos os olhos se voltaram de um lado para outro, mas pouco, porque, assim como não me viam, não viam Noccella.

— A palavra é... a palavra é...

— Vai! Força, Noce', vai dizer?

— A palavra é... Amor, dita como sempre deveria ser dita...

Alguém já murmurava "... com sinceridade!".

Mãe do céu, quanto aplauso! Todos gritavam contentes, me beijavam, me davam tapas no cangote e nas costas. Então parti para mais uma. Papai puxou de novo a descarga, e todos ficaram quietos outra vez.

— Quem disse que não estava combinado?

— Mas nós acreditamos em você! — disse mamãe me mandando um beijo.

— Dona Ieso, diga uma palavra a senhora. Escreva e me mande o papelzinho, só o Nocella não pode ler, os outros podem.

Dona Ieso escreveu num guardanapo com molho, usando a ponta de um macarrão porque ninguém tinha caneta à mão, *Viva os noivos*, tomando muita liberdade, porque eu tinha pedido uma palavra só e não sabia se o Nocella já era capaz de entender a diferença entre duas palavras.

— Ei, dona Ie', aqui são três palavras!

— Desculpa, desculpa — respondeu ela —, faz só a primeira!

— Não, tá bom assim, tento de qualquer jeito, só me deixe dizer uma coisa ao Nocella antes. Está me ouvindo, Noce'?

— Truiiiíí!

— Vou dizer duas palavras, entre uma e outra eu bato palmas, tá bom? Depois você junta as duas!

— *Avanti popolo*! — respondeu ele, de punho fechado, e, do armário, ouviu-se *"Alla riscossa!"*.*

— Prí-ffuuaá — palmas — ocroó-truiíí!

Nocella fez uma pausa, todos olhavam para ele. Depois tirou do bolso o Assobulário com os formatos e me perguntou:

---

* *Avanti popolo* [avante, povo] são as primeiras palavras de uma das mais famosas canções do movimento operário italiano, chamada *Bandiera rossa* [bandeira vermelha], que exalta a bandeira vermelha, símbolo do socialismo e do comunismo. *Alla riscossa* [à libertação] são as palavras que vêm logo em seguida. A letra foi composta por Carlo Tuzzi em 1908; a música foi extraída de canções folclóricas da Lombardia. [N. da T.]

— Espera, espera... O começo da segunda é em forma de *tortellino*?
— Truiiíí! — respondi.

Papai tinha uma cara sorridente, com um olho na porta do banheiro e o descentrado todo voltado para mim, feliz.

— Então peço a todos que se levantem, peguem os copos e se unam nas palavras da senhora Ieso. VIVA OS NOIVOS!

A casa parecia que vinha abaixo de tanta alegria, com os gritos e os aplausos, tão fortes que pareciam um terremoto, ainda bem que a nossa casa era de pedra, forte, antiga, e estava em pé fazia quase trezentos anos, e quando ia cair?

XII.
Quarta carta de amor escrita no banheiro

Senhor Presidente da República Italiana Alessandro Pertini, vulgo Sandro,

Eu o aprecio e admiro muito; sinto um verdadeiro amor fraterno, filial e marxista pelo senhor e, principalmente, acredito quando fala. Escrevo-lhe esta carta porque acho que na vida de um homem é muito importante escolher as pessoas com quem quer conviver, além daquelas que nos cabem por acaso em razão do lugar onde vivemos ou dos pais que nos geraram. Eu escolhi o senhor e algumas outras pessoas, e nem faço muita questão de lhe comunicar isso; na verdade esta carta nem será expedida.

Por conviver não entendo ir ao bar juntos, digamos, se bem que eu me sentiria honrado e feliz de lhe oferecer um almoço ou um café no nosso povoado, mas acho que o senhor nunca terá a oportunidade de aparecer por estes lados. Por conviver quero dizer dar-lhe atenção, dedicar uma parte do meu tempo ao senhor, e não a alguma outra pessoa ou a alguma outra ocupação, e refletir e meditar sobre o que o senhor diz porque, conforme escrevi há pouco, acredito quando o senhor fala, ao passo que em muitos de seus colegas não acredito, porque se vê claramente que estão dizendo coisas que não saem da cabeça nem do coração, mas da política pessoal, que é o contrário da política, que deve ser para todos, bonitos e feios, fortes e fracos (mais para os fracos e os feios).

Não posso saber o que será da nossa bela nação no futuro, estamos na primavera de 1980 e ainda se veem tantas injustiças e tantas coisas insuportáveis em torno de nós, principalmente aqui no Sul, no cantinho do Sul que conheço; quero então lhe pedir um favor pessoal, mesmo o senhor não sabendo diretamente pela minha voz, mas na prática já sabe por mandato, digamos.

Quero lhe confiar o meu filho, Isidoro Raggiola, de dez anos de idade, residente em Mattinella, província de Avellino. Esta é uma carta de amor para a sua pessoa, portanto é um pouco estranho incluir nela um pedido, mas se trata na verdade de unir duas pessoas a quem quero bem. Se ocorrer de o senhor morrer antes de mim, eu com certeza derramarei muitas lágrimas; mas, se assim não tiver de ser, pois a vida é curta e estranha, por favor, continue sendo um guia para meu filho, assim como foi para mim; continue, por favor, a ser aquela pessoa em quem se pode acreditar, a pessoa que não é o político muito menos o presidente, mas o homem. Desculpe, presidente, se lhe digo o seguinte: do poder eu tenho asco, os poderosos nunca amei, e é por isso que gosto do senhor, porque não manda o poder antes de si, para lhe abrir as portas como um lacaio subserviente e puxa-saco. Da palavra poder só gosto quando ela significa possibilidade, possibilidade de fazer as coisas; também gosto como verbo auxiliar, é isso aí: poder é um verbo auxiliar, quem me disse isso foi a professora de Isidoro. Do poderoso só gosto quando usa seu poder para dizer — e principalmente para fazer — assim: "Posso auxiliar?"

Continue a ensinar meu filho a ser homem, presidente.

Com amor,

Quirino

XIII.
Uma manhã em Mattinatella, partindo de Mattinella

A Itália é cheia de mar, uma tira de terra em forma de bota que percorre a água por milhares e milhares de quilômetros e também tem ilhas, ilhonas e ilhotas com praias longas, estreitas, largas, tortas ou retíssimas, tipo Tabuleiro da Apúlia; calas, grutas, golfos, enseadas, fiordes e contrafiordes, espaguetes ao escolho e algas em forma de espaguetes, peixes feios, gordos, magros, breguinhas ou agitadores, bagres, ouriços-do-mar e caracóis de praia, sardinhas e marinheiros, muitos marinheiros prontos para zarpar e partir e voltar e dizer como é lindo o mundo, mas nunca tão lindo como aqui, e lulas fritas e polvos e picolés de limão, e meninos fazendo tchibum.

Eu nunca mergulhei fazendo tchibum, nem sem fazer, porque Mattinella é, digamos, o tornozelo dessa bota, onde fica aquele osso--de-vintém, ossinho pequenininho, aquele que não enxerga o mar de jeito nenhum, mesmo estando rodeado por ele, porque fica no centro, bem no comecinho do pé.

Um sábado antes do concerto, depois de uma semana de duros ensaios com o Canção, em que tivemos "resultados excelentes" tanto do ponto de vista "estritamente musical" quanto "da preparação revolucionária", finalmente consegui sentir como era a sensação de me enfiar todinho na água e andar, pular, brincar, fingir nadar ou até fazer xixi lá mesmo de dentro da sunguinha, e ainda ver tanto espaço e tanto mar ao redor, não como na cisterna do Durelli que, se um mija, todo mundo cai fora. Digamos que quem me convidou foi o pai da Marella, mas eu sei que foi ela quem disse ao Rosario, que também era amigo do meu pai: "Sábado você me leva pra praia com o Isidoro, que nunca foi lá?"; eu sei porque ela disse antes para mim, do lado de fora da porta da escola. Ele respondeu que não sabia, "veremos", mas na manhã seguinte ela me trouxe um desenho de um guarda-sol de praia e uma boia, intitulado *Sábado*.

Mamãe e papai me deram autorização para faltar um dia de aula, "mas claro", disse mamãe, "vá e se regale!". Para tornar mais completo esse regalo, ela obviamente preparou a classicíssima fritada de macarrão, que não podia faltar; aliás, visto que não faltava, comprou um pão redondo, cortou no meio, recheou com uma fritada de macarrão do tamanho de uma das três rodas de um Piaggio Ape, depois fez "gominhos" de quase meio quilo, "assim você oferece pra todo mundo". Saímos de Mattinella às quinze para as oito e chegamos a Mattinatella — uma baía do promontório do Gargano, que seria a espora da bota — às dez e meia, depois de mais de cem curvas e duas vomitadas, uma minha e uma de Marella. Ainda era primavera, não dava para tomar banho, a água estava fria, mas o ar, não, o ar estava quente e com aroma de pão e fritada, flores, pinheiros, motor quente e água-de-colônia, a que Viola, mãe de Marella, usava.

Fiquei encantado olhando aquele mar, de cima, no estacionamento. Descemos por umas escadinhas de madeira, logo tiramos a roupa e começamos a correr pela praia, para lá e para cá, para lá e para cá, e havia um ventinho fresco e tudo era só para nós, e eu corria atrás dela e sempre a alcançava, ao passo que ela nunca queria correr atrás de mim, "Você é muito rápido, quando é que eu vou te alcançar?"; também porque era uma praia que tinha pedrinhas, e nós corríamos de sapatos, mas não era fácil; depois molhamos os pés bem devagarinho, de fato a água estava muito fria, mas sabe como é, eu te respingo um pouco, você me respinga outro pouquinho, e um pouco mais pra cima, e um pouco nas costas; enfim, a gente se ensopa da cabeça aos pés. Eu fiquei encantado olhando aquele mar. Depois de nos enxugarmos, cansados, ficamos sentados batendo papo.

— Os outros te perguntam o que você quer ser quando crescer? — perguntei.

— Eu ainda não sei, mas, sim, perguntam. E você?

— Eu, músico. Amanhã faço um concerto em Lacedonia, está sabendo?

— É mesmo? E o que você toca? Você não sabe tocar, sabe?

— Não, eu assobio. Quer dizer, gritassobio.

— Ah, é? Imita o mainá?

— Sim, mas não são só uns assobiozinhos assim, como quando a gente brinca com o Ardo ou no pátio da escola, sabe. Eu apresento canções, duas canções com acompanhamento de acordeão. E depois vamos fazer um experimento linguístico, como diz o Nocella.

— E quem é esse Nocella?

— O que me acompanha no acordeão.

— E como é isso?

— Eu ensino às pessoas que vão ao concerto, todas pobres, umas mais, outras menos, um pouco de palavras assobiadas, assim elas começam a aprender uma língua, digamos, que só elas sabem e podem usar no futuro para falar sem ser entendidas, e organizar um mundo diferente sem os ricos saberem, e esse mundo naturalmente vai ser mais justo que agora, e não vão rir sempre os mesmos e chorar sempre os mesmos, mas cada um vai rir e chorar um pouco por vez.

— Ou então ninguém vai chorar, só rir!

— Ah, melhor ainda!

— E nós dois ainda vamos ser namorados nesse mundo?

— Mas claro!

— *Ándale!* — respondeu ela, soltando um gritinho e fazendo uma espécie de gesto espanhol que sabe-se lá de onde tinha saído, depois me olhou bem dentro dos olhos por um momento, em silêncio. Foi lindo, e, se não me engano, tive a impressão de que ela era um pouco estrábica. Quando ela se levantou para ir falar com a mãe, fiquei encantado olhando aquele mar, mas nos meus olhos ainda estava ela.

— Tó, come o teu sanduíche — disse, pondo em minha mão o meu pedaço e sentando-se de novo perto de mim.

Rosario e Viola faziam "mmm, mmmmm" porque aquele pão com fritada era de fato uma coisa espetacular. Dei a primeira mordida, me virei para Marella e vi que ela estava rindo, dobrada no meio, para os pais não perceberem.

— O que foi? — perguntei, com a fritada na boca, mas ela não conseguia falar e até começou a bater no peito para não se engasgar.

— Mas por que está rindo? — perguntei de novo, e ela rindo, rindo, de boca cheia, apontando para mim. Eu não entendia nada, olhei para o sanduíche, e estava tudo em ordem, eu não tinha migalhas pelo corpo, minha boca estava limpa, bom, não entendia mesmo.

— Ué, eu também quero rir!

Ela conseguiu se acalmar só um pouco; depois, antes de se levantar para ir beber um pouco de água porque não aguentava mais de tanto rir, disse-me, bem rapidinho, com lágrimas nos olhos:

— Uma bola tua tá pra fora da sunga!

Às cinco estávamos recolhendo tudo para voltar ao carro.

Rosario dobrava o guarda-sol, Viola guardava a bolsa térmica e as comidas, Marella e eu começamos a dobrar as toalhas. Na praia havia só mais sete ou oito pessoas: um casal com um cachorro, três rapazes bebendo cerveja e dois idosos, marido e mulher; o ar estava bonito, e o mar, calmo e azul-escuro. Bom, se eu pudesse apagar da minha vida aquelas horas entre as cinco e as onze, apagaria logo, com um sinal de lápis bem rápido.

Marella teve outra crise como aquela do chafariz, quando começamos a namorar, mas dessa vez foi muito feia. Enquanto estávamos dobrando as toalhas, eu percebi que ela andava torta, não conseguia juntar as pontas que estava segurando porque a mão direita e a esquerda não se coordenavam, e não se firmava nas pernas, mas se movia de um lado para outro. E, quando eu falava com ela, ela não respondia logo, como se faz normalmente, mas ficava sempre pensando um pouco antes de falar.

— O que você tem, Mare'?
— Nada, Isido', nada, estou me sentindo estranha.

Eles já tinham girado pelos hospitais, ela estava fazendo um monte de consultas e exames, e os pais tinham sido avisados do que iriam enfrentar. Marella era espástica, e aquilo acontecia porque, durante o parto, tinha sofrido asfixia, com o cordão da mãe enrolado no pescoço, e não tinham conseguido retirá-lo depressa, porque ela também tinha nascido — como eu — com a enfermeira do povoado, em casa. Aquele nascimento ruim tinha provocado uma lesão no cérebro e, embora na época eles não tivessem notado muito, agora começavam a ver o resultado daquele parto ruim. Viola, assim que ouviu a frase "estou me sentindo estranha", largou tudo e foi correndo ver o que a filha tinha: Marella ficou rígida outra vez, largou a toalha e caiu no chão com uma crise epiléptica.

Cheguei em casa às onze, depois de termos ido ao hospital de Foggia, feito um exame, e depois de toda a estrada de retorno sentado na frente, ao lado de Rosario, porque Marella queria a mãe perto dela. Tinha acontecido uma coisa realmente estranha: ela havia adormecido logo depois da crise epiléptica e dormido profundamente durante todo o tempo, até o hospital; depois, lá, não se lembrava de nada e tinha se assustado quando o médico começou a fazer aquelas manobras com agulha na planta do pé.

Depois de tantas consultas, ela sabia muito bem o que estavam fazendo, mas não entendia por que estavam fazendo aquilo naquela hora, depois do dia na praia, sem ser avisada nem nada.

Encontrei mamãe e papai preocupados, porque não tinham recebido notícias e nos esperavam para no máximo as oito, oito e meia. Contei a mamãe o que tinha acontecido, enquanto ela me ajudava a tirar a roupa e me deitar.

— Você se assustou? — perguntou.

— Um pouco, mãe, porque, quando ela caiu, dava medo, e eu não podia ajudar, depois eu vi o Rosario e a Viola com a cara branca, branca, as outras pessoas chegaram perto por causa dos gritos da mãe, alguém foi correndo procurar uma cabine telefônica pra chamar a ambulância. Coitadinha, ela se debatia toda, não dava mesmo pra segurar.

Mamãe me acariciou, dizendo que eu precisava lembrar que a Marella era uma menina muito especial, inteligente e mais forte que os outros, e era só olhar dentro daqueles olhos pretos lindos para saber disso.

— Sabe que eles estavam um pouco estrábicos antes de ela se sentir mal?

— Um pouco estrábicos? Coitadinha da menina... Bom, se estava com os olhos um pouco estrábicos, quer dizer que não é mesmo uma criança como as outras. Você sabe que eu tenho paixão por estrábicos!

E me deu uma piscadinha, indicando com a cabeça o quarto onde papai a esperava, recortando frases dos jornais para as embalagens especiais de Idrolitina.

— Agora dorme, que os últimos dias foram um pouco cheios demais pra você. E amanhã você também tem o concerto...

Me fez uma carícia, me deu um beijo na testa e apagou a luz. Do outro cômodo, Quirino disse:

— Isidoro!
— Oi, papai!
— Qual é a capital da França?
— Praga!
— Tá bom! E quem é o homem mais feliz?
— Aquele que tem prazer com a felicidade alheia!
— Muito bem! Silva o vento...?
— E pruuíí-sfiaá a borrasca!
— Sapatos rotos...?

— Mas é preciso andar!*
— Muito bem, filhinho! *Bonnuí!*
— *Bonnuí*, papai!

Apaguei a luz e, dormindo, sonhei que tínhamos ladrilhos transparentes de mar nas paredes da sala de jantar.

---

* Continuação da canção dos resistentes. Ver nota da página 35. [N. da T.]

XIV.
No sétimo, descansou

Na manhã seguinte, acatei os dois conselhos de papai.

Acordei tarde, quase às nove — esse era o primeiro conselho —, e, enquanto tomava o café da manhã, mamãe falava ao telefone com Viola, que dizia que Marella tinha passado uma noite tranquila, dormido bem e acordado sorridente e serena como sempre, mas não iria a Lacedonia, como prometido, porque no hospital haviam dito que não a deixassem sozinha agora e ficassem um pouco atentos, pois as crises podiam se repetir. Lamentei, mas, para dizer a verdade, ficaria mais preocupado se ela fosse, porque não ia parar de olhar para ela do palco, e queria estar concentrado no espetáculo.

O segundo conselho foi o de tomar um belo banho bolocêntrico, aliás, o de deixar que ele mesmo o desse, porque assim as bolhinhas levariam embora não só os pensamentos ruins como também o sal da água do mar que tinha ficado no meu corpo desde o dia anterior. Tirei a roupa, tomei assento no bidê, enquanto ele preparava a garrafa de água frisante, e relaxei; papai tinha ficado de cuecas e derramava em cima de mim copos cheios de água quente, lavava minha cabeça, fazia a água escorrer pelas minhas costas, passando sobre ela aquela mão calosa que me raspava, como era bom!, depois pelo peito, atrás das orelhas, por todo lugar, ainda que o bolocêntrico propriamente dito ele tenha me mandado fazer sozinho.

Parecia aqueles pugilistas que a gente vê no ringue com os outros fazendo massagens, jogando água na cara dele e preparando para a luta. Depois demos um passeio pelo povoado, ele e eu, vestindo calças boas; enquanto ele comprava o jornal, encontrei o Ardo e disse:

— Ei, você não vai hoje? Vou apresentar o concerto em Lacedonia!
— Lamento, Isido', não vou poder ir...

Ele precisava era ver o jogo, essa é a verdade, olha o que estou dizendo. Depois voltamos para casa, comemos, e mamãe e papai foram tirar um cochilo, como faziam todos os domingos à tarde, mas sempre dava pra ouvir uns barulhos vindos do quarto, então não sei como é que eles tiravam esse tal cochilo.

A saída estava prevista para as quatro, no carro do Canção, que passou para pegar a gente, pontualíssimo, dizendo "Tem um cafezinho num copo de plástico pra mim? Eu vou tomando no caminho...".

E de novo me pôs dentro do carro, de novo começamos a fazer as curvas, mas com a diferença, em relação ao primeiro dia, de que o Canção guiava como um louco, não porque corria, mas porque rodava sempre igual, digamos, tipo quarenta por hora, sempre quarenta por hora, na reta, na curva, na subida, na descida, com a estrada vazia ou cheia: quarenta.

Estávamos sentados eu e mamãe atrás, os homens na frente; na altura mais ou menos de Bisaccia, precisei vomitar outra vez, a segunda em dois dias, mas, para falar a verdade, na certa não foi culpa minha se perdemos um tempão. A culpa foi do carro de Nocella, um Fiat Ritmo azul-celeste que não deu a partida quando todos voltaram para dentro, depois da vomitada — os homens também tinham aproveitado para "uma aliviadinha".

Quando saímos, Nocella até tinha dito:
— Um músico como eu só podia comprar esse carro, não é mesmo? Ritmo Celeste!

Tentaram de tudo, empurrar, olhar o motor para entender o que estava acontecendo e ver se podiam fazer alguma coisa, mas nada, o Ritmo lá estava e lá ficou. Além de tudo era domingo, e onde se encontra um mecânico às cinco e meia de domingo pra consertar o Ritmo celeste? O povoado de Bisaccia ficava a um quilômetro, o dia estava bonito, a única coisa que se podia fazer era ir procurar alguém.

Até que pra variar papai teve uma ideia:

— Daqui a Lacedonia são mais oito quilômetros. Vamos levar duas horas a pé, pronto, chegamos às sete, sete e meia, bem em tempo para o concerto. Depois quem sabe a gente pega uma carona para voltar.

Ficamos todos calados por quase cinco minutos, parecia que estávamos pensando seriamente no que papai tinha dito; depois de todo aquele silêncio, ele explodiu:

— Ei! Estão dormindo?! Querem ir a pé ou não?

— Ah, mas você estava falando sério? — respondeu Canção. — Desculpe! Eh, mas eu preciso levar o acordeão, depois... sabe como é... pra mim é um pouco pesado...

E deu dois tapas na barriga.

Eu então disse que chegaria sem fôlego e não ia conseguir gritassobiar, mas a verdade é que tinha vontade de chorar por causa da agitação do espetáculo e queria chegar logo; de carro, levava meia horinha, e a ideia de fazer duas horas a pé eu não engolia mesmo. Mamãe levantou só o dedo e apontou uma placa que indicava o distrito mais próximo: CALLI, 1 KM, placa que papai viu com o olho descentrado, sem nem virar a cabeça.

— Tá bom, entendi. Cançó, vamos lá pedir ajuda, vá. Lá mora um sujeito que eu conheço, vamos ver se ele pode ajudar.

E rumaram para lá; de trás pareciam o Gordo e o Magro.

Fiquei sozinho com mamãe, à beira da estrada, para esperar: eram bonitas as cores daquele domingo: amarelo, marrom, verde, azul e Ritmo Celeste, bem de frente para nós. Depois chegou o branco das ovelhas, umas vinte ovelhas que passaram pela campina atrás de nós; estávamos sentados no chão, à beira da estrada, num oleado com flores violetas que mamãe tinha encontrado no carro, todo dobrado.

Chegou também o pastor e parou para nos olhar, sem falar, igual ao que tinham feito os cachorros ovelheiros, mas apoiado no cajado, com a mão na cintura, um cigarro na boca, uma camiseta que uns anos antes tinha sido branca, mas era melhor agora, porque realçava com a cor da boina, que era marrom. Não disse nem uma palavra, eh. Olhou para nós, em silêncio, por um bom tempo, e foi embora.

— Nossa Senhora te acompanhe... — disse mamãe.

— ... e Jesus Cristo te dê a mão, cada passo um tropeção — completei.

Meia hora depois, tinham passado: um Renault 4, um Cinquecento, um Alfetta, um Giulietta, um 124, as vinte ovelhas aproximadamente, o pastor com os cachorros e uma velhinha de bengala. Eu fiquei um pouco entediado, então, pulando no meio da campina, comecei a repetir as duas peças do concerto.

"Curtriióó-abraiíí-zzoé-zzoé-zzoé!"

Mamãe me olhava com aqueles olhos pretos lindos, doces e tristes ao mesmo tempo, alegres, sim, mas alegres no fundo, atrás das canseiras de todos os dias, porque, afinal, a alegria, se não tem um pouco de tristeza por dentro, não é tão bonita. Mas, quando ela olhava para mim ou para o papai, nos olhos dela sempre se misturava tudo, feito o açúcar no café com leite amargo, que você mexe e vem para cima e fica doce inteiro, então a alegria passava para a frente, e as tristezas davam a elas o primeiro lugar na fila. Nós éramos a colherinha que mexia o café dentro dos olhos da mamãe. Com um par de olhos assim, a gente cai dentro deles, não consegue se virar para outro lado, e a mamãe sabia que, se olhasse fixo para alguém dentro dos olhos, podia pedir tudo o que quisesse.

Ela me fez sinal com a mão para chegar perto dela.

— Me dá um beijo — disse.

— Não, mamãe, que é isso, larga...

Mas, enquanto a repelia, gostava.

— Escuta uma coisa, vem cá. Você sabe como as crianças nascem?

Nãããoo, faz favor, nãããoo, voltem logo, Papai e Canção!, eu queria começar a gritar. Não quero falar agora dessas coisas com mamãe, sinto vergonha, porra, onde vocês estão...!

Em vez disso, comecei a me mexer, calado, a pôr as mãos nas orelhas, a olhar de um lado para o outro...

— Eh... nascem da barriga, não?

— E quem põe eles na barriga?

— A... o... quando... quer dizer, se...

Enquanto eu tentava inventar um jeito de dizer a mamãe que, sim, sabia, que tinham me contado na escola, ou melhor, que quem tinha contado era o Ardo e que, com sete anos, Marella e eu até tínhamos dado uma olhada dentro da calcinha dela e da minha cueca, para entender a diferença entre meninos e meninas, entre passarinha e pintinho, enfim, enquanto eu buscava um jeito de sair daquela situação, ouvimos um movimento estranho atrás de nós, um rumorejo, uma movimentação no capim, um deslizar que nos fez ficar em pé num pulo, amedrontados, que sei eu, uma cobra, um cachorro sem dono, algum camundongo. Que nada...

O que nós vimos nos deixou de boca aberta, e dos olhos de mamãe, tenho certeza, vi sair alguma coisa brilhante, mas não lágrimas, eu diria uma espécie de estrelinha.

Enquanto eu repetia as canções, antes, saltitando pela campina, ia juntando algumas partes improvisadas, que sempre ouvia Ali cantar, mas sem significado, pelo menos eu nunca tinha entendido o que dizia, não faziam parte do nosso Assobulário, era como "falar à toa", como dizia papai. Mas, evidentemente, significava alguma coisa na linguagem dos mainás e dos voadores em geral.

Atrás de nós devia haver, no chão, no meio das plantas e da relva, acho que pelo menos uns duzentos pássaros: pombos, pardais, rolinhas, alfaneques, milhafres, guinchos-brancos, andorinhas e até cegonhas brancas e cegonhas pretas, que todos diziam terem desaparecido daqui e voltado para a África, no entanto estavam diante de nossos olhos, grandes, estupendas, talvez chamadas mais pelas perguntas de mamãe do que pelos meus assobios, quem sabe.

Todos parados, todos olhando com as cabecinhas bailantes, todos com as asinhas fechadas, tranquilos e atentos. Se eu me dirigisse para a direita, eles moviam a cabeça para a direita. Se eu olhasse para cima, eles olhavam para cima. Se eu me ajoelhasse, eles também se agachavam! Mamãe prendia a respiração, com a mão na boca, era incrível, incrível, incrível.

Eu nunca tinha dado muita importância àquela história dos assobios, não, para mim era uma coisa natural, primeiro tinha saído o assobio, depois a voz; mas eu era um menino, falava assim para bancar o superior, bancar o adulto, mas se sabe como são os meninos dentro do coração, eles têm necessidade de acreditar em alguma coisa, e Ali tinha dito: "Os sonhos dos meninos logo se transformam em realidade, enquanto a realidade dos adultos dificilmente se transforma no sonho daquela realidade..."

Nós ficamos daquele jeito um pouco de tempo, mamãe me acariciava a cabeça com um movimento automático de mãe, mas não tirava os olhos daquele espetáculo milagroso.

— Diz alguma coisa pra eles. Não está vendo que estão esperando você falar?

Criei coragem, puxei o ar e falei, e o gritassobio até tremia um pouco.

— Acho que chamei vocês sem querer — disse —, mas obrigado por terem vindo. Eu me chamo Isidoro Raggiola, vulgo Poucapança. Podemos lhes dar um pouco de pão, se quiserem. É pão bom, feito em casa.

Todos os duzentos pássaros, juntos, começaram a fazer não com a cabeça, mas dava para entender claramente que era não, e não um daqueles balanços de cabeça que os pássaros fazem.

— Não querem pão — disse mamãe. — Estão esperando você dizer alguma coisa.

Pensei um pouco.

Eu era só um menino de quase dez anos, vinha de um povoadozinho qualquer que se chama Mattinella, era um menino como os outros, apaixonado por meus pais e por uma menina, era um menino e só, que gostava de música e de correr, o que é que eu podia dizer a duzentos pássaros que esperavam um discurso? Abri a boca e disse as primeiras coisas que vieram à minha cabeça, não era culpa minha se os tinha chamado aqui para baixo, e agora não me ocorria nada de importante para dizer àquele público de bicos e asas e patinhas.

— Ftró-meeé-adeéé-toócnomtríí, adeéé friuúsc, adeéé tchipríí... Gostaria de ser como vocês — disse —, gostaria de ser leve, de ser pequeno, de passar os dias no céu, gostaria de ter o que fosse útil para viver, dia a dia, e nada mais, e gostaria de ser capaz de fazer crescer penas novas, quando as velhas deixassem de servir.

Um pardalzinho bem pequenininho, talvez o menor de todos, que estava na terceira ou quarta fila, disse:

— Você já é como nós. — E essa resposta me agradou muito.

Levantei as mãos com um movimento rápido, para dar um abraço a todos, até no fundo.

— Obrigado!

Naquele momento, como se houvesse um comando, todos os pássaros levantaram voo batendo quatrocentas asas, asonas e asinhas, todos juntos, uma espécie de fogo de artifício branco, preto, marrom, feito de centelhas pequenas e grandes, pequenas chamas lentas e andorinhas velozes, cegonhas de asas enorme e brancas como as mãos de mamãe quando fazia massa cheia de farinha, falcões de olhos amarelos e guinchos-brancos listrados debaixo das asas abertas, e todos assobiando e gritassobiando, e o ar até despenteou os meus cabelos e os da mamãe, que dizia: "Tchau, passarinhos! Tchaaau!! Tchaaau!!!"

Depois retornou o silêncio dos campos hirpinos, e nós nos olhamos sem falar, e mamãe tinha estrelinhas nos olhos, mas acho que eu também as tinha.

— É assim que os filhos são feitos — disse-me um pouco depois.
— Como assim? Como?
— A gente precisa acreditar em alguma coisa impossível.

Foi um caminhão com o seu barulho que cuidou de tirar a gente daquele encantamento; era um Lupetto, do qual desceram papai, Canção e um senhor que se apresentou a mamãe dizendo o sobrenome:

— Colizzi, prazer.

— Ainda bem que ele vai ajudar a gente!

Na direção do Lupetto vermelho-fogo tinha ficado, sem descer, o magro barbudo, aquele rapaz que tinha ido à nossa casa com o amigo gordo, para falar com papai sobre revolução e sequestros.

— Eu lembrei que ele, o meu amigo, morava aqui em Bisaccia — disse papai sorrindo para o motorista. — Nós fomos à casa dele, e ele levou a gente à casa do senhor Colizzi, que gentilmente vai nos dar uma mão, apesar de ser domingo.

O Colizzi retirou a caixa de ferramentas, abriu o capô do Ritmo, falou um pouco com o motor — sim, mais com ele do que conosco —, mandou tomar no cu uma peça que não se desparafusava, e em vinte minutos exatos o Ritmo Celeste recomeçou a soar.

— Quanto lhe devemos pelo incômodo, senhor Colizzi? — perguntou Nocella.

Colizzi, tirando a graxa das mãos com um retalho sujo, não respondeu; só se virou para olhar o magro na direção do caminhão, que disse pela janela:

— Obrigado, não se preocupem, esse senhor é meu tio. Vocês oferecem uma linguiça e dois pimentões recheados hoje à noite no concerto em Lacedonia, tá bom?

Na minha opinião, o senhor Colizzi queria algum dinheiro; vamos dizer que umas cinquenta mil liras ele pegaria, e — também na minha opinião — nem era tio, porque fez cara de ironia quando o outro disse aquilo, tanto que papai se sentiu no dever de perguntar:

— Tem certeza?

— Certeza, certeza — disse o magro, sempre com aquele seu jeito um pouco agitado, como quando estava em casa. — A gente se vê mais tarde em Lacedonia!

E foram embora naquele caminhão que fazia barulho de marteladas.

Nós também entramos no Ritmo e, indo embora, lancei um último olhar para aquela campina milagrosa.

Quando chegamos já passava das sete, e ainda não tinham acabado de montar o palco. Para que pressa? Canção propôs darmos uma volta pela feira, enquanto esperávamos que acabassem de pôr um pano preto no cenário e pendurassem o texto da feira. Ainda não tinham aberto oficialmente todas as bancas, mas, assim mesmo, ele conseguiu mandar fazer três sanduíches de *papaccelle* e costeleta de porco, deixando de respeitar o espírito da feira, que era o pimentão recheado, que a gente devia comer.

— Mas a gente pensa nisso depois do concerto! Porque, se eu puser o pimentão recheado na barriga, não vou conseguir apoiar o acordeão — disse o Canção, sorrindo.

Ainda bem que os três comeram aquele sanduíche, porque depois não conseguiram tocar em mais nada; eu comi um pacote inteiro de amêndoas pralinadas, que eram a minha paixão de toda festa de povoado, e, quando o palco acabou de ser montado, eram praticamente oito e meia; nós tínhamos até ajudado a levar as cadeiras, que fomos buscar na igreja da frente.

Instalaram as luzes, instalaram os microfones, e começou a chegar gente. Mamãe e papai ganharam dois lugares na primeira fila, e Quirino pediu para guardar mais dois lugares para o magro e o senhor Colizzi, que foram postos bem atrás dos dois, porque a primeira fila já estava toda guardada, para o prefeito, o pároco, o governador da província, que tinha prometido ir de Avellino, secretários e vereadores. Para mim deram uma cadeira atrás do palco, entre duas caixas de luzes que tinham em cima, escrito, *ElectriCity de Campeggi Donato e filhos*. Nocella estava sentado perto de mim e treinava no acordeão, mas sem tirar som, só fazendo o ruído das teclas; eu também gostaria de ensaiar um pouco as peças, mas havia gente demais indo e vindo, além de um grupinho de meninas de uma escola de dança que deviam apresentar um balé antes de nós, e então eu sentia vergonha, até porque eu estava todo lambido e penteado do jeito da primeira comunhão, com uma gravata em cima da camisa branca e uma jaqueta azul-escura comprida, que ia até abaixo da bunda, e me sentia um pouco ridículo.

Às nove e trinta e cinco começou aquele espetáculo belíssimo e absurdo, que eu ainda não entendi completamente, porque aconteceram coisas demais, coisas emocionantes e amedrontadoras.

"Concidadãos e concidadãs de Lacedonia" — foi o prefeito que falou primeiro —, "nesta importante noite para a nossa comunidade..."; depois o padre: "Irmãos, hoje festejamos o dia..."; depois o secretário de Cultura: "... momento de congregação e convívio..."; depois o diretor da Pro Loco: "... a nossa terra de extraordinárias oportunidades..."; finalmente, a apresentadora: Patrizia Cecere, Miss Sorriso Hirpino 1979, vinte e dois anos, de Serrapreta! Uma turma de rapazes começou a gritar "Boazuda!" assim que ela pôs os pés no palco, e ela logo respondeu "Eiiii, boa noite...", e o espetáculo começou. A escola de dança apresentou o seu balé sobre uma canção *Su di noi* de um cantor que se chamava Pupo, talvez por ser a festa do pimentão; o jovem Gennaro Campochiaro de Rionero in Vulture fez as suas imitações, e nenhuma parecia a pessoa imitada, mas ele falava com a língua presa e fazia rir; o coro dos escoteiros cantou duas canções, depois, finalmente, Miss Sorriso Hirpino anunciou o verdadeiro evento da noite: o grande concerto para celebrar os vinte anos de carreira de um querido filho de Lacedonia: o acordeonista Augusto Nocella! E sorriu, com um sorriso que era efetivamente muito hirpino.

O Canção se pôs de pé e disse, encaminhando-se para a escadinha: "Ufa, e quem sou eu, os Pink Floyd..."; depois, acomodando-se no palco, após um rápido "obrigado a todos", dito perto demais do microfone, logo atacou uma peça desconhecida, que apresentou como "uma peça revolucionária recém-chegada à Itália". Bastaram as primeiras quatro notas, e todos tinham reconhecido a peça revolucionária e a cantavam com ele: "'O soleee, 'o sole miooo..."

Eu estava pegando no sono.

Ele tocou por quase uma hora só canções napolitanas e peças tradicionais hirpinas; eram onze e dez quando eu, entre a vigília e o sono, apoiado na caixa do eletricista, silenciado finalmente o som do acordeão, ouvi as seguintes palavras:

— Queridos lacedonenses, esta noite não estou aqui sozinho para festejar essa bela carreira de vinte anos. Vou lhes apresentar um menino que os fará gritar de espanto, e depois verão se não é verdade. Eu o descobri há uns dez dias, é o filho de um queridíssimo amigo meu que muitos dos senhores também conhecem por seu empenho no sindicato: Quirino Raggiola, que eu saúdo, com sua mulher Estrela, aqui sentados na primeira fila. Esse garoto é um espetáculo: Isidoro Raggiola, vulgo Poucapança!

Irrompeu o aplauso, eu entrei no palco todo emocionado, mas esfregando os olhos e dando tapinhas na cabeça para expulsar aquele resto de sono que tinha ficado, e as pessoas já estavam rindo, porque me viam sonolento, mas eu, na verdade, estava nervosíssimo e já sentia o frio na barriga.

— Boa noite, Poucapança! — disse Nocella.

— Boa noite, Canção! — respondi, mas evidentemente entenderam Pânção, porque eu ainda não estava no microfone ligado, e todos começaram a rir.

— Viram só que dupla? — disse Nocella. — Poucapança e Pânção!

As pessoas aplaudiam e se acomodavam melhor nos assentos porque, acho eu, aquela novidade tinha acordado um pouco aquela gente da difícil digestão do pimentão.

— E aí, Poucapa', está pronto?

— Prontíssimo — respondi —, apesar que eu 'tava dormindo!

Todos riram de novo, e então meus olhos se abriram: aquela risada me encheu com uma carga de energia e me fez sentir muito bem mesmo, gostei, gostei bastante.

— Atenção ao ar, hein? — disse Canção, bem sério, e eu não perdi a oportunidade:

— Canção, atenção ao ar você também, hein! — E disse de propósito, para provocar riso, mas com um fundo de verdade, e as pessoas bateram palmas, e Nocella deu uma piscada.

Aí fiquei bem sério, respirei fundo duas ou três vezes e atacamos de Mierulo affurtunato, e a coisa andou maravilhosamente; nos primeiros gritassobios todo mundo se olhava e não acreditava, e até mamãe e papai me faziam sinal da primeira fila. Bom! Bom!

"Purí-pirió-crutriíí!"

Entre um número e outro, o Canção parou para tomar um pouco de água e, do palco, eu vi, só naquele momento, que, atrás da mamãe e do papai, estavam se sentando o magro e o gordo, os dois rapazes que tinham ido à nossa casa; estavam até vestidos como daquela vez, mas sem a faixa branca de farinha na barriga.

Assim que o Canção ficou pronto, eu disse no microfone:

— Agora nós vamos apresentar a última canção, vamos ver se a reconhecem. O título é *Core 'ngrato*. Ui! Não devia dizer o título, que palerma...!

Como riam, mãe do céu! Eu sentia uma coisa por dentro que não conseguia entender muito bem, era uma sensação misturada de felicidade, emoção, autossatisfação, exaltação, afeto, sim, eu sentia o amor daqueles que estavam sentados, amor que era lançado sobre mim com as risadas e os aplausos, que era como se dissessem: "Nossa, esse garoto está me fazendo esquecer tudo e me fazendo rir, gosto dele."

Core 'ngrato também foi um sucesso, eu me sentia invencível, gritassobiei cheio de energia, sem errar nem uma nota e com a respiração certinha.

Exatamente no ponto mais difícil, porém, vi os dois rapazes revolucionários se aproximando do meu pai para falar no ouvido dele; o magro disse alguma coisa, e nos lábios do gordo dava para ler claramente "de fato"; então papai fez sinal com as duas mãos abertas, de cima para baixo, como quando quer dizer "calma, calma"; levantou-se, com cara muito séria, e saiu da sua fila de cadeiras, mas com o olho descentrado me olhou e me deu um sorrisinho; os outros dois saíram atrás dele; assim que chegaram aonde havia um pouco menos de gente, pegaram o papai pelos dois lados, tipo polícia, e entraram na primeira viela. Eu então voltei os olhos para mamãe imediatamente, ela estava com o rosto pálido, não era a mim que ia fazer de bobo, mas, com a mão, disse: "Continua, continua, está tudo em ordem." Acabamos a canção, ganhamos outro belo aplauso, eu me inclinei duas vezes bem rapidinho, e estava para descer do palco e ir ver o que tinha acontecido, mas Nocella não me deu tempo.

— As surpresas não acabaram — disse ele no microfone —, porque esse pequerrucho, com esse lindo sorriso, é como um ovo de Páscoa que tem dentro outro ovo de Páscoa e duas surpresas. Então, vocês acham que ele assobia as canções, faz vocês rirem um pouquinho, *Core 'ngrato*, tal e tal, mas que nada! Sabem o que é que ele faz? Ele fala com os passarinhos. Quer dizer, ele tem um amigo, ou melhor, é o empresário dele, que é um mainá, ficaram amigos quando eram pequenos, começaram a conversar...

Eu sorria para o público, fazia meu papel no palco, mas olhava para mamãe o tempo todo, e ela — mesmo não querendo que eu percebesse — voltava os olhos a cada três segundos para o beco onde estavam aqueles dois e papai.

— ... mas não é papo, hein! Conversam mesmo, falam e falam, dizem as coisas um para o outro! E sabem como eles fazem isso? Inventaram um vocabulário de assobios, e os assobios têm nome de macarrões...

E tirou do bolso o Assobulário que tínhamos feito juntos.

— ... por exemplo, dá para assobiar em *penne* liso, *penne* riscado, *cannellone*, espaguete, mas também *fusilli, orecchiette*, parafuso ou *conchiglione*! Agora vamos fazer uma demonstração, né, Isido'?

Eu estava preocupado com papai.

O que é que estavam fazendo naquele beco e por que o haviam agarrado daquele jeito, pelos braços? Mamãe agora também tinha se levantado, mas me fazendo sinal para esperar, para não sair do palco.

Comecei a dar uns exemplos de gritassobio, a mostrar a diferença entre os formatos e coisas assim, e as pessoas estavam bem atentas, concentradas na atração da noite, que, afinal, eu tinha me tornado, e não o Canção! E me olhavam como se olha alguma coisa misteriosa e alegre, como um mágico que faz coisas estranhas. Depois, quando o público estava aquecido no ponto certo, ele me fez sinal para começar o discurso revolucionário propriamente dito, que tínhamos escrito juntos e estava no meu bolso. Peguei o papelucho e comecei a falar no microfone. A praça de Lacedonia já estava conquistada, o silêncio agora era ainda mais intenso, e todos esperavam para me ouvir, parecia até que havia mais gente que antes, que tinham sido preenchidos todos os espaços vazios.

— Quando vocês falam com alguém, falam só com as palavras? Quando querem dizer ao filho, ou à mãe, ou à avó que gostam deles, precisam dizer obrigatoriamente com as palavras *gosto de você*? Ou muitas vezes a gente diz as coisas com um sorriso, ou virando o rosto para o outro lado porque sente vergonha daquele sentimento que teve, e a outra pessoa percebe? Então não é que a gente diz a mesma coisa, sem falar?

Todos me olhavam de boca aberta, eram braçais, alguns operários das pequenas fábricas da região, muitos artesãos, crianças, velhos, até os rapazes de quinze ou vinte anos, que nunca param para ouvir ninguém, estavam me ouvindo.

— E quando querem falar com os mortos? Quando ficam meia hora sentados ao lado de um túmulo, falam ou não? Falam, sim, mas não com palavras.

— Ouçam, ouçam agora o que ele vai dizer! — intrometeu-se o Canção, que, na minha opinião, estava se sentindo excluído.

— Hoje quero ensinar um jeito de falar sem palavras. Mas quero ensinar um jeito de falar que nunca deve ser usado para dizer coisas injustas, que não pode ser usado para incentivar os autoritários, mas deve ser usado para por... pr... porpugn...

— Propugnar! — disse Nocella. — Que seja como "defender", vá!

— ... por... pu... gnar — continuei eu —, a luta de classe dos pobres, dos simples e dos humildes contra o capitalismo e a sua cega aplicação atual que torna...

As últimas coisas eu li um pouco feito papagaio, porque não tinha entendido nada, então olhei para Canção, que me fez sinal de pular o trecho.

— Para aprender essa língua vocês precisam estar prontos para brincar, como as crianças e os artistas. Vocês têm a alma limpa das crianças e dos artistas, hoje, tirando o pimentão na barriga?

Todos responderam "Sim!", porque naquela noite aquilo tinha virado brincadeira para eles também, mas uma brincadeira que eles queriam fazer com seriedade, e naquele momento pensei na falta que Marella e Ardo me faziam, que eles deviam ver todo aquele espetáculo.

— Então repitam comigo: Tru-u-u-í!

Deviam ser umas quatrocentas pessoas, todas seguindo a minha mão, que dava o ritmo, todas dizendo uma coisa sem sentido: tru-u-u-í.

— Essas letras, no nosso vocabulário, que se chama Assobulário, significam *sim*. Agora vamos tentar dizer um pouco melhor. Um pouco mais forte, e o *í* precisa subir bem no alto, no fim, assim: truuuiííí!"; e eles fizeram direito, de verdade, já tinham confiança em mim, naquele menino de quase dez anos, magro, com orelhas um pouco de abano, que falava de uma nova língua boa para falar além das palavras.

— Agora quero dar um exemplo: na vida nós não dizemos sempre o mesmo sim! Podemos dizer um sim entusiasmado, um sim alegre, mas também um sim triste ou até um sim dolorido, não?

E todos responderam truí, truí, para concordar, seguindo uma senhora simpática de vestido verde que estava sentada na primeira fila, talvez uma professora.

— E aqui chegamos então aos formatos da massa. Que tipo de sim vocês querem tentar dizer?

— Alegre, alegre! — responderam todos; parecia uma classe do ensino fundamental composta por adultos, e eu, menino, era o professor; me parecia um mundo ao contrário.

— Tá bom, tá bom, então precisa ser um assobio em *conchiglione*. Vocês lembram como é o *conchiglione*? Ele se vira e depois vai pra cima, assim: truuuuuuiiííííí! Estão prontos? Segurem a respiração...

Levantei as mãos, os olhos de todos brilhavam de atenção, até os de Canção, que estava pronto, com as sobrancelhas levantadas e os olhos bem abertos, como quando me dava sopapos durante os ensaios. Fizeram direito, devo dizer a verdade, era mesmo uma boa classe de alunos de gritassobio. Depois do sim, passamos para outras palavrinhas mais complicadas, tipo duas sílabas; ensinei *dia, noite*, e tentamos até um *Lacedonia*, e eles me acompanhavam divertindo-se, olhando uns aos outros; um casal de velhos conversava com os dois assobios que eu tinha ensinado e pareciam aqueles periquitos que estão sempre juntos, inseparáveis, e eram baixinhos, elegantes, com a cabeça redonda como a dos periquitos.

Passou-se quase uma hora mais com aquelas lições de gritassobio.

— Agora vou ensinar as últimas palavras da noite, e depois vamos dormir. A frase que vamos tentar dizer é essa: SEJAMOS UNIDOS, SEJAMOS FORTES, SEJAMOS LIVRES, NEM PATRÕES NEM EMPREGADOS — que era como o Canção tinha dito que a gente devia acabar, e naquele momento, do beco, vi despontar a cara atenta do revolucionário magro e, depois dele, saíram primeiro o gordo, depois mamãe e papai. Ainda bem, eu estava bastante preocupado, e a verdade é que só esperava a hora de ir ver o que estava acontecendo lá dentro. Toda a praça começou a gritassobiar sob o meu comando, eu parecia um maestro, e se misturavam vozes gordas, magras, agudas de crianças e mulheres e graves de velhos, vozes roucas e vozes cristalinas, era a praça de Lacedonia, era o dia 26 de maio de 1980, era um espetáculo incrível, incrível, incrível, como tinha sido algumas horas antes, parecia que estavam de novo, na minha frente, aqueles duzentos pássaros, mas agora era mais impressionante ainda, eram centenas de pessoas que estavam para se transformar em pássaros, que estavam começando a tornar o coração mais leve e depois, quem sabe, a tornar mais leves o cérebro, a barriga, as pernas e a cara, forte e satisfeita ou flácida e encovada, e se elevariam dos assentos, rumo ao alto, rumo àquele céu hirpino, limpo, cheio de estrelas.

Terminada a frase, todos me aplaudiram sem falar, um aplauso em silêncio, só o ruído de mãos e pronto, como a chuva; era bonito, porque pareceu que se sentiam realmente unidos, fortes e livres, como se, antes, as palavras fossem a gaiola que agora tinha sido finalmente arrebentada com assobios, e, quando terminou aquele aplauso, a praça ficou toda em silêncio e parada, ainda esperando alguma coisa: e no céu, exatamente naquele momento, passou um passarinho piando, não sei dizer se era uma andorinha ou um pardal, ou um pássaro desconhecido, sim, só podia ser um pássaro desconhecido, estava escuro e as luzes invadiam meus olhos, mas aquele pio todo enrodilhado e cheio de eco encheu as orelhas de todos, era altíssimo e estranho, porque à meia-noite e meia não passam pássaros piando pelas praças.

Mas lá, passou.

XV.
A vida de verdade

A volta para casa, depois daquela noite mágica em Lacedonia, até se pareceu com o retorno da praia no dia anterior, quando Marella teve uma crise epiléptica.

Cumprimentamos todo mundo; os organizadores da festa — a Comissão Feira do Pimentão Recheado — estavam entusiasmados e logo me pediram que voltasse no ano seguinte; as pessoas se aproximavam, e as velhas do povoado me tocavam com uma espécie de carícia, mas só com os dedos, que elas deslizavam pela minha cabeça e depois beijavam, enfim, parecido com o que faziam nas procissões, quando se espichavam para tocar os pés da estátua do santo e pedir uma graça.

— Isido', Isido'! — chamavam. — Volta logo!

— Viva o Poucapança! — gritou um senhor com uma bela boina verde-escura, erguendo um copo, e um grupinho de uma dezena de pessoas como ele, que, diferentes de mim, eram pançudas, fortes e já todas bronzeadas pelo sol da lavoura, também levantaram seus copos e gritaram "Viva!". Todos gritassobiavam, todos repetiam as coisas aprendidas, tudo ao meu redor era confusão e sons e assobios.

O Canção mantinha a mão no meu ombro, orgulhoso, sorridente, e eu por pouco não desaparecia no meio daquela gordurama. Mamãe e papai estavam atrás de mim, mas não muito sorridentes como o Canção, como eu esperava, tanto que fiquei um pouco chateado quando vi que estavam de mãos dadas. Eu sempre ficava feliz quando via os dois se abraçando e beijando e todas aquelas coisas deles; eu ria quando, de manhã, mamãe punha a mão entre as coxas de papai e dizia "Está bem fresquinho?"; parecia engraçado ver que papai, quando abraçava mamãe, sempre punha as duas mãos na bunda dela, mas e agora? Por que não me punham no meio deles? Por que não tinham a mesma cara sorridente e orgulhosa de Nocella? Por acaso eu não era o único filho deles, aquele que tinha conseguido fazer um espetáculo incrível e levar quatrocentas pessoas a assobiar como se de repente fossem quatrocentas crianças ou quatrocentos pássaros?

Além disso, por acaso eu não tinha transmitido uma mensagem revolucionária, ao levar as pessoas a assobiar aquela frase, exatamente como papai gostava, uma mensagem "de consciência operária, proletária, altiva e camponesa", como diziam ele e o Canção?

Entramos no carro e, assim como Marella no dia anterior, peguei no sono de repente depois da terceira curva, apoiado no colo de mamãe, que agora, finalmente, acariciava minha cabeça, ouvindo a voz do Canção que não parava de repetir "É um feito extraordinário", e papai só dizia "É sim, é sim", e adormeci olhando de baixo para cima a boca de mamãe, para além da montanha dos seios, emoldurada por aqueles cabelos pretos como o pedaço de céu que se via da janela do carro.

Na manhã seguinte, a vida voltou a ser o que era todos os dias, a bela vida de verdade, normal, sem milagres, mas, enquanto papai estava no banheiro para o seu banho bolocêntrico, com o barulho da água caindo, o rádio e o cheiro de linguiça que já se espalhava por toda a casa, eu não consegui de jeito nenhum voltar a pegar no sono.

Na minha cabeça ainda se agitavam mil pensamentos, que faziam o bulício das asas dos pássaros; os últimos dez dias, desde o casamento de mamãe e papai até o concerto da noite anterior, tinham sido os dez dias mais intensos da minha vida, os mais emocionantes, os mais amedrontadores, com os momentos mais bonitos e os mais feios, todos juntos. E, além de tudo, naquela manhã, eu precisava levar à escola, de cor, os nomes dos vulcões, que não tinha decorado.

Eu ficava pensando: quando a gente é menor, acontecem muitas coisas que seriam até mais emocionantes: que sei eu... Andar, correr, os tombos todos, ou como daquela vez que me levaram para ver fogos de artifício e eu me mijei de medo, mas depois são os outros que lembram, tanto que, se os pais não contam, a gente nem fica sabendo, não? Mas em mim tudo o que aconteceu nos últimos dias provocou uma grande agitação... E todos aqueles pássaros, ontem à tarde, o que eles queriam de mim? Por que me olhavam, o que eu precisava dizer? Ou será que eram eles que queriam me dizer alguma coisa, e eu não entendi? Será que esperaram eu ficar sozinho com mamãe para virem falar comigo? Não, não pode ser, porque mamãe não entende gritassobio...

"Você já é como nós", disse aquele pardal... E quem sabe como vai Marella, se teve outra vez uma crise como a de anteontem. Seja como for, hoje na escola vou contar para todo mundo o que aconteceu, e acho que até vão pôr alguma fotografia no jornal, quem sabe se não põem o meu nome na manchete, mas acho que sim, e — caramba! — depois daquela noite... Papai deve estar contente, espero, ontem à noite não me disse nada...

Às quinze para as sete me levantei, fui para a cozinha.

— Isido'! Já se levantou, amor da mamãe?

— Eu acordei e não conseguia dormir mais.

— Vem, senta aqui, vou fazer o teu pão ensopado. Hoje vou encher de biscoitos, vá, você mereceu mesmo.

— Bom dia, papai.

— Bom dia, Isido' — respondeu sério, virado para o outro lado.

Mastigava olhando a linguiça no prato com um olho e a janela com o outro.

— Tá bronqueado, papai?

— Não.

Mamãe, atrás dele, me fez sinal de deixar pra lá, não fazer perguntas, mas era estranho, desde a noite anterior ele não tinha falado mais, não tinha rido mais, no meio de toda aquela empolgação ele estava parado, calado, apertando a mão da mamãe, olhando para longe, por cima das cabeças das pessoas, como se tivesse pensamentos desligados deste mundo e que, portanto, precisavam de espaços abertos; de fato ele olhava para o céu, o campanário, os telhados das casas, ou então para coisas bem próximas, olhava para as próprias mãos, olhava o paletó.

Eu comecei a comer meu pão ensopado no leite em silêncio; mamãe, sempre em silêncio, pôs os talheres no saquinho, enrolados no guardanapo, e fez o saquinho deslizar com a maior precisão para dentro da bolsa, gesto que já fazia de olhos fechados, e começou a preparar os pacotes de farinha e os ovos para se pôr a fazer a massa. Tudo em silêncio. E eu que tinha imaginado uma manhã de festa, com mil abraços e tapinhas nas costas e "Muito bem, Isidoro" etc. e tal.

Depois de mastigar o último pedaço de linguiça e beber o último gole de vinho, enquanto esperava o café que já espalhava seu perfume, prestes a sair, papai finalmente falou. Mas sempre sem olhar para mim.

— Obrigado, Isidoro. Você ontem fez uma coisa extraordinária.

— Então você gostou, papai!? — respondi logo, contente, de boca cheia.

— Sim, do concerto gostei muito, você é bom mesmo, afinado e sabe fazer rir, que é um talento e tanto, e, enquanto fizer rir, todos vão gostar de você. Mas eu estava falando de outra coisa extraordinária, que você nem imagina que fez.

Outra coisa extraordinária?

Como assim? Eu finalmente estava contente com uma manhã normal, uma manhã de elogios, sim, mas normal, sem milagres, mas não, as surpresas daqueles dez dias não queriam acabar mais!

— Primeiro preciso lhe contar uma história feia. Em janeiro do ano passado mataram um senhor que fazia a mesma coisa que eu, era representante sindical. O motivo foi que essa pessoa tinha descoberto e denunciado um sujeito que estava escondendo uns panfletos proibidos, digamos. E esse sujeito e outros amigos dele, dois ou três meses depois, foram à casa desse senhor e atiraram nele.

Papai penava para continuar falando; ele, que sempre estava alegre e sorridente, com aqueles olhos estrábicos que despertavam simpatia à primeira vista, agora falava meia palavra por vez, e nesse ponto parou de verdade, durante um pouco de tempo. Depois me fez sinal para ir me sentar no colo dele, para acabar a história, que não conseguia contar se eu estivesse longe, foi o que achei. Mamãe também foi se sentar no meu lugar.

Então, a coisa era mais importante do que eu acreditava.

— Você se lembra daqueles dois que vieram em casa? Até que ontem o magro levou o senhor Colizzi para consertar o Ritmo do Canção? Então, aqueles dois ontem à noite foram ver o concerto, mas chegaram tarde, e bem no finzinho se sentaram atrás de mim. Depois de um pouco me cochicharam, no ouvido, que tinham uma pistola no bolso, e que eu devia me levantar quieto e calmo e sair atrás deles, que queriam falar mais um pouco comigo. Então eu fiz sinal para ficarem calmos, para não fazerem confusão, porque estava ali um mundaréu de gente, e fui atrás deles, não podia fazer outra coisa. Entramos num beco atrás da praça. Eles pegaram as pistolas, que tinham mesmo, e eu achei que queriam me matar lá, naquela hora. Vocês precisam saber que uns dias atrás, na fábrica, os dois me viram falar com o Scannelli, o dono. Eu estava falando de outras coisas, da organização dos grupos, dos horários, das licenças, doenças, coisas de sempre, mas eles acharam que eu estava dizendo aquilo que tinham contado aqui, quer dizer, que queriam sequestrar o filho do dono. Não disseram nada e foram em frente, mas eu, com o olho descentrado, vi que ficaram num cantinho, olhando fixo para nós. O fato é que, por coincidência, no dia seguinte a polícia foi lá fazer uma diligência e pediu documentos a quase todo mundo, mas ficaram mais tempo com os dois e um outro, fizeram umas perguntas, enfim, deram mais atenção a eles do que aos outros. Mas foi tudo por acaso.

— Quando me levaram para o beco, ontem, disseram que acreditavam ser a última canção, como você disse no palco, e que depois, quando todos se levantassem para ir embora, eu tinha de ir em direção ao nosso carro e depois subir no deles, que estava estacionado dois carros depois, senão iam mandar tudo às favas e sequestrar você, mais cedo ou mais tarde. A questão é que estavam convencidos de que tinham sido denunciados por mim à polícia, e agora queriam me sequestrar, porque eu era dedo-duro e traidor, e eu já estava me vendo no chão, morto como o Guido Rossa, aquele de que falei agora há pouco, que mataram no ano passado...

Seus olhos se umedeceram, e os meus e os da mamãe também.

Ficamos em silêncio, era como o exemplo que eu tinha dado no palco, quando a gente fala sem palavras, e os outros entendem assim mesmo.

— Você salvou a vida do papai. Quando a canção acabou, nós estávamos para sair do beco e vocês começaram com o gritassobio e o Assobulário. Eles ficaram nervosos, estavam começando a ficar agitados, diziam "Que merda é essa agora?", eu dizia para se acalmarem, que eu ia com eles, assim que acabasse tudo. Mas, depois, chegou a hora de você ler a mensagem revolucionária. Quando você disse no microfone "Sejamos unidos, sejamos fortes, sejamos livres, nem patrões nem empregados" e, principalmente, quando viram aquelas quatrocentas ou quinhentas pessoas se esforçando para imitar passarinhos, quando viram as mães, as tias, os avós deles, sujos de terra, rindo feito crianças, e as crianças bem sérias, cantando como pardaizinhos, quando a praça se esqueceu das palavras, e a voz virou música, e já não existia palco ou plateia porque tudo parecia uma grande campina verde cheia de pássaros, ou um céu azul e fresco cheio de andorinhas, quando viram tudo aquilo, quando Lacedonia se tornou pura, diante deles, por um momento, quando Lacedonia se tornou menina, eles baixaram os olhos e me fizeram sinal com a cabeça para ir embora...

Saiu uma lágrima do olho descentrado e, depois, do outro olho mais uma desceu pelo seu rosto, e ele, comigo no colo, abraçou-se a mamãe, e nos abraçamos com força durante um tempão. Eu não me senti feliz por ter salvado a vida do meu pai, mas triste por causa do medo de poder perdê-la.

Eu me senti *tristeliz*, exatamente como ele tinha escrito na carta para mim.

XVI.
A estação das chegadas e partidas

Naquele ano também a primavera decidiu ir embora, e no seu lugar chegou um verão quente, que mamãe passou quase todo com um vestido amarelo leve, que deixava ver bem as suas formas, e de fato papai mexia com ela, porque tinha ciúme.

— Você obriga meus olhos a voltar para o centro! — dizia.

Ele, ao contrário, naquele ano ficou apaixonado por umas calças marrons e uma camisa de mangas curtas, branca, mas com listrinhas bem fininhas, violetas, que só dava para ver de perto. Não éramos ricos, não é que podíamos escolher entre sabe-se lá quantas roupas, mas, de qualquer modo — sempre acontece isso, não? —, a gente se apaixona por umas calças ou por um casaco, ou por um vestido de que gosta mais do que dos outros, e está sempre com essa peça. Eu, ao contrário: calças velhas cortadas para fazer calças curtas, camiseta branca de mangas curtas e sandálias de plástico; esse era meu uniforme.

Marella, Ardo e eu passamos de ano.

Não viajamos nas férias, até porque na época ninguém do povoado fazia isso; mesmo assim, Rosario e Viola nos levaram à praia em Mattinatella mais três ou quatro vezes. Ardo não, ele nunca ia, o pai dele e Rosario não iam muito com a cara um do outro desde uma vez em que se mandaram tomar no cu por questões de futebol entre o Napoli e o Juventus; por isso, sempre encontravam uma desculpa para não chamarem o Ardo. Marella agora tinha dificuldade para caminhar, trançava as pernas, andava nas pontas dos pés, e os dedos sempre estavam um pouco repuxados. Os cantos dos lábios também repuxavam, e ela, para contrariar, sempre fazia biquinho. O bom é que a gente podia brincar com tudo, até com isso, talvez principalmente com isso, e ela era a primeira a brincar; dizia:

— Se fazem de conta que não é nada quando me veem, eu fico bronqueada; se fazem cara de pena, fico bronqueada; se brincam comigo, gozam da minha cara e começam a rir, eu gosto, porque pelo menos faço rir!

Então eu já não a chamava de Menina de Potência, mas passei para outros nomes, como Boquinha Pontuda ou então Sua Alteza, porque ficava nas pontas dos pés. Jogávamos cartas debaixo do guarda-sol, como se fazia em todo lugar: foi o aguerridíssimo verão do rouba-montes, da escopa e da bríscola. Depois tomávamos banho de mar ou ficávamos sentados na beirada deixando que as ondas chegassem até nós, mas agora os pais dela não nos deixavam sozinhos, como faziam antes; estavam sempre com medo de outra crise epiléptica.

Mas o que ficou mais marcado em mim foi a mudança no modo como eles olhavam para nós. Antes davam uma olhada de vez em quando, distraidamente, ou então nem davam bola mesmo, até por uma hora inteira; nós íamos mais longe, depois voltávamos, ficávamos lá sentados à parte, e eles só a certa altura diziam: "Ei, que fim fizeram?"

Agora, ao contrário, os olhos deles não saíam de cima da filha, e principalmente eram olhos tristes que não paravam de fazer uma só pergunta: por quê? Por que uma menina tão bonita, com aqueles olhos pretos e aquele sorriso tão excepcional, por quê?

Os médicos tinham dito que por enquanto era uma forma leve, mas que não podiam dizer o que aconteceria depois, ela ainda conseguia andar sozinha, mas podia piorar e precisar de cadeira de rodas, enfim, todas essas coisas fizeram os pais dela tomar uma decisão muito importante: iam morar em Nápoles.

— Aqui os médicos não podem acompanhar direito o meu caso, e toda vez é uma viagem para ir à Policlínica. Então o papai falou com o irmão dele, porque o papai é de Nápoles, veio morar em Mattinella depois que conheceu a mamãe aqui, nesta praia, por isso que a gente sempre vem. E o meu tio disse que os dois podem trabalhar juntos, ele é encanador. No fim de agosto a gente vai, já encontraram casa e tudo. No dia primeiro de setembro a gente se muda, e eu faço a quinta série em Nápoles.

— Tá bom, viu, não se preocupe, eu vou te encontrar lá. Depois, quem sabe, eu fico famoso com o gritassobio e vou fazer concertos e você vem assistir. Assim eu te cumprimento do palco tipo cantor de rock.

Falei assim, mas estava tristíssimo com aquela partida, e, olhando para ela, entendi como ela era melhor que eu: sorriu um pouco, para me dizer obrigada por eu ter dito aquela frase, e porque eu tinha feito de conta que não ligava. Mas depois me mostrou, sem nenhuma vergonha, que ela, sim, estava triste, muito triste por deixar de me ver, e pareceu mais velha do que era, pareceu que era exatamente a menina que podia me salvar de tudo, me deu a impressão de que, a partir de setembro, eu ia deixar de ver a pessoa que me faria sentir sempre feliz como diante daquele mar, mesmo no alto de uma montanha, ou no fundo de um porão.

Os meses de junho e julho eu passei viajando com o Canção, que fazia a sua tournée estival "em toda a Itália e Além", e nos cartazes das feiras mandava escrever "POUCAPANÇA E PANÇÃO em concerto".

Acrescentamos outros três ou quatro números, e no fim fazíamos uma pequena demonstração de gritassobio, sempre com ótimos resultados e, na minha opinião, começamos a ser convidados para fazer saraus também porque correu voz sobre o menino que transformava as pessoas em pássaros. De fato, em vez dos costumeiros sete ou oito saraus que ele fazia no verão, fizemos quatorze.

Os jornais de todos aqueles povoados falavam bastante de mim, fiquei famoso em quase toda a Hirpínia, e todos já me conheciam como "o garoto que assobia", porque nos jornais sempre escreviam assim: Esta noite, em Mirabella Eclano, o garoto que assobia!, ou então Em Calitri, grande sucesso do garoto que assobia!

Enfim, a minha carreira como musicista gritassobiador — e profeta da nova língua dos pobres contra os ricos — estava indo muito bem, cada povoado da região fazia questão de dizer que na sua praça o "milagre" da transformação das palavras em assobios tinha sido melhor, e as pessoas apareciam preparadas, e talvez, com as informações que corriam, elas já soubessem algumas palavras e pediam coisas mais difíceis, frases novas; até houve gente que começou a me seguir de uma feira a outra, porque queria aprender a gritassobiar como eu, mas isso nunca era possível, porque eu tinha nascido meio passarinho. A certa altura foi falar com o papai o secretário da seção de Lacedonia do Partido Comunista, para dizer, em tom muito partidista, que estavam orgulhosos do fato de "tudo ter começado na nossa praça, e nós sempre estaremos ao lado do pequeno Isidoro na difusão da nova linguagem; a nossa disponibilidade é total".

Depois do concerto, normalmente íamos comer, e no carro eu adormecia no banco de trás, com a cabeça apoiada no estojo do acordeão. Uma noite, na volta, o Canção achou que eu estava dormindo, então disse, falando sozinho:

— Isido', confesso, nunca toquei fora da Itália; na verdade digo "Em toda a Itália e Além", que é um distrito onde fica um galpão onde eu faço os ensaios, mas falo depressa porque assim parece que eu toco no exterior, entendeu? E todo mundo sempre acreditou em mim. Mas a verdade é que, só depois que você apareceu, começaram a surgir festas e feiras até além de quarenta quilômetros. Mas, por favor, é um segredo entre nós dois. E quem sabe aonde vamos chegar, talvez a gente vá para o exterior de verdade!

— Eu sei disso, Cançó.

— Ah, você está acordado?

— Estou, e agora eu também vou te contar um segredo. A gente não te chama de Canção por causa da música.

— Ah, não? E por que, então?

— Porque significa *Caralho* e *que Panção*!

Eu nunca vi ninguém rir tão alto.

A garganta dele fazia um barulhão, e ele tremia, depois ria alto com o volume da própria voz, gritava, fazia "EEEEEHHHH" antes da risada propriamente dita, enfim, tanto riu, tanto riu, que fomos bater numa árvore.

— Ahahah, Isido', mas que cornudo! — continuava, descendo do Ritmo, que felizmente não tinha sofrido muito, só avariado um pouco o para-lama da frente. Mas ele tinha dado uma cabeçada no volante e, saindo, pôs a mão na testa e ficou com um pouco de sangue nos dedos. Então olhou o carro, o seu Ritmo Celeste beijando a árvore, e me perguntou se eu estava bem.

— Sim, sim, tudo em ordem — respondi —, mas não te conto mais nenhum segredo!

Ele, sem parar de rir, me mostrou o sangue, depois apontou para o carro e disse:

— O Ritmo me entrou no sangue!

Subiu de volta e, enquanto dava a partida, entendi tudo, olhando o folheto que despontava do estojo do acordeão: tínhamos estado na Feira do Vinho Tinto de Solopaca. Depois de dois ou três quilômetros, as risadas pararam de repente, exatamente de uma hora para outra, primeiro os gritos e todo aquele barulho de cafeteira que ele faz quando ri, depois veio o silêncio total: ele estava pegando no sono.

Eu, atrás, via a cabeça do Canção, que parecia uma bola apoiada nas costas: se o carro virasse para a esquerda, a cabeça tombava para a direita, e vice-versa. Até que, a certa altura, ele disse:

— Não, chega, não aguento mais.

Parou no meio de uma campina e adormeceu do jeito que estava, com a cabeça apoiada no peito, e, assim como desligou o carro, também ele se desligou.

E eu, o que devia fazer? Fechei os olhos e me pus a dormir também. Era uma linda noite, não fazia frio, a campina era perfumada, e nós dormíamos com as janelas abertas.

— Messiê! Messiê! — ouvi, depois de um tempinho, não sei quanto, mas não muito, porque ainda estava escuro. Essa voz era baixa, queria falar com ele, mas não queria me acordar, acho. Abri os olhos. No quadrado da janela do Canção estava aquele senhor, não sei quanto podia ter, digamos cinquenta anos, cabelo curto, barba branca e óculos, me parecia uma espécie de frade dominicano. Percebeu que eu tinha aberto os olhos e sorriu para mim.

— Bonsuá! — disse ele.

Papai e eu, por brincadeira, sempre dizíamos "bonnuí, bonju e bonsuá", então logo respondi "bonnuí", e ele ficou espantado!

— Parl tu fransê? — disse, e eu entendi tu parece Francesco, porque, contando o sono, o concerto, o acidente, o vinho que Nocella punha na minha água para brincar — e sempre punha mais —, enfim, eu não estava entendendo nada. E agora, quem era esse Francesco?

Levantei-me e desci do carro.

— Tu falas francês? — perguntou, e aí entendi, aquele senhor devia ser de Praga.

— Ah, eu não, não.

Depois, naquela mistura de línguas que ele falava, perguntou se estava tudo certo, se eu estava bem, se aquele senhor — "teu papai?", que evidentemente em francês se diz "père", pé, porque dizia "o teu père, o teu père" —, se aquele senhor estava bem, se passava mal, porque não se mexia.

— Ah! Não, está dormindo — respondi.

Depois fui até a janela e soltei um gritassobio forte, para acordá-lo; o francês me olhou de olhos arregalados, acho que não esperava aquilo. O Canção acordou como as pessoas acordam nos filmes, como se tivesse ouvido o galo e precisasse tomar o café da manhã, mas era quase uma da madrugada; abriu os olhos já com cara contente, e se virou para nós, como se antes estivesse só fingindo dormir.

— Tudo bem? — disse o francês.

— Uí! — respondeu Nocella reconhecendo imediatamente o sotaque. — Um cup de son! —, que devia ser um golpe de sono.

— Ah, bem. Então boa noite!

Eu subi no carro, o francês foi embora antes de nós e, de passagem, me acenou, dizendo "Até logo!". O Canção, em vez de dar a partida, desceu e se afastou, dizendo:

— Volto logo, Isido', o tempo de soltar duas gotas.

Enfim, naquele ano a primavera se foi e deu o lugar ao verão, e quem estava indo embora também era Marella; passei pelo menos uma semana ouvindo umas canções muito tristes de um cantor de Roma, certo Claudio Baglioni, pensando nela, no fato de que nunca mais ia revê-la; eu ouvia sem parar, no toca-discos de papai, uma canção que começava assim: *Passerotto, non andar via*, que parecia que ele tinha escrito para mim, por encomenda minha.

Mas, entre todas aquelas partidas, chegou Renô, aquele que me batizou pela terceira vez. O primeiro encontro foi assim, de mau jeito, à noite, no meio de uma estrada, como uma espécie de aparição. Da segunda vez, porém, eu o vi bem, porque foi me procurar em casa, uns vinte dias depois.

Era etnólogo, quer dizer, um senhor que tinha ido à nossa região para ver as festas populares — ele me explicou —, para entender de onde vinham as danças que dançavam por lá, que sei eu, para estudar as procissões e todas essas coisas. Estava fazendo um estudo que se chamava *Origens e desenvolvimento do mito e da máscara na cultura popular do Sul da Itália*, que devia ser um livro realmente lindo, pelo amor de Deus, mas onde que ele ia encontrar alguém para ler esse livro depois de escrito? Talvez algum parente seu, ou então, vai saber, se na França se interessam por essas coisas. Seja como for, um dia ele aparece em casa, ou melhor, uma noite, e conta todas essas coisas ao papai, dizendo que, em muitos lugares aonde ele foi para gravar suas entrevistas, lhe falaram desse menino prodígio, "anfán prodij", dizia, um menino que assobia como passarinho e ensina as pessoas ao redor a assobiar também.

Papai me indicou com a mão aberta, cheio de satisfação:

— *Uiccánne!*, olha ele aí! — disse, e depois, para mamãe: — Um francês veio até aqui para falar com o Isidoro. Eu sabia que esse pirralho tinha alguma coisa especial dentro do peito.

Ele me chamou com um aceno, para me aproximar, me apresentou e se pôs de lado, porque me respeitava e sempre dizia assim:

— Mesmo você tendo só nove anos...

— Quase dez, papai!

— ... exato, quase dez, não significa que não é uma pessoa, quer dizer, diferente de mim, com as tuas ideias e o teu caráter. Por isso, quando se deve falar de Isidoro, quem deve falar é você. Não gosto dessas famílias em que o pai ou a mãe responde pelo filho, quando alguém faz uma pergunta a ele.

— Muito *pracer*, Renô — disse o francês me dando a mão.

— Renô? Como o carro?

— Isso, muito bem, mas se escreve Renaud.

— Mas a gente já se conhece. Lembra?

— Naturalmente que me lembro. Então aquele senhor não era seu pai?

— Ah, não, o meu pai, meu père, é esse senhor aqui. Aquele que estava dormindo se chama Canção, nós fazemos os concertos juntos. Mas como foi que você me encontrou?

— Eu estou sempre andando pelas festas dos povoados aqui da Hirpínia, então pedi um pouco de informação e me disseram que vocês moravam em Mattinella. Por aqui todo mundo já te conhece, é só perguntar pelo "garoto que assobia", e...

— Sim, famoso, o moleque! — disse papai, e mamãe pôs na mesa uns biscoitos que ela fazia e o café.

— Eu gostaria de entender essa coisa do assobio, você pode fazer uma demonstração para mim?

Tomou o café, comeu os docinhos da mamãe, e marcamos encontro para o dia seguinte na frente da loja do Esmo para a demonstração.

Ele perguntou como eu tinha começado, e eu disse que, se ele quisesse, podia lhe apresentar o meu mestre indiano.

XVII.
A capital da França é Paris mesmo

No dia seguinte, às cinco da tarde, pontualmente, nós nos encontramos do lado de fora da loja do Esmo. Estávamos eu e Renô; papai ficou um pouco mais longe, porque, para ele, aquela loja agora era só *nojor* (nojo e fedor), depois da briga com a música de Bach, mas mesmo de longe ele olhava para nós com o olhar lateral, eu bem que sabia, mesmo fazendo de conta que estava lendo o jornal. Renô também ficou muito curioso com as palavras inventadas de papai, que ele ia escrevendo num caderno que carregava sempre consigo e de vez em quando as dizia com a sua pronúncia, e ninguém entendia nada, achando que ele falava francês quando dizia *docedant* ou *mefetidô*.

— Mas você vai falar de verdade com um mainá? — perguntou, antes de chegarmos.

— Sim, porque eu, quando nasci, não chorei, eu assobiei, foi o que mamãe e papai contaram. Depois de uns anos, eu encontrei o mainá e, como entendia quando ele assobiava, ele se tornou o meu mestre, amigo e empresário.

— Você se incomoda se eu gravar enquanto conversam?

— Não, fique à vontade — respondi.

Ali ficou muito contente quando me viu chegar, começou a bater as asas com força e a soltar assobios de felicidade bem direta, sem significado em palavras, mas logo o Esmo apareceu, quer dizer, primeiro apareceu a barriga com os suspensórios, em seguida o palito que ele tinha na boca, e depois apareceu ele mesmo que, vendo outra pessoa perto de mim e, principalmente, uma pessoa estrangeira, mudou logo de cara, trocou por uma mais simpática, digamos, ou pelo menos queria que fosse assim, mas só saía uma careta ensebada e rebolcada na sujeira.

— Boa noite, eu sou o proprietário. O senhor é...?

Na minha opinião, o Renô, que devia ser um sacador, um sujeito esperto, logo entendeu, não sei se estava preparado pelos estudos e pelos diplomas que tinha, porque estudava as pessoas e os hábitos delas, só sei que respondeu assim:

— Bonsuá, eu sou um etnólogo francês — e o Esmo já não entendeu a palavra etnólogo —, estou fazendo uma *pobre* pesquisa pessoal sobre os costumes hirpinos para um *pequeno* livro destinado aos meus alunos.

— É uma pesquisa *pobre* para um livro *pequeno*? — perguntou o Esmo, sem rodeios.

— Uí, trê pobr — disse Renô meio em francês, com um sorriso limpidíssimo e piscando.

— Ei — disse o Esmo voltando para a loja —, três pobres por falta de um? Três? Vamos bem...

Renô ligou o gravador, depois me fez sinal para falar livremente.

— Aa-uí, sctu-ié-froó trrr-ií-ctoóó. [*Ali, este é Renô.*]

— Ooo-ooó cdiá-rretré. [*Muito prazer.*]

— Eéé fui-nuú aa cdá-rruí-stzií etreé tui-truií-cno-rroó! [*Ele veio de Paris para me conhecer, a mim, Isidoro!*]

— Craá-iíí-os-ií stra-trsci-a. [*Paris, capital da França!*]

Disse que tinha estado lá, nas suas viagens depois que saiu da Indonésia, antes de arribar em Mattinella para vir conhecer o menino que assobia; disse que trazia Paris no coração e que lá se apaixonara por uma mainá com quem tinha assobiado durante vários dias, voando sobre os tetos de Montmartre e sobre o Sena, que dormiam numa árvore perto da catedral de Notre-Dame e iam tomar o café da manhã nas Tulherias. Na minha opinião, a história era verdadeira, não inventada, porque no fim ele se abaixou, passando o bico numa patinha, e eu, que o conheço, sei que o motivo era a tristeza por aquele amor ter voado para longe.

Batemos um longo e belo papo, e, pela primeira vez, eu funcionava como tradutor para deixar Renô entender o que Ali estava dizendo, e vice-versa; no fim, Renô desligou o gravador e me convidou a ir ao seu estúdio, porque "gostaria muito de continuar falando de assobios, de música e de Ali".

— Mas ele não pode ir! — respondi, lamentando aquela gaiolinha que aprisionava o meu mestre indiano que tinha vindo do outro lado do mundo só por mim e agora, que existia um francês interessado nele, precisava ficar fechado lá dentro dia e noite; eu tinha esperança de que o francês pudesse fazer alguma coisa para soltá-lo, mas não, não foi possível; Renô abriu os braços chateado, e então quem falou foi Ali:

— Não se preocupe, Poucapança. O meu destino já está cumprido. Eu precisava te encontrar, assobiar para você, tornar você meu irmão e amigo.

— E empresário! — acrescentei.

— Sem dúvida! — respondeu. — Mas agora é de você que querem saber. Vai! A minha gaiolinha logo me deixará livre, logo mesmo, e nós teremos tempo e jeito de ficar juntos, mas será num mundo novo, um mundo diferente.

Voltei para casa triste com aquelas palavras de Ali. Pareciam um adeus, pareciam aquelas frases dos filmes ou dos contos, quando os protagonistas estão para morrer. Renô fez cara de tristeza, mesmo não tendo entendido nada, claro, fez porque me viu ficar muito tristonho.

— Tudo bem? — perguntou.

— Uí, uí, vou ao teu estúdio, diga ao papai onde fica.

Eu nunca tinha feito perguntas sobre o futuro, esse é o problema. E quem faz isso com dez anos?

As palavras de Ali tinham me levado a pensar, pela primeira vez, no fato de que depois as coisas podiam mudar, e aquilo não me agradava. O primeiro aviso era o da partida anunciada de Marella, a sua doença, tudo coisa que antes não existia e, a certa altura, já existiam.

Então é possível o contrário também, pensei, quer dizer, as coisas que existem antes depois já não existem. Eu não gosto de mudar, gosto da minha família como era e como é, gosto das coisas que faço, gosto da minha bicicleta, gosto dos amigos. Da Marella eu gosto agora também, talvez goste mais porque ela ficou ainda mais forte, mais corajosa; não, que é isso? Não é assim, gostava mais antes, porque não a via sofrer. Marella chorando, Marella se debatendo no chão, antes isso não existia, agora existe. Por que as coisas precisam mudar? Por que Ali me disse "vamos nos ver num mundo diferente, um mundo novo"?

Comecei a refletir nas palavras de mamãe, "o que amadurece se separa", "o cachorrinho se afasta da cachorra", "quando não entender uma coisa, separe e entenderá...". Mas eu não queria separar nada, queria o contrário, queria manter tudo junto, tudo unido, mamãe e papai, Canção e os revolucionários, Renô, Ali, dona Ieso, Esmo, Ardo e Marella... Queria conter todo aquele mundo, que era o meu povoado e a minha vida, tudo num assobio só, liso e rechonchudo em forma de *cannellone* longo, queria conter como dentro de uma bola de gude que você carrega no bolso, que, quando se sente sozinho, fica girando entre os dedos, mesmo dentro da calça, e sabe que aquela bolinha é toda a sua companhia, que dentro dela está tudo o que você conhece e que te faz estar bem, faz você se sentir Isidoro Raggiola Poucapança que, quando passa pela praça às oito da manhã para ir à escola, todos ficam calados, porque Isidoro assobia e o mainá responde.

O fato é que aqueles assobios de Ali, não sei por quê, tinham causado uma espécie de explosão dentro de mim, mais forte do que aquilo que ele tinha dito de fato, eu senti uma coisa diferente, os assobios tinham um arranhão por dentro, eram assobios de massa não lisa, de massa enrugada, eram assobios de massa velha, que precisa ser jogada fora porque está estragada, apodreceu, mas, apesar disso, é engolida. Enquanto eu estava concentrado nesses pensamentos, papai foi ao meu quartinho e, sem dizer nada, me pegou pela mão, me levou ao banheiro e me fez entrar na banheira, com água quente no ponto certo, se sentou numa cadeira ali do lado e, fazendo "s-chiaff, s-chiaff" na água com a mão, começou a ler em voz alta uma poesia que tinha recortado de um jornal, e que já fazia um tempo passava sem descanso de um bolso ao outro.

— Estou pensando faz dois dias nessa dezena de palavras mais ou menos... — disse. — E, como eu vi que hoje você também está pensativo, vou ler para você, assim quem sabe nós conseguimos entender juntos o que elas significam. O poeta se chama V. Sereni, é o que está escrito aqui bem pequenininho, pode ser Vincenzo, Valerio ou Vittorio, quem vai saber, eu não conheço...

> Mas nada é sem amor o ar puro
> o amor é nada sem a juventude.

XVIII.
Levistrós

Na nossa casa nunca faltavam coisas estranhas, isso é verdade: na manhã seguinte, como que para confirmar esse costume com estranhezas, papai lançou o Dia do Cuide de Si.

Mas não era uma coisa antipática, tipo "cuide da sua vida", não: a regra ele escreveu numa folha que deixou na mesa dentro de um envelope fechado, dizendo a mamãe que podia ler junto comigo quando eu acordasse. Mamãe se divertia fazendo essas coisas que papai pedia, tipo o Jogo das Belas Palavras, ou essa outra novidade; ela era ótima, porque sabia acolher sempre com divertimento as propostas engraçadas, e descartava as coisas ruins. Abrimos o envelope na mesa, ela tinha já preparado a levantina e a farinha e estava para começar a trabalhar.

Hoje, se estiverem de acordo, vamos criar o Dia do Cuide de Si. Cada um deve pensar na coisa mais bonita que sabe fazer, depois deve fazê-la para si mesmo em vez de fazer para os outros e deve sentir satisfação por si mesmo. Eu, de minha parte, já comecei esta manhã. Para Isidoro: quando voltar hoje à tarde, vou com você ao estúdio do Renô.

Chegou às cinco, como todos os dias, e às cinco e meia, quinze para as seis, estávamos no estúdio de Renô. Ele tinha explicado ao papai onde era, mas nós não conseguimos encontrar assim depressa. Aconteceu que, chegando a certo ponto da estrada para Villamaina, pelos lados de San Martino, era preciso pegar uma espécie de trilha no meio do trigal, e lá só há trigais, enormes, amarelos, mas nós precisávamos ver uma estradinha pequena, branca. No fundo dessa estradinha, fica o tal galpão, digamos, onde ele havia montado o estúdio.

Tinha chegado mais ou menos em maio e devia ficar até o fim de outubro, para terminar aquela pesquisa sobre máscaras etc. etc. que estava fazendo, e tinha alugado aquele bagulho de galpão, onde antes ficavam porcos, na minha opinião, por isso tinha conseguido por uns trocados.

Era setembro e o tempo estava bom, mas ainda fazia um pouco de calor àquela hora, e na estradinha se levantou uma poeirada danada quando nós passamos.

Batemos à porta do galpão, mas ninguém atendeu.

— Diacho — disse papai —, deve ser aqui, mas pra quem a gente vai perguntar? Não tem ninguém!

Então começamos a gritar, Renô! Renô! Eu experimentei fazer a volta do galpão, para ver se ele estava lá trás; não estava, mas preguei uma peça no meu pai.

— Olha, papai, encontrei, está aqui!

Quirino chegou e viu só um Renault 4 vermelho, velhíssimo, empoeirado, estacionado sem rodas, apoiado em tijolos.

— Estava procurando o Renô? Está aí! — disse eu.

Esperamos cinco, dez minutos; papai, sentado no chão, atirava pedras, tentando acertar um pauzinho fincado na terra. Eu gritassobiava, girando em torno do galpão, corri atrás de um gato, que tinha aparecido de repente no meio do trigo, mas depois, do fundo da estradinha, vimos uma coisa incrível. Vinha chegando, a passos lentos, com sandálias nos pés e calça vermelha, um homem-árvore. Era uma pessoa porque tinha pernas, toda coberta de verde, inteira, completamente: cabeça, braços, o corpo todo cheio de folhas e ramos entrelaçados, passados pelas axilas, em volta do pescoço, dois, três ramos retos saindo por cima da cabeça, mas folhas, muitas folhas. Andava devagarinho, eu e papai olhávamos, eu de boca aberta e os olhos fixos à minha frente, papai com a pedra na mão e virado de lado, porque, quando era uma coisa estranha ou curiosa, ele sempre preferia olhar com a visão lateral, diz que lhe dava essa vontade.

Quando chegou a um passo de distância, parou e ficou olhando para nós.

Tínhamos ficado encantados, mas a sensação que eu tive foi de que era ele que olhava para nós. Ficamos parados, assim, bastante tempo, eu diria pelo menos quinze minutos, mas talvez só um ou dois minutos. Havia silêncio, afora o som de um cincerro, um daqueles sinos que se põem nas vacas ou nas ovelhas, que era ele que carregava no meio das folhas e de vez em quando soava.

Passado todo aquele tempo, ouvimos alguém dizer entre as folhas:

— É o Renô. Vamos entrar?

Entramos atrás dele; dentro era uma tremenda confusão, havia um monte de coisa, tudo uma bagunça, pelo menos parecia: ferramentas de trabalho, foices, podadeiras, martelos e pás. Máscaras de todos os tipos, feitas de papelão, recortadas em sacos, de madeira, de couro, ou de pano, com coisas grudadas, como pedaços de ferro, cordas, palha. Manequins, bengalas, chapéus. Parecia a coxia de um espetáculo de circo ou de teatro, com todos os trajes prontos para os vários personagens. Só um cantinho era bem definido e organizado: lá estava uma mesa pequena, e em cima dela havia um caderno, duas canetas, lápis e, atrás, uma fileira de livros e cadernos em ordem, mais um abajur com um par de óculos apoiados embaixo. Nós o ajudamos a desvestir todo aquele arvoredo, que saía pelo alto e tinha formato de cabana de índios, com todos os ramos mais compridos presos em cima da cabeça e depois cobertos com folhas.

— Conhecem esse traje? — perguntou.

— Não — respondemos papai e eu, e foi bem legal, porque nós dois parecíamos crianças.

— Ele se chama Rumit, o eremita, é uma fantasia de carnaval de Satriano di Lucania, pelos lados de Potenza. Quem usa não pode falar, só pode tocar o cincerro e esperar que lhe deem um pouco de dinheiro. Mas nada de falar! Porque dentro da árvore quem está é o espírito, não é a pessoa. Esta é uma cópia, digamos, quem fez para mim foi um amigo de Satriano que está aqui, mas não é feito com estas folhas, é feito com azevinho e hera, colhidos nos bosques quando neva, em fevereiro.

Estava todo suado, coitado, com todas aquelas folhas em cima; tinha tomado uma canseira, debaixo do sol. Então papai, sempre naquele tom de moleque como eu, perguntou:

— E por que é que você saiu por aí com essa coisa em cima?

— Para entender. Para entender, a gente precisa experimentar, com o corpo. Para entender só a cabeça não chega, é pouco, a gente precisa modificar uma parte do corpo para entender alguma coisa. Se você se transforma, então entende; se você perde uma parte de si e pega outra, entende. Se perder, pode pegar.

Pronto, outra lição para entender como se vive; mamãe dizia "separe e entenda", esse aí dizia "perca para pegar", mas, vai saber, talvez não fossem tão diferentes as coisas que eles diziam, quem sabe. Passamos duas horas como quando você vai ao parquinho para brincar pela primeira vez, então vê o balanço e quer ir lá, depois vê o escorregador e quer ir lá, depois vê aquela roda que fica virando e te faz vomitar, mesmo assim quer ir; passávamos de uma fantasia em forma de árvore para outra em forma de urso, e todas tinham uma história por trás: ou nasciam para agradecer à terra, ou para saudar uma estação, ou para fazer amizade com os animais.

— Mas quase todas implicam silêncio — disse Renô —, quer dizer, quase todas, quando a gente usa, não pode mais falar com palavras, mas precisa voltar aos sons primitivos, elementares, aos sons da terra ou às vozes dos animais. Aí começa o meu trabalho. Por isso é que me interessa tanto o garoto que assobia.

— Mas que trabalho exatamente você faz, Renô, desculpe? — perguntou papai.

— Eu estudo os comportamentos dos grupos humanos, para a Universidade, e agora me concentrei nas festas daqui do Sul da Itália, para entender de onde vêm todas essas fantasias lindas, para que servem, para entender por que vocês sentem necessidade de virar animais, ou árvores, ou monstros, ou de tocar a terra com os pés descalços. Além disso, o meu pai nasceu por estes lados, num povoado chamado Gesualdo, mas emigrou para a França ainda garoto, com quinze anos. O meu mestre se chama Levistrós — assim ele disse.

Eu e papai nos olhamos, porque no nosso povoado "le vist ròs", pronunciado exatamente assim, significa "você a viu grande". Mas, depois, vi sobre a mesa um livro em que estava escrito Lévi-Strauss, talvez fosse aquele.

Nós gostávamos do Renô, era um sujeito estranho, portanto combinava conosco; ele me fez um monte de perguntas e escrevia as respostas em francês, com uma letra bem pequenininha, pondo e tirando os óculos, pensando, pensando, enquanto eu falava ele pensava muito, dava pra ver, porque ficava mordendo a haste dos óculos, depois olhava para a direita e para a esquerda, fazia que sim com a cabeça, enfim, gostava da minha história, ela mexia com os pensamentos dele, e, como dizia papai, isso é sinal de que alguém gosta mesmo de outra pessoa, quando ela mexe com os pensamentos desse alguém. Quando eu contei que tinha um Assobulário, um sistema para produzir e entender os assobios, ele disse "Ancruaiable!" e me contou que, numa ilha da Espanha — mas fica na África essa ilha —, aonde ele tinha ido, me parece, cinco anos antes, existem uns pastores que falam com assobios de cima das montanhas, que um diz ao outro, tipo, "Traz leite e pão de noite pra mim", e o outro responde "Tá bom, a gente se vê às oito na tua casa!", e esse sistema de falar se chamava Silbo Gomero, e que eles também tinham seu Assobulário.

Disse que existia uma lenda que dizia que, quando os antigos romanos estavam na África, a certa altura cortaram a língua de todos os que não concordavam com eles e lutavam contra eles, puseram essas pessoas nos navios e elas foram levadas para essas ilhas de que ele falou e que, para eles viverem, os romanos deram umas ovelhas e umas cabras. E, como eles não tinham língua, aprenderam a falar assobiando. Depois ele disse que existem mais dois grupos humanos que falam assobiando, um no México e um na Turquia.

— Mais tu es três spécial! Você é um fenômeno, porque aprendeu com um pássaro! Ninguém fala assobiando no povoado, certo?

— Não, tá certo, eu mesmo ensinei alguma coisinha ao Canção, à mamãe e ao papai, e nas festas nós fazemos um experimento revolucionário, uma ideia que o Canção teve, de ensinar às pessoas como conquistar a felicidade se livrando da necessidade, para fazer barricadas musicais contra o avanço do capitalismo...

Ele me deteve com um sinal da mão. Estava espantadíssimo.

— Nessa ilha de que falei antes — disse —, conta-se que a certa altura, lá por 1500, mataram o senhor que dominava ali, o conquistador espanhol Hernán Peraza, e depois, assobiando, de um vale ao outro, deram início à rebelião que trouxe a libertação.

Os olhos de papai se iluminaram: mas então dava para fazer aquilo! De fato, ele podia se deixar levar, imaginar "uma multidão de pobres que corre assobiando para a definitiva realização das suas melhores esperanças", como tinha dito uma vez, ou "o advento de um assobiomunismo, não enfarruscado, não só reivindicativo, mas jovem e musical, compartilhado, alegre, ligeiro e sem aparatos, como os pássaros felizes do céu"!

— A tua história é bonita, Isidoro — continuou Renô —, e eu gostaria de te levar para Paris, te tornar conhecido. Vou te acompanhar nesses meses que ainda tenho, gravar os teus assobios, se teu pai e tua mãe concordarem, vou gravar fitas das tuas conversas com Ali, e depois você me ajuda a anotar todas as transcrições. Mas há um problema, e talvez vocês não tenham pensado nele, porque tudo isso começou por acaso, e vocês estão felizes do jeito como a coisa está.

— Diga, Renô — respondeu papai, preocupado.

E Renô falou muito sério.

— Agora Isidoro não assobia, quer dizer, o resultado é semelhante a um assobio, mas não é feito com ar que passa por um tubo, né? Ele faz isso com a vibração das cordas vocais, certo?

— Certo — respondi. — De fato, nós chamamos de gritassobio, porque é um grito em forma de assobio.

— Exato, e isso acontece porque aprendeu com um mainá, que usa assim o seu instrumento. Mas você, daqui a pouco, vai mudar de voz, talvez já tenha começado. Vai ficar com voz de homem, mais grave, e não vai conseguir alcançar os níveis do assobio que tem agora; quer dizer, vai deixar de ser assobio, vai ser uma espécie de grito sem sentido.

Eu não queria perder o meu gritassobio, era a coisa mais bonita que eu tinha, era o meu modo de expressão mais sincero, sem ter de pensar nas palavras; era o meu modo de falar com Ali, era o meu modo de ser reconhecido no povoado — e também nas festas e nas feiras —, era a primeira coisa que eu tinha feito ao nascer; enquanto isso papai me olhava, papai percebeu aqueles pensamentos que eu estava tendo e me acariciou a cabeça.

— Mas não tenha medo, Isidoro — continuou Renô —, existe solução. Agora, antes de perder o gritassobio, comece a aprender o assobio normal, o que é feito com ar. Se quiser, use as mãos também, como fazem os habitantes da ilha de que falei. O importante é você conseguir transferir tudo o que construiu com o gritassobio sem perder nem uma letra, uma entonação ou uma nuance, e aprender a fazer isso com o assobio normal. Em francês, assobiar si diz *siffloter*, e você vai poder se chamar Isidoro Sifflotin, Isidoro, o Assobiador.

Eu não gostava do modo como estava acabando aquela estação de chegadas e partidas, porque as partidas eram demasiadas e causavam mais dor do que as chegadas, e agora queria ir embora até a coisa mais bonita que eu tinha, o gritassobio.

Quando chegamos em casa a minha cabeça fazia barulho de verdade, de tantos pensamentos que eu tinha lá dentro, e papai também tinha ficado um pouco sério, não que aquela coisa do assobio fosse tão importante, mas é que ele gostava de ter um filho especial, um filho passarinho, sifflotinho e poucapança.

— Mãe do céu, parece que estão voltando do médico vocês dois! — disse mamãe quando nos viu entrar. — O que aconteceu?

Explicamos toda a história, e ela disse:

— E daí? Você faz questão de assobiar? Então assobia! Assobia! Ele falou que dá? Então pronto, você é especial! Deixe uma coisa e pegue a outra! — disse, me abraçando e rindo. — E também não se esqueçam, oh, hoje é o Dia do Cuide de Si!

Dizendo isso, levou à mesa o meu jantar preferido: ovos mexidos e salada de tomates cheia de azeite do bom e o pão esponjoso feito no forno a lenha que, quando você põe no azeite, ele suga até na crosta. Para ela, mas só para ela, visto que aquele era o dia especial proposto por papai, tinha preparado um prato da sua melhor massa, e comeu tudo com prazer, dizendo "boa, muito bem, boa, durinha, boa, muito bem", porque a regra era que cada um devia dar satisfação a si mesmo.

Terminado o jantar, eu também fiz o meu Cuide de Si.

O que eu sabia fazer melhor era gritassobiar, então pedi que pusessem uma escada apoiada na casa, subi no telhado para gritassobiar só para mim, e, enquanto gritassobiava me deu um pouco de vontade de chorar, porque tinha medo de perder tudo aquilo que tinha, Marella, Ali, o assobio, e, quanto mais pensava nisso, mais assobiava, melodias belíssimas que voavam para o céu escuro, revolviam-se e fugiam para o alto, ou então marchavam como os vinte soldadinhos que eu tinha enfileirados debaixo da cama, assobios brilhantes, assobios escuros, assobios altos, assobios baixos, curtos, explosivos, de traque e de girândola. E daí a alguns meses, nada mais.

Não, eu não estava me dando muita satisfação.

— Me disseram que eu talvez fique sem andar, mas sempre irei aonde quiser — tinha dito Marella. Refleti, e aquela frase, dita por uma menina que tinha cada vez mais dificuldade para ficar de pé, me deu muita coragem. Eu podia aprender a assobiar como todo mundo assobia, mas ninguém jamais assobiaria como Isidoro Sifflotin, nem com grito nem com assobio normal.

Desci de volta e fui para a cama, dormir; mamãe beijou minha cabeça e me disse:

— Preocupação e medo são as únicas coisas que você nunca deve ter, não esqueça. O resto, se não vai pra um lado, vai pra outro, mas sempre vai.

Eu disse obrigado e a abracei durante muito tempo. Quando abraçava mamãe era como quando assobiava: as palavras nunca entravam no meio para encher o saco.

— Papaaai.
— Fala, Isido'.
— Você fez a coisa pra você mesmo?
— Claro!
— E deu satisfação a si mesmo?
— Claro!
— Papai, estou achando que a capital da França é Paris mesmo.
— Não, que nada. Para nós é Praga? Então é Praga!
— Tá bom.
— Como se diz boa-noite em Praga?
— Bonnuí!
— Bonnuí, Sifflotin!

XIX.
Quinta carta de amor escrita no banheiro

> Mas nada é sem amor o ar puro
> o amor nada é sem a juventude.
> V. Sereni

    Gostaria de lhe escrever uma carta de amor, Quirino, movido por esses dois versos de uma poesia que encontrei ontem num jornal. A primeira parte eu entendo bem, acho que quer dizer que, se você não ama ninguém e se ninguém te ama, então o ar puro que te faz viver, o ar puro e perfumado que chega das montanhas, esse ar puro que te faz viver feliz um dia inteiro, se você começa com uma aspirada fresca, esse ar não é nada, não existe. Mas esse alguém que você ama e que te ama mais que todo mundo precisa ser você mesmo, caro Quirino. Você precisa gostar de si mesmo. Se você respira e não se ama, não adianta nada, se você come e não se ama, para que come? Quando você era pequeno e sofria porque gozavam dos teus olhos estrábicos, para que vivia, sem se gostar? E aqui chegamos àquela forma de amor pelos outros que, penso eu, é a mais elevada: a solidão. Na minha opinião, é com a solidão que você aprende a beleza daquilo que você é, a beleza daquilo que pode oferecer, e aprende naquele espaço que há entre você e você mesmo, se o encontrar, que é o espaço da invenção, o espaço em que Quirino pasma Quirino, incendeia a cabeça com pensamentos, no tempo que passa diante daquele espelho que cada um de nós tem por dentro. O Quirino que aparece dentro do espelho do armário aparece sozinho quando o Quirino de verdade se põe na frente dele, certo? Enquanto você se puser na frente do espelho que tem por dentro, vai continuar a se amar pelo que é. Mas, se você só se pensar a si mesmo sem se pôr na frente do espelho, então é outra conversa, porque vai sempre tentar fazer Quirino ser como o Quirino que gostaria de ser, e o Quirino que gostaria de ser é sempre o Quirino que os outros gostariam que fosse.

Depois vem o outro verso: "O amor nada é sem a juventude". E o que ele significa? Que só os jovens podem se querer bem? E que poeta é esse que escrevia uma coisa dessas? Certamente não terá sido um poeta jovem, porque um jovem não pensa no fato de ser jovem. O adulto, o velho, esses pensam na juventude. Mas talvez não signifique isso, talvez não signifique que só os jovens podem amar, mas que só se poderá amar se se for jovem. E aí eu o entendo e abraço e estou de acordo. Porque o amor jovem é o amor que pensa em todas as coisas belas que poderá fazer com a pessoa amada, e vive para aquele desejo do dia que tem pela frente, e o que já passou fica guardado na memória, numa frase escrita, nas fotografias, para depois olhar e pensar: ainda fazemos isso? Você se lembra de como foi bom aquela vez que fizemos amor com a janela aberta e se via o azul do céu e se sentia o ar frio? Ainda fazemos isso? Você se lembra daquela vez que pegamos a bicicleta, você se sentou no cano e nós fomos até o rio? Ainda fazemos isso? E, como esta carta de amor é para você, Quiri': você se lembra como era bom quando imaginava tudo o que queria fazer na vida? Ainda imagina? Você se lembra como era bom quando não pensava duas vezes se se tratasse de ajudar alguém? É assim ainda? Você se lembra como ficou da primeira vez que ouviu Bach? É assim ainda?

De vez em quando reserve uma meia hora, Quiri', e veja se ainda é aquele que acha que é, eu lhe encareço.

Com amor,

Quirino

XX.
Conservatuár

Em setembro também se foram os figos de San Mango, gostosos com presunto e pão, e começou a quinta série do ensino fundamental.

No dia primeiro do mês, como decidido, Marella partiu para Nápoles, e eu fui ajudá-la a recolher as coisas de seu quarto para encaixotar, principalmente os brinquedos.

Ela possuía um monte de coisas que havia construído, todas feitas de pedaços misturados, tipo um porrete de madeira com pedaços de plástico de balde grudados e tampas de garrafa pregadas, ou uma espécie de caixa de poliestireno com uma antena de rádio enfiada por dentro e fios de lã.

— O que são essas coisas, Mare'? — perguntei.

— Obras de arte — respondeu. — Gosto de construir essas coisas assim, mas agora não posso levar, não está sobrando espaço, em Nápoles faço outras com o que encontrar por lá. Tó, pega essa de presente.

Era uma tampa de lata de tomate, uma tampa daquelas largas, e dentro ela havia feito um desenho, era um desenho que fazia rir, por ser uma cara toda torta.

Pus no bolso, depois a dei a papai, para ele guardar numa caixa de Idrolitina porque não queria perder, aliás, foi ele que me disse "vamos pôr aqui, assim fica seguro!".

— Você também me dá um presente? — perguntou Marella.

— Ah, mas eu não trouxe nada; se você esperar, vou buscar em casa!

— Não, não. Assobia, assobia, assim depois me lembro.

Estávamos sentados na cama, ela com as pernas um pouco tortas, já não conseguia ficar parada de fato, estava sempre numa espécie de nervosismo que a movimentava sem parar, o que se sentia até na voz, que parecia mais para trás do que o normal, saía mais apertada, comprimida no meio dos músculos da garganta.

— Assobia — disse —, gosto quando você assobia, parece um passarinho de verdade.

Fiquei de pé no quarto e comecei:

— Tchiutréémúú-aghií-ritrozloó! Cumeáá-futsaá-re triconeeéé!

— Que lindo! — disse ela. — Significa alguma coisa?

Significava, e como! Significava todo o desgosto por ela ir embora e a minha vontade de que ela ficasse lá comigo para continuar a brincar na cisterna do Durelli, para lhe fazer cócegas, para correr pela praça e olhar dentro da cueca e da calcinha para ver como são feitos os homens e como são feitas as mulheres. Mas não disse.

— Não, não significa nada, são só assobios variados.

Eu me despedi deles, aliás, nos despedimos deles, porque havia uma multidão de amigos gritando e dizendo "voltem logo para ver a gente!" e mandando beijos. A mãe dela estava sentada no caminhão, junto a Marella, que ia sentada perto do motorista, e o pai seguia atrás no carro cheio de caixas, cobertores dobrados, um colchão em cima e uma roda de bicicleta saindo um pouco pela janela.

De qualquer modo, levavam a bicicleta, que ela já não podia montar.

Durante os primeiros dois meses de escola eu também ia ao Conservatuár toda tarde, como dizia Renô, porque na França o tal conservatuár é o lugar onde se aprende a fazer coisas artísticas, tipo representar, dançar ou tocar algum instrumento, e ele disse que aquele era o meu conservatuár de assobio. Eu já sabia assobiar um pouco do jeito como todo mundo assobia, nada de especial. O problema principal é que não saía natural, eu precisava me esforçar porque, se quisesse dizer alguma coisa sem pensar muito, então eu gritassobiava, que era o que tinha feito desde o primeiro momento. Mas Renô foi inteligente, tinha paciência e me mandava praticar sempre fazendo alguma outra coisa, porque assim não me aborrecia. Além disso, ele sabia tocar trompete, então, quando queria me fazer entender alguma coisa, primeiro tocava no trompete, e eu depois imitava.

Enquanto isso, aprendi bem depressa a fazer exercícios de extensão, como são chamados, para chegar às notas mais agudas e às mais graves possíveis. Depois pegamos o Assobulário e inventamos o sistema para refazer todos os sons que eu sabia fazer com o gritassobio, trilos, sons rascantes, batidas, e para cada um precisamos inventar um truque, onde pôr a língua, se usar saliva ou não, o que se podia fazer na aspiração e o que não, quando se devia pressionar a língua contra o palato e quando ela devia se agitar na boca como no r. Ele escrevia tudo, gravava tudo, de vez em quando também tirava fotografias. Eu não fazia um tipo único de assobio: eram três ou quatro modos misturados, o assobio com a boca em bico normal, o assobio entre os dentes, que podia ser brando ou afiado, e o assobio com os dedos. E a mão também era usada de outros modos: se eu batia a palma na boca, por exemplo, saíam dois tons de assobio juntos, um agudo e um grave.

— Estou estupefato — disse uma tarde Renô —, você não faz nenhum esforço para aprender a assobiar. Não precisa perder tempo fazendo exercícios, como todo mundo, que passam dias e dias soprando para se ouvir uma única nota sair. Para você, é natural, como beber, como correr: você assobia. Falar para você é mais difícil.

Sem dúvida foram tardes agradabilíssimas, porque, além de assobiar, Renô me deixava experimentar todos aqueles trajes e aquelas fantasias que tinha, ou então eu o ajudava a construir os que ele tinha visto e fotografado por aí e depois tentava fazer igual. Eram também tardes de tempo livre, quando cada um fazia alguma coisa à vontade, sem compromisso, até pensar, por exemplo, ou inventar.

— O que vamos fazer? — perguntava eu, que estava sempre curioso e era espevitado, como dizia mamãe.

— Nada. Vamos ficar no mundo — respondia Renô.

Depois tocávamos, tocávamos bastante, ele tinha tambores, pandeiros, *scetavaiasse*, *tammorre*, mas fazíamos ritmo até com garrafas, com baquetas nas mesas, com tudo, e podíamos fazer toda a barulheira que quiséssemos porque a casa mais próxima ficava do outro lado da outra plantação. Quando eu estava cansado de tanto assobio e tanto ritmo, ele tirava o trompete do estojo e tocava, e eu ouvia zanzando pelo galpão, onde no fim sempre descobria alguma coisa estranha e nova que despertava a minha curiosidade.

— Já que assobiar é tão fácil para você, já que você parece um instrumento, na minha opinião deveria aprender a ter mais relação com a música. Sabe que a música contém tudo? Pensamento, sentimentos, filosofia, mas também a vida real de todos os dias, a dor, a alegria, tudo. E você tem um verdadeiro instrumento musical na garganta, mesmo nunca tendo considerado desse modo.

— Eu sei, Renô! Você conhece a história de *No princípio era o Assobio*?

Ele não conhecia, dava para ver que ela ainda não tinha chegado à França, então eu contei; brincando, brincando, ele com o trompete e eu com o assobio, aprendi um monte de músicas diferentes, ele punha uma partitura em cima de uma mesa e me fazia ouvir a melodia no trompete, um pouco por vez, mas não as canções napolitanas, como Nocella; não, música música mesmo, tipo Bach, aquela que papai ouvia, aprendi um monte de melodias que funcionavam bem com o assobio, Renô fechava os olhos para ouvir e dizia:

— É maravilhoso, vai saber por que quando a gente ouve um menino cantar ou assobiar tão bem sempre sente um pouco de melancolia.

— Melancolia? Mas estou me saindo bem ou não estou?

— Perfeitamente bem, isso não se discute! Mais que bem, você é fora do comum, é um fenômeno absoluto. Teu assobio é forte, cheio de ressonâncias e tem um som misterioso que vem de longe, de outro planeta talvez, quem sabe, ou de outro tempo. Pode ser que nós homens, como espécie quero dizer, assobiássemos quando ainda não falávamos. Imagino o teu assobio ressoando no espaço, entre as estrelas e as galáxias, indo ao encontro de civilizações que ainda não conhecemos, ou pondo-nos em contato de novo com uma espiritualidade perdida, talvez com um Deus, vai saber se não é exatamente aquele Deus que apitava enquanto fazia Adão e Eva, e o apito caiu na garganta deles, ou talvez seja um Buda ou um Vishnu apitinho com cabeça de pardal, como Ganesha, que tem cabeça de elefante; gosto de imaginar os deuses assobiando enquanto passeiam entre as estrelas e imaginar que nós também, depois da vida, nos tornamos apenas *un petit sifflement* no universo.

Imitando o trompete dele, aprendi *Una furtiva lacrima*, *Après un rêve*, que é uma canção francesa de que ele gostava, que significa "depois de um sonho", *A Rainha da Noite* de Mozart, que é aquela famosa ária, o segundo movimento do concerto para flautim de Vivaldi, que é triste, mas parece escrito para ser assobiado, e pelo menos outras quinze ou vinte melodias. Agora sabia fazê-las dos dois jeitos, com o assobio normal e com o gritassobio, mas logo me restaria só o assobio, portanto menos mau. Ele fechava os olhos, deitava-se em cima de sacos e me dizia "Assobie, assobie o que quiser, porque você me lembra a infância, jetanpri!", que é tipo por favor, acho, e então eu assobiava, até meia hora seguida, fazia as peças que queria, misturava mãos, língua, assobio, gritassobio, tudo, e algumas vezes percebi que os pássaros vinham se reunir em torno do galpão, e sei disso porque via as sombras deles atrás dos vidros dos janelões altos que havia lá, janelões com vidro opaco, então só dava para ver as silhuetas, mas eram muitos.

Uma vez Renô também me deixou estupefato, porque, depois do nosso dia inteiro de música, fantasias e todo o resto, eu me despedi dele e saí para encontrar papai, que tinha ido me buscar. Logo depois de partirmos, eu percebi que tinha me esquecido de pegar a jaqueta, mamãe tinha recomendado cem vezes, estávamos no começo de outubro, e o tempo andava bem friozinho. Voltei para dentro sem dizer nada, tudo estava em silêncio, e eu não via Renô. No fundo daquele galpão ficava o banheiro, achei que ele estava lá, já que não estava em nenhum outro lugar; além disso, não havia muito o que procurar porque, é verdade que a bagunça era grande, mas o galpão não tinha paredes, portanto se via quase tudo.

Fui direto pegar a jaqueta, ela estava apoiada nos caixotes de madeira empilhados; puxei, e todos os caixotes caíram, fazendo um barulhão danado. E aí aconteceu a coisa estranha: atrás daquela pilha de caixotes, havia um espaço pequeno coberto de palha, tipo aquelas salinhas que existem nas lojas para experimentar a roupa que a gente quer comprar.

Lá dentro estava escondido o Renô.

Ou melhor, não era bem o Renô.

Era ele, mas completamente vestido de pássaro, com uma máscara de bico longo, como uma espécie de tucano, porém mais pontudo, cobrindo toda a cabeça, na frente e atrás, e os olhos redondos se mexiam, se mexiam de verdade para cima, para baixo, para cá e para lá, como se ele pudesse comandar, de dentro; as mãos não apareciam, porque os braços estavam enfiados num par de asas, o corpo era todo emplumado, mas coisa bem-feita, com penas aderentes, grudadas, como se tivessem crescido na pele dele mesmo, e não coladas num saco, por exemplo, que depois a pessoa veste; as pernas eram magérrimas, dois paus, um homem não conseguia andar com elas, digamos assim, e os pés estavam enfiados nos três dedos dos pássaros, mas, de que jeito, não sei.

Olhou para mim, eu também fiquei boquiaberto olhando para ele, principalmente porque ele não podia ter se trocado naqueles três minutos, naquele tempinho de nada que eu tinha levado para subir no carro, lembrar da jaqueta e voltar. Ele me olhava e mexia a cabeça com soquinhos, exatamente como os pássaros, era um pássaro de um metro e sessenta de altura que me olhava sem falar, e parecia esperar que eu falasse, como os pássaros daquele dia no campo. Sim, é verdade que ele tinha dito que, quando a gente vestia aquelas fantasias não podia usar palavras, mas apenas sons primitivos, ou da terra ou dos animais; e, depois de um pouco de tempo olhando um para o outro, ele primeiro bateu um pouco as asas, como para limpá-las ou se espreguiçar, depois passou um pouco o bico na pata direita e no fim o abriu e soltou "tirioó-tiruríí".

Como fez aquilo? Será que aprendeu me olhando?, pensei. Então respondi:

— Ataroá. Ubidré frotiéá — que significava "Oi, a gente se vê depois", e ele respondeu, e me respondeu exatamente como se fosse Ali falando, e não Renô, e eu fiquei me perguntando a noite toda onde é que ele ia buscar aquela voz de pássaro, ele que era homem, adulto, de cinquenta anos, e tinha mudado de voz já fazia muito tempo.

XXI.
Tupáss, Tucáss, Tuláss

Eu tinha muita afeição pelo Renô.

Era muito diferente do afeto que tinha por mamãe e papai, claro, era um afeto que eu sentia por causa daquilo que ele me contava, era um afeto de curiosidade, porque ele era uma pessoa nova, divertida, que sabia um monte de coisas e me fazia descobri-las também. A professora sabia um monte de coisas também, e me fazia descobri-las, sim, é verdade, mas era como uma segunda mãe, pois me conhecia desde quando eu tinha seis anos, além disso era mulher, e eu, quando crescesse, não ia poder ficar igual a ela.

Eu gostava do Renô exatamente porque, no fundo no fundo, me ocorria a ideia de ser como ele um dia; dar a volta ao mundo, conhecer muitas coisas, situações e pessoas diferentes, vestir uma roupa estranha, tocar um instrumento. Então eu sempre perguntava "Renô, mas quando você era pequeno, como é que era?", para saber se era como eu, e ele me contava.

— Era um menino curioso, quieto e solitário. Mas era assim porque ao meu redor sempre havia música, danças e cantos. E bombas.

— Bombas?

— Quando eu tinha dez anos, a Alemanha de Hitler... Sabe quem era?

— Como não! Um desgraçado de merda. Quem me contou foi meu pai.

— Exato, aquele desgraçado queria dominar o meu país, a França, e mandar na gente. Os meus pais trabalhavam num teatro, minha mãe era atriz, e meu pai desenhava e montava o cenário e o guarda-roupa. Tinha saído daqui de perto, de Gesualdo, mas na França tinha conseguido ganhar a vida; trabalhava como assistente de um alfaiate, mas assim que teve a oportunidade de experimentar trajes de cena com atrizes, no nosso teatro, começou a passar lá todo o tempo livre: ajudava principalmente a montar os cenários, mas também estava sempre disponível para verificar e ajustar os trajes, noite após noite. Era simpático, tinha o apelido de *yeux doux*, olhos doces, porque estava sempre disponível e nunca dizia não. Até lhe perguntavam "Por que passa o tempo aqui dentro? Você é jovem, não tem vontade de ir passear um pouco e se divertir?". E ele respondia, sorrindo: "Não, eu gosto daqui." Depois apareceu minha mãe, ele começou a ajustar os trajes de cena dela todas as noites, porque sempre era a roupa que mais precisava de ajustes, você entende, não? Aí apareci eu. Na tua idade, eu ficava no teatro com eles o tempo todo, passava as tardes olhando os ensaios, ajudava meu pai a montar os cenários e os figurinos, copiava as falas de cada um nos roteiros, era uma espécie de faz-tudo, sempre assobiando. À noite, o teatro se enchia de gente, até o último poleiro, que a gente chamava de *paradis*. As pessoas iam porque queriam ver o espetáculo, mas também porque fazia frio, e no teatro era mais quente. Eu me lembro daquelas noites, quando ficava todo mundo junto, com todos os destinos unidos pelos mesmos desejos — liberdade, paz, serenidade, fim da guerra —, lembro como o lugar mais bonito da minha vida e, se pudesse escolher voltar para algum lugar, voltaria para lá. Porque sentia as pessoas todas em volta, então a gente podia se dar ao luxo da solidão no meio dos outros, eu gostava de olhar, dos bastidores eu olhava o espetáculo, preparava os objetos de cena, fechava e abria a cortina. Ou então, quando as cenas eram longas, e eu não precisava fazer nada, ia dar uma volta pelos corredores vazios, ouvia as reações das pessoas, deparava com namorados que faziam de conta que iam ao banheiro para se encontrarem às escondidas, enfim, havia outro espetáculo também do outro lado, e eu gostava de fingir que não sabia mais quais eram os personagens representados e quais as pessoas de verdade. Eu e minha mãe fazíamos uma brincadeirinha: nas cenas em que ela precisava chorar por alguma coisa, e essas cenas sempre existiam, ela se virava para os bastidores onde eu ficava escondido e me fazia uma careta, para me fazer rir, depois se virava de volta para o público, em prantos. A propósito de rir: quando todo o teatro, da primeira à última poltrona, mais todos que estavam em pé e também os jovens que, lá em cima, se beijavam e atiravam bilhetinhos de amor, quando todos juntos explodiam na risada só porque o ator tinha feito um pequeníssimo gesto com um dedo ou tinha se voltado para olhar de um lado bem devagarinho, pronto, naqueles momentos eu sentia um frêmito no corpo, uma alegria que não se pode expressar com palavras, um sentimento que não experimentei mais.

Essa coisa do corpo eu entendia, porque era como quando me aplaudiam de repente durante as festas de povoado, porque não esperavam que eu assobiasse daquele jeito, ou quando eu erguia o braço para dar o sinal do gritassobio geral, e, naqueles dois ou três segundos, o silêncio se tornava total e muito tenso, e tudo se situava na minha mão direita como uma antena.

— E esse teatro ainda existe, Renô? — perguntei.

Ele me respondeu com uma espécie de fórmula mágica:

— Tupáss, Tucáss, Tuláss. Tudo passa, tudo se rompe, tudo cansa. Aquele teatro também passou, os meus pais também passaram, assim como muitas outras coisas. Depois eu cresci, enveredei por outros caminhos, comecei a estudar na Universidade, mas sempre volto a me interessar por teatro, de um modo ou de outro, e me interesso principalmente pelo momento em que uma pessoa já não é a mesma pessoa, pois se transforma, torna-se árvore, animal, ministro de um mistério...

— Um pássaro! Quando se veste de pássaro! — disse eu, porque estava curioso, queria saber o que é que tinha visto no dia anterior.

Ele me olhou sorrindo, do meio de toda aquela barba brotava um sorriso limpidíssimo, um sorriso de belas ideias, como o dos sindicalistas que ficaram sentados no armário durante o almoço de casamento; então se levantou e me pediu que o seguisse. Levou-me de novo atrás da pilha de caixotes, onde eu o tinha visto fantasiado. A fantasia estava lá, pendurada num prego. Mas era pequena, apertadinha, ele não podia caber dentro dela; também era triste, velha, mas eu havia visto um pássaro bonito, forte, que podia voar de verdade de um momento para o outro diante dos meus olhos.

— Aí está. É um traje que eu fiz, com base num desenho do meu pai. Não sei por que, quando morreu, me deixou um envelope com esse desenho, e atrás estava escrito:

Costure e, quando se sentir estranho, vista-o. E assobie.

— Acho que fez isso porque já vivia com o pensamento fixo no teatro e porque adorava a minha mãe, que até cinco minutos antes de entrar em cena ficava nervosa, insegura, amedrontada; papai dizia que o traje de cena também não pegava luz, era flácido, inútil. Mas depois, assim que ultrapassava a soleira dos bastidores, tudo se iluminava, tudo ganhava vida, tudo era bonito, tudo era eterno. Tudo ficava cheio de graça.

— Como a Ave Maria? O que significa cheio de graça?

Nessa altura ele soltou um longo suspiro, cheio de melancolia e se aproximou de mim.

— Você, quando assobia feliz, fica cheio de graça.

XXII.
Um raio de sol, o verão já está aqui

Não vi mais Renô, pois o seu período de estudo aqui na Hirpínia havia chegado ao fim, e ele tinha todo o material de que precisava para escrever o livro, aquele sobre os trajes, e um dia recolheu toda a tralha e se foi, assim como Marella já tinha ido. Veio comer em nossa casa no último domingo antes de viajar, e me lembro de um almoço cheio de histórias e casos; parecia que mamãe e papai também gostavam daquele sujeito tão estranho e tão francês, e que eles também ficavam encantados quando ouviam o que ele contava.

Depois papai e ele mantiveram toda uma discussão sobre política, falaram das diferenças entre a esquerda italiana e a francesa, que se chama gôch, falaram da Primavera de Praga (e isso me fez voltar a ter dúvida sobre a capital da França), falaram de Gramsci, de Berlinguer e de um francês sobre quem papai nunca tinha ouvido nada, chamado Michél Fucô, que, segundo Renô, tinha matutado umas ideias muito corretas sobre a relação do homem com o poder e do poder com o homem, e que não existia poder numa única forma ou pessoa, mas em muitas formas diferentes, e de como o poder agia diretamente sobre a vida e sobre o corpo das pessoas, e que...

— Espere, Renô, espere. Aqui nós estamos um pouco mais atrasados, desculpe. Talvez daqui a algum tempo a gente chegue a essas ideias tão bonitas — disse papai —, mas se via que tinha muita curiosidade pelo assunto, e, se Renô não fosse embora, eu já até estava vendo o papai sentado no galpão ouvindo-o falar e sendo capaz de levar aqueles dois tontos que queriam sequestrá-lo na praça de Lacedonia e dois dias depois apareceram em casa para pedir desculpas pelo que tinham feito, dizendo que queriam realizar "uma ação diversionária", mas, quando viram a minha capacidade de convencimento do público, perceberam que estavam fazendo "uma enorme cagada", e dessa vez não limparam a faixa de farinha do suéter e foram embora vexados e com a tira branca na barriga.

Erguemos muitos brindes, depois chegou a minha hora; preparei uma demonstração dos novos assobios que tinha aprendido com o Renô, até chamamos sete ou oito pessoas das casas vizinhas, e entre o café e os docinhos, fiz um concertinho privado, e todo mundo gostou muito; o Renô também tocou uma música francesa no trompete.

Nós nos despedimos assim:

— Tchau, Renô, volte logo, a casa é sua, Mattinella sempre estará aqui te esperando.

Naquele período — era a última semana de novembro de 1980 —, não sei por quê, mamãe teve uma fixação por uma canção de Patty Pravo de vinte anos antes, *Sentimento*. Punha o disco para tocar o tempo todo, cantava — e tinha uma bela voz —, dizendo sempre "Esse verso, esse verso!":

Come un giorno di sole / fa dire a dicembre / l'estate è già qui!

Naquela manhã também pôs o disco para tocar e começou a cantar a toda voz, e eu mexia com ela:

— Mãe, olha só, agora é novembro, eh, não é dezembro!

— Mas olha que dia bonito! Sente que calor! Parece primavera!

E, de fato, o céu era de um azul espetacular, quente e limpo, e então pegamos o carro e fomos dar um passeio.

No carro, eu disse:

— Mamãe, por que você gosta tanto daquela parte que fala do raio de sol?

— Ah, meu amor, você ainda é pequeno... Mas tantas vezes isso acontece, você vê um raio de sol como hoje e acha que o verão chegou, vai ver ainda vem frio e neve. Por isso é bonito aquele verso, porque a pessoa que se ilude é a pessoa mais bonita, a que desperta mais ternura. Presta atenção, cuidado com quem não se ilude nem um pouco, amor da mãe: é melhor quem sonha e fica chateado quando acorda do que aqueles que, para não sofrer, não sonham mais e pronto.

— Você gosta de quem sonha?

— Se não gostasse, como é que eu ia me casar com o teu pai? Olha só que sonhador, olha!

E papai, dirigindo, sorria e se fazia de sonhador, olhando para cima com aqueles olhos de campo de futebol, e aquilo era muito engraçado. Subimos numa montanha, havia prados verdes e uniformes e quase ninguém; fizemos uma bela caminhada pelos bosques e pegamos um pouco de lenha. Depois, numa área larga, fizemos um círculo de pedras, acendemos a fogueira no meio e preparamos o almoço, fatias de carne assadas e salada com pão e um pouco de queijo. Foi muito legal, nunca tínhamos feito um passeio assim; depois de comer, eu e papai brincamos de dar pulos, eu subia nas costas dele e depois pulava, e mamãe dizia: "Oh, oh! Olha que grilinho!"

Depois dos pulos, eles pegaram dois travesseiros no carro e se deitaram na relva para descansar. Eu olhava para eles, de longe, de um ponto mais alto. Eram duas manchas no verde do prado, eram um pedaço do mundo todo, eram o pedaço mais importante do meu mundo, eram os protagonistas daquela bolinha de gude excepcional que eu queria ter no bolso e revirar entre os dedos quando me sentisse sozinho, eram mamãe e papai, os meus dois pontos de referência mais importantes, aqueles com quem eu podia falar sem palavras, mas também sem assobios, e era a primeira vez que os olhava assim, e pela primeira vez me perguntei: mas por que é que eu assobiava?

De qual dos dois eu tinha puxado aquela garganta de pássaro, de qual dos dois herdava as cordas vocais de mainá que tinham me permitido conversar durante seis ou sete anos com um pássaro vindo da Indonésia, do outro lado do mundo, para me procurar, exatamente a mim? Qual dos dois trazia um pássaro no coração, um pássaro de leveza, um pássaro pronto a voar, e o havia transmitido a mim? E por que o pai do Renô lhe tinha deixado uma fantasia de pássaro, e como é que ele havia assobiado tão bem enquanto estava vestido com ela?

Na tarde daquele domingo vieram à minha cabeça todas essas perguntas ao mesmo tempo; eu já caminhava para os dez anos, me sentia maior, mas bem naquele domingo à tarde me sentia ainda mais crescido, não sei por quê, era um domingo diferente, especial; via meus pais distantes pela primeira vez, e pela primeira vez entendia claramente, entendia na própria carne que éramos separados, diferentes, que não ficaríamos sempre juntos, que eu precisava me desprender deles, mais cedo ou mais tarde. Separe e entenda.

Pela primeira vez, vi "de fora" a vida da minha casa, vi a massa estendida para secar pela manhã, as cortinas de massa, os centrinhos, os bibelôs de massa. Vi papai tomando o banho bolocêntrico, escrevendo as suas cartas de amor; revi o almoço de casamento, com a mesa contínua e todos os convidados sentados nas janelas e na banheira; relembrei os banhos de água quente e a mão de papai fazendo "s-chiaf, s-chiaf" perto dos meus pés, relembrei os conselhos e as histórias de mamãe à noite, relembrei as caixas de Idrolitina e aquela caixa que guardava o presente dado por Marella, a tampa de lata desenhada, e depois relembrei todos os segredos do meu quarto e os vinte soldadinhos debaixo da cama; tudo aquilo era o meu mundo, a minha vida e, não sei por quê, naquele momento ela voltava toda à minha mente, e era uma sensação boa, agradável e também ruim, porque eu não entendia aonde aqueles pensamentos queriam me levar e não conseguia mandá-los para outro lugar, então senti um fedor insuportável e adocicado naquele lugar, percebi de repente, como se houvesse algum animal morto entre as plantas.

Desci correndo, cheguei perto dos dois, que estavam adormecidos, e entre eles, no lugar onde eu deveria dormir, um pardal comia migalhas de pão e não saiu voando.

Às cinco e meia voltamos para o povoado. Eles foram para casa e me deixaram no bar, pois estava acontecendo um jogo importante, Juventus-Inter, mas não é que me importasse muito com aquilo, só achava divertido ficar no bar com toda aquela gente gritando e com aquela empolgação; além disso, eu estava com dinheiro para comprar alguma coisa, que papai tinha me dado.

XXIII.
Sexta carta de amor escrita no banheiro

Carta de amor para o Homem e para Deus
(não deve ser lida separadamente)

Conversem. Não importa em que língua.

Com amor,

Quirino

XXIV.
Noventa segundos, é o que dura a infância

Não sei por que, no nosso povoado, as pessoas se empolgavam tanto com uma partida entre o Juventus e o Inter. Eram dois times do Norte, dois times de longe. Acho que deviam torcer mais pelo Avellino, por exemplo, que tinha ganhado de 4 a 2 do Ascoli exatamente naquele dia, ou então pelo Napoli.

Mas, penso eu, no fim das contas todos se encontravam no bar só para se juntar, se divertir um pouco e não ficar em casa naquela hora do domingo à noite em fim de novembro, que é sempre uma hora um pouco triste, vai saber por quê, então, quem não tem uma lareirinha em casa fica com vontade de se juntar com outras pessoas, de rir, de brincar e de se preparar assim para outra semana que começa. No entanto, eles faziam aquilo seriamente, gritavam, ficavam nervosos, zangados uns com os outros e com a televisão, e todos tinham na mão uma garrafa marrom de cerveja Peroni, e o bar estava dividido por idade: perto da televisão, os de vinte, vinte e cinco anos; depois, os mais velhos e, atrás de tudo, os velhos. E, no meio das mesas, perto dos videogames, encostados nas paredes ou sentados no chão, num canto, as crianças.

Papai nunca tinha sido muito de futebol; naquela hora do domingo à noite ele sempre se fechava no quarto e punha discos para tocar, dizia que gostava de fechar os olhos e ouvir música, que na sua cabeça se formavam mil pensamentos, e que aqueles mesmos pensamentos ele nunca conseguiria formar sozinho, com o esforço do seu cérebro. Mamãe, ao contrário, ligava a televisão, mas não ficava olhando; lia, nem que fosse um jornal ou um livro, e aquela voz lhe servia de companhia.

Naquela tardinha, porém, acredito que não puseram música nem ligaram a televisão.

Acredito que resolveram fazer amor, porque, já enquanto estavam comigo, eu vi que brincavam, que mamãe punha as mãos entre as pernas de papai, dizendo "Vamos mudar de marcha...!", e ele ria e de repente esticava o braço em direção à janela de mamãe, dizendo "Olha, olha que linda montanha!", mas era mesmo para esfregar o braço nos peitos dela. Como sempre, achavam que eu não percebia porque era pequeno, mas eu sabia e me divertia também.

O jogo devia estar sendo bonito e emocionante mesmo, porque todo mundo gritava, não parava de se mexer, as cadeiras de ferro cobertas de plástico trançado, vermelho, verde, laranja, faziam um tremendo barulho, era uma espécie de festa, e o garçom destampava uma cerveja atrás da outra, sujeito baixinho, mas muito ativo, não parava um segundo e tocava todo o bar sozinho, e, além disso, era naquela hora que entrava mais dinheiro, sem a menor dúvida.

Eu não acompanhava o jogo, estava até pensando em voltar para casa daí a pouco, porque nem o Ardo tinha ido lá, e ele sempre ia ver o jogo no bar, e esse era o verdadeiro motivo pelo qual até eu tinha ido, para ficar um pouco com ele.

Comi uma Girella, e foi a última Girella que comi.

Quando estava dando a última mordida naquela última Girella da minha vida, enquanto lambia os dedos que ainda tinham um pouco de creme, olhei para fora dos vidros da porta do bar. Lá estava um pardal, então tive a ideia de lhe dar as migalhas que haviam ficado na embalagem da Girella. Saí, ele se afastou um pouco, mas depois se virou para me olhar. Eu me aproximei de novo, mas ele se afastou outra vez com dois pulinhos, como um cachorrinho querendo brincar, depois se virou para me olhar; então dei alguns passos para trás, na intenção de voltar ao bar, porque, se ele não queria aquelas migalhas todas, então eu não dava.

— Pri-os-croó-ó!

Parei.

Ele estava me chamando, tinha dito o meu nome.

Virei-me de novo e fui andando atrás dele, que ia saltitando na frente; eu me sentia como que hipnotizado, seguindo-o com o papel da Girella na mão.

Quando viramos a ruazinha da praça, fiquei de boca aberta.

De novo estavam ali os duzentos pássaros que eu havia encontrado na campina com mamãe, e o pardal tinha me levado lá para vê-los, talvez aquele fosse o pardal que havia dito "Você já é como nós!", não sei; seja como for, fui andando atrás dele, que me levou exatamente ao centro da praça, no meio daquele bando de pássaros. Estavam por todos os lados: nos telhados, nas cornijas das casas, nos peitoris das janelas, nos fios elétricos, sobre os carros estacionados; eu me achava cercado. Estava escuro, só havia a meia-luz amarelada de dois lampiões, e até em cima dos lampiões havia pássaros, enquanto todo mundo estava nas casas, e a praça não tinha ninguém. Fiquei com um pouco de medo.

— O que querem de mim? — perguntei, mas nenhum deles me respondeu, então olhei o pardal e lhe disse, sempre com gritassobio:

— Por que me trouxe aqui? O que vocês querem de mim?

Silêncio. Estavam imóveis, em silêncio, mas de prontidão, tensos, e não relaxados, como daquela vez perto de Bisaccia. Olhei para todos, um a um. Se eu desse um passo para voltar ao bar, eles logo se juntavam na minha frente, ameaçadores.

Ficamos nessa espera por quase um minuto.

Aí chegou.

Um trovão. Depois outro trovão. Mas o céu estava sereno, sem nuvens, ainda um pouco azul-turquesa escuro, era aquele dia em que um raio de sol faz a gente dizer "O verão já está aqui".

E naquele momento eles me cegaram, as asas de todos aqueles pássaros se levantaram em voo, passando diante dos meus olhos, atingindo-me com penas e patas, mas eram golpes macios, não queriam me machucar, não me bicavam, mas precisei pôr as mãos no rosto e me jogar no chão, era o que eles queriam, e só nesse ponto saíram voando de verdade, todos juntos, quando eu estava no chão, no meio da praça, e o barulho era altíssimo, trovões, mais trovões, porém trovões de debaixo da terra, não do céu, e o som dos sinos, o bater de todas aquelas asas, e os gritos dos pássaros, agora sim, gritos altíssimos, sem significado, mas gritos aflitos, gritos de medo e mais trovões e trovões, e batidas muito fortes, e minha cabeça girava, eu continuava no chão, ajoelhado, mas a terra me deslocava, eu tinha vontade de vomitar e tudo se movia, tudo, e eu com as mãos na cabeça, não tinha coragem de abrir os olhos, e apertava o papel da Girella na mão enquanto ouvia os trovões e sentia os solavancos e as explosões.

Tentei me levantar, mas não conseguia endireitar as pernas, o chão debaixo dos meus pés me empurrava para cima, depois me trazia de volta para baixo, a terra tinha virado água, água que me sacudia para a direita e para a esquerda, água que não fica parada, água que te segura e em seguida te faz cair de repente, e só depois de muito, muitíssimo tempo, cessou aquela dança endemoninhada do meu povoado, aquela tarantela medonha da praça que me fez desabar, foi nisso que se transformou a praça, num tagadisco, aquele brinquedo que uma vez montaram numa feira, e todo mundo desabava, porque ele nunca parava de tremer e pular, a praça que me fez cair de cara no chão e fechar os olhos de medo e adormecer desmaiado.

Abri os olhos depois de curtíssimo tempo, não me parecia nem de dois minutos.

O papel da Girella continuava apertado entre meus dedos, e foi a primeira coisa que vi. Mas ao meu redor já não havia nada. Não havia pássaros. Não havia nem praça, porque já não existiam as casas que ficavam em volta da praça. Já não havia carros, porque tinham ficado debaixo das casas desmoronadas. Já não havia lampiões, porque estavam presos às casas desmoronadas. Já não havia telhados no alto, em direção ao céu, porque os telhados estavam pousados no chão.

Eu só via poeira e pedras, eu estava no chão, no meio de toda aquela poeira, aquelas casas derrubadas, aquelas pedras que tinham caído e rolado até meio metro de mim. Fiquei de pé, tinha um pouco de sangue nas mãos, e voltei em direção ao bar, queria voltar para o bar, mas onde estava o bar? Já não havia rua, não havia mais nada. O prédio do bar já não existia, e já não existiam todos aqueles que assistiam ao jogo, que gritavam, nem as cadeiras de ferro e plástico, nem a televisão ligada.

Onde estavam? Onde estavam todos? Por que todo esse silêncio? O que havia acontecido? Depois de um pouco de tempo, comecei a ouvir gritos muito distantes, vozes de velhas gritando "Ajuda!".

Dei alguns passos sem entender, apertando o papel da Girella na mão, mas onde estavam todos aqueles que assistiam ao jogo no bar? Onde estavam as ruas do meu povoado, onde estava o povoado? Que rumo eu devia tomar para ir para casa? Onde eu estava? Alguém passava, mas em silêncio, andava depressa, punha as mãos na cabeça, mordia os dedos, se dobrava.

Se aquela ainda era a praça, só alguém podia me ajudar naquele momento.

— Alii! Aliii! — gritassobiei, sem pensar, abri a boca e soltei aquele som, como da primeira vez, quando nasci.

— Estou aqui! Venha! — respondeu ele, em seguida.

Passando por cima das pedras, trepei numa casa que estava toda desmontada, e agora eram só pedras soltas, madeira e ferro, sacadas caídas, cheguei à ruazinha de onde Ali me chamava. Estava caída toda a fachada da casa onde ficava a loja do Esmo, e dentro dava para ver salas de jantar, quartos, cozinhas e banheiros. A gaiolinha de Ali estava dentro da loja, agora escancarada para a rua, eu a abri, e ele subiu no meu braço.

— Eu disse que a gaiola logo me deixaria livre — disse-me. — Agora vamos ficar juntos, num mundo diferente.

Saindo, vimos o rabo despedaçado do iguana, saindo de baixo das pedras amontoadas da fachada, porque o Esmo, à noite, punha o terrário perto da vitrina, para atrair as pessoas que passavam por lá.

Comecei a caminhar, tentando entender como ir em direção à minha casa, que ficava a um quilômetro e meio de distância. As pessoas na rua agora eram um pouco mais numerosas, andavam com o rosto transtornado, a igreja já não existia, a prefeitura já não existia, já não existia mais nada. Não passavam carros, porque já não existiam ruas, e as que ainda tinham um pouco de espaço estavam cheias de pedras, não dava para passar de carro. Ou então estavam abertas no meio, rachadas. Não existia mais nada. Eu via pessoas chorando e tentando escavar com as mãos, gritando os nomes daqueles que elas queriam salvar, via homens e mulheres andando com os olhos esbugalhados, sem entenderem nada, assim como eu, porque, além de tudo, estava escuro, tinha acabado a eletricidade, e eu nem tinha vontade de chorar porque ainda não entendia, não entendia, não entendia. E todos repetiam Santa Mãe, Santa Mãe, e não se podia ir para nenhum lado, porque já não havia lado nenhum para onde ir.

— Pobre Bichona! — disse Ali a certa altura com tristeza, pois havia reconhecido as pernas de Parodia aparecendo de baixo de uma montanha de pedras.

Continuei indo de lá para cá, com o mainá no braço, parecia alguém dando voltas para olhar, mas não conseguia entender mais nada, como era o povoado, que nem se podia mais chamar assim, eram só pedras, todas misturadas e cheias de gente em cima de uma montanha, e numa esquina encontrei um velho e um menino cavando, e o velho chorava e o menino dizia "Força, vovô, vai...", e as pessoas agora gritavam cada vez mais alto, e até de baixo das pedras agora se ouviam lamentos, como se as pedras estivessem gemendo de dor por terem caído.

Alguém tinha uma lanterna, alguém tinha acendido os faróis de um carro ou de um trator, e, da escuridão daquelas oito horas da noite de 23 de novembro, saíam pedaços de casas para cavar, porque dentro estavam as pessoas misturadas, e um senhor estava sentado nos escombros e queria ajudar o filho ainda vivo debaixo dele, mas não tinha nada para cavar, nada, e desesperava-se a cada segundo que passava. Ali olhava comigo, balançava a cabeça, entristecido, passava o bico pela pata e chorava.

Ao meu encontro veio um amigo de papai e, enquanto acariciava meu rosto com a mão calosa toda molhada de lágrimas, disse:

— Isido', Isido', vai para tua casa, vai ver o que aconteceu. Mas faz uma coisa, enquanto está indo, assobia, porque assim as pessoas que estão debaixo das pedras te ouvem e te reconhecem porque o teu assobio todo mundo reconhece. E, se ouvir alguém te chamando, põe lá um sinal, alguma coisa, qualquer coisa...

— E pra que lado fica a minha casa? — respondi.

— Vai por aqui, olha, essa era a rua que leva para Mattinella, vai!

— Eu estava no bar vendo o jogo...

— Não existe mais bar, Isido'.

— E as pessoas que estavam vendo o jogo?

— Ficou todo mundo embaixo.

E começou a chorar.

Fui me afastando devagarinho do centro do povoado e comecei a andar na direção de Mattinella. Era como andar dentro do pior pesadelo que eu já tivera, porque eram todos os pesadelos reunidos: escuridão, mortos, gritos, e mamãe e papai que não se sabe onde estão. Andei, andei sem pensar em nada porque em nada eu conseguia pensar, andava guiado por Ali que, em meu braço, falava comigo e, no silêncio daquela noite, que eu não conseguia fazer caber na minha cabeça, aquele assobio era doce e me reconfortava como a voz de um irmão.

— Conte outra vez a história da Indonésia, Ali, por favor, por favor... — pedi, com a voz cheia de medo, e ele me fez rever o mar azul e transparente, a neblina da manhãzinha e o verde-escuro da floresta fechada, enquanto estávamos andando no breu, eu todo branco de poeira nos cabelos, nas mãos, no rosto, branca de poeira a roupa, e só um pouco de vermelho-sangue nas mãos, era como um fantasma andando pelas ruas de fora do povoado, na escuridão da noite, só para chegar em casa, que, parece até que de propósito, se chama Mattinella e faz acreditar num despertar doce dentro de uma casinha de campo.

Quando nos aproximamos dos lados da minha casa, o silêncio era total, a tal ponto que dava para ouvir as vozes distantes e os gritos do povoado.

Comecei a assobiar, queria ajudar, mas não sei bem o que podia fazer. Peguei uns sacos de plástico que tinham rodopiado pelo ar, queria colocá-los como sinal nos locais de onde me chamavam os que tinham ficado debaixo das pedras.

— Piruritríí... Carió... Ziumitroóóó...

E Ali assobiava comigo:

— Tiorofrioó... Pitruiiií...

Depois, silêncio: nenhuma voz, nenhuma resposta. Ninguém se lamentava debaixo das pedras, mas também não havia ninguém para cavar, não havia ninguém mesmo, só eu e Ali e uma espécie de grande massa feita de terra e gente misturadas; ainda não tinham chegado os parentes, talvez fosse cedo demais para virem procurar, ainda estavam em seus respectivos povoados, talvez também tivesse acontecido em outros lugares o que havia acontecido aqui, eu andava e assobiava sob a primeira luz da lua, pensei que quase era bonito o meu assobio naquele silêncio nunca conhecido antes, mesmo que o mundo que eu queria conter na bola de gude agora já não existisse.

— Firioóóó... Zutroeéé... Tchirposúé...

E Ali, comigo:

— Fiioóóóíí... Amióó... Fuuusuiií...

O silêncio ficou ainda mais profundo ao redor.

— Fuuusuiiiíííí...

Pode ser que as pessoas que gritavam lá no povoado tenham ficado quietas por um instante quando ouviram o meu assobio, e vai saber o que pensaram.

— Fuusuuiñíí...

Toda a Hirpínia parou, e o assobio viajava deslizando por aqueles campos estraçalhados, viajava rápido, era bonito, melodioso, ameno e suave, como tudo, um fio de mel sobre uma bandeja de biscoitos esmagados e esmigalhados.

Essa devia ser a rua da minha casa, mas não tinha ficado nada em pé. Só a porta principal da dona Ieso, mas só o arco da porta; a casa já não existia. E aquela montanhinha de pedras lá no fundo podia ser a minha casa, não sei. Cheguei mais perto, assobiando. Não se ouvia nada. Agora eu já não conseguia gritassobiar, porque aí sim é que o choro subia pela minha garganta e não deixava a voz sair; então, enquanto as lágrimas caíam, comecei a assobiar com o assobio novo, aquele que o Renô tinha me ensinado. Assobiei por muito tempo, assobiei alto porque queria chamar Quirino e Estrela, que talvez tivessem ido para algum outro lugar quando me deixaram para ver o jogo, assobiei para ver se estavam lá por perto, me procurando, e se me respondiam.

— Firuiiiííííí... Firuiiiíííí... Firuiiiiííííí... Firuiiííí... Firuiiii-ííí..."

Responderam.

Ouvi a voz de papai, grave, rouca como sempre, mas bem baixinha, vinda de baixo dos escombros. Comecei a deslocar as pedras pequenas que estavam em cima, e logo despontou uma das mãos dele. Ela se movia, apertei-a entre as minhas, beijei-a. Era uma espécie de toca, eu conseguia ver só metade do rosto dele, sob a luz da lua, depois só terra e pedras.

— Papai, papai! Você está vivo!

— Estou, Isido'.

— Espere que eu vou procurar alguma coisa para cavar, papai! E a mamãe?

— Está aqui comigo.

— Viva?

— ... viva... estamos felizes porque você está bem...

Não encontrei nada, nem uma pá, nada, e, mesmo que encontrasse, a pá pesava mais que eu, o que eu podia fazer?

— Me dê a mão, Isido', e fique tranquilo. Daqui a pouco chegam os socorristas e tiram a gente daqui de baixo, não se preocupe. Fique aqui perto e me faça companhia. E, se passar alguém, você chama.

— Mas eu não estou vendo a mamãe, onde ela está?

— Aqui, aqui, do meu lado, não se preocupe, abraçada.

Não a chamei e não pedi para ouvir sua voz. Abri um espaço entre as pedras, para ficar perto daquela mão, o mais perto possível, e passá-la pelo meu rosto.

— Não chore, Isido', não chore, filhinho. Você vai ver que tudo se acerta. A mamãe está me dizendo para te dizer que, se não vai pra um lado, vai pra outro, mas sempre vai.

Então estava viva? Se tinha dito aquilo, ela também estava viva!

— Assobie, Isido', assobie, deixe a gente ouvir aquela música, deixe a gente ouvir o assobio do nosso Isidoro.

Passei toda a noite sentado naquelas pedras, toda a noite segurando a mão de papai, com vontade de também beijar o rosto de mamãe. Assobiava para eles e, quando ficava cansado, quem assobiava era Ali em meu lugar.

Quem não assobia está perdido, pensava, repetindo as palavras de papai. Se não assobio, eles morrem.

Assobiei por horas e horas, cada vez mais fraco, cada vez mais baixo, e fazia frio, e me deitei com o rosto sobre os escombros para fazer o assobio entrar na toca onde eles estavam enterrados, mas me deitei também porque estava cansado, não entendia mais nada, meus pensamentos começavam a se misturar, e eu me sentia menor do que era, ainda mais menino, eu me sentia como um recém-nascido, mas menor ainda, me sentia como Ali: frágil, indefeso e com vontade de voar para outro lugar, e todos esses pensamentos misturados, que estavam se tornando uma espécie de delírio, se transformavam em ar e depois em assobio, era como se o corpo inteiro estivesse transformado em assobio, como se as mãos tivessem entrado nos pulsos, como se os braços tivessem entrado nos ombros, as pernas nos quadris, e o peito na cabeça, e tudo tivesse passado pelo buraquinho dos lábios em bico, e eu inteiro fosse só um assobio, o assobio que queria manter vivos mamãe e papai, o assobio que queria manter em pé o povoado, os amigos, as estações do ano, o mundo, tudo.

Tudo em pé, tudo numa bolinha de gude, e a bolinha de gude na minha mão, no bolso.

Papai ainda falou um pouco comigo, mas depois não disse mais nada, e a voz de mamãe eu também não ouvi nunca mais.

A última coisa que papai me disse, com o último fio de voz, foi isto:
— Lembre-se, Isido': quem não sofreu cantarola. Quem sofreu canta.

Quando clareou um pouco, na manhã seguinte, chegaram os parentes dos moradores das casas ao lado. Não pude lhes pedir nada, porque estavam desesperados, choravam, gritavam, davam tapas no próprio rosto, e também nada podiam fazer, eles também só tinham as mãos, nada mais. Com a luz, também vi que, entre as pedras, misturava-se toda a vida da minha família: um pedaço da tina de mamãe, a de fazer massa, a mesa da cozinha, minha caminha, a escrivaninha de madeira do banheiro, que papai tinha mandado fazer, com as cartas presas por dentro, duas caixinhas de Idrolitina e as roupas que mamãe e papai vestiam durante o passeio na montanha.

Estavam fazendo amor.

A partir daquele momento, não consegui falar mais.

Segunda parte

1.
Tudo certo, papai

Aquele foi o maior Separe e Entenda da minha vida: tudo se separou, diante dos meus olhos, e aquela separação parecia feita de propósito para eu entender, ver à força como a vida é de verdade, a vida por dentro, digamos: as pedras se separavam da argamassa, e os tijolos, do cimento, para eu entender como as paredes de uma casa são *por dentro*; o chão se abria para eu entender o que havia *debaixo* dos meus pés todos os dias; as ruas queriam me ensinar o que há sob o asfalto e debaixo da terra e debaixo dos canos de água e gás; os carros tinham se desmembrado, sob o peso de uma sacada caída, para me mostrar o que há entre o vidro, o ferro e o plástico; as pessoas tinham se separado para me ensinar como é a dor de dois seres que são obrigados a se deixar para sempre, que não podem gozar a alegria de que Quirino falava, como é bom quando a gente deseja alguém que pode rever.

Naquelas horas do alvorecer eu estava no meio de um mundo novo, exatamente como Ali tinha dito, e era um mundo que eu não sabia reconhecer porque, justamente, tudo tinha se separado: uma rua tinha se separado da sua destinação e já não levava para lá; um senhor já não era pai daquele meu amigo, porque aquele meu amigo tinha se separado para sempre do pai; o burrico e as cabras que vi passar no meio da campina já não eram de Ginetta Campolattano, porque ela tinha ficado debaixo da sua casa, e as maçãs tinham caído de sua saia e se esparramado.

Depois de passar a noite perto de mamãe e papai, eu sentia um frio que me entrava pelos ossos; Ali também estava todo encorujado e me disse: "Por que não procuramos alguma coisa para comer e nos aquecer um pouco?" De fato, agora não podíamos mesmo fazer mais nada lá, precisávamos só esperar que alguém viesse separar os corpos de Estrela e Quirino de toda aquela montanha de pedras, móveis, farinha, para eu também poder entender como é a morte de mamãe e papai.

Então me levantei e comecei a recolher aquelas poucas coisas que queria levar comigo: as caixinhas de Idrolitina, as cartas de amor e o livro de mamãe. Entre as casas vizinhas à nossa, eu e Ali não nos detivemos, porque as pessoas cavavam com as mãos nuas, e eu não tinha nenhuma vontade de ver aparecer um pé ou uma perna da dona Ieso ou de algum outro vizinho conhecido e amigo.

Mas não andamos muito, porque depois de quinze minutos encontramos o Pasquale Durelli, aquele da cisterna: com alguns cobertores, toda a família tinha passado a noite apertada no carro, um Prinz verde, que no povoado era motivo de gozação, pois diziam que Prinz verde dá azar e coçavam o meio das pernas quando o viam passar. Cheguei perto do carro e bati na janela, eram seis e meia, talvez, e eles não estavam dormindo, só estavam lá dentro tentando se aquecer um pouco. Os filhos, porém, dormiam no banco de trás, um por cima do outro, de boca aberta. Pasquale saiu logo, pôs um cobertor nas minhas costas, me mandou sentar no carro e acendeu um fogo dentro de um latão. Tinham fugido de casa, que não havia caído, e depois ele tinha voltado para pegar os cobertores, o latão e a madeira para acender o fogo; portanto, o Prinz verde talvez não desse azar, como diziam todos. E agora estavam esperando para saber se podiam voltar ou não para dentro de casa, porque durante toda a noite a terra não tinha parado de ser um tagadisco, não, tinha continuado a tremer e tremer como se sentisse os mesmos arrepios de frio que eu sentia enquanto passava no rosto aquela mão de papai cada vez mais fria e fraca.

Acima das nossas cabeças passavam helicópteros, pela rua corriam carros buzinando, talvez carregando feridos para o hospital, por curvas e contracurvas, e Pasquale dizia, desesperado:

— Quando é que vai chegar o socorro? Por aqui não se vê ninguém, não se vê uma ambulância, não passou nem um carro dos carabineiros, nada, as pessoas estão morrendo debaixo dos escombros e ninguém ajuda. O Estado não se interessa por nós. Então nem nós nos interessamos mais pelo Estado.

Naquele fogo a senhora Durelli esquentou uma panela de água e pôs dentro três ou quatro saquinhos de chá, e aquele chá quente e cheio de açúcar me fez chorar sem parar, e nenhum dos dois me perguntou nada, não cabia fazer perguntas, só me olhavam e também queriam chorar, porque o que nos fazia chorar não era ainda o desgosto de não ter mais algo ou alguém, mas era o fato de termos voltado à estaca zero, de termos voltado a ser pequenos e de não podermos nos defender de jeito nenhum se o mundo se voltasse contra nós.

Eu, vai saber por quê, tinha sido salvo pelos pássaros, senão agora também devia estar debaixo das paredes do bar. Pouco depois os dois filhos de Durelli acordaram e, ao contrário dos pais, logo começaram a me fazer perguntas, eram gordos, faces vermelhas e mãos musculosas, filhos fortes de camponeses, e ainda tinham mãe e pai por perto; logo me perguntaram onde estavam os meus pais, e eu, onde estava na hora do terremoto, e o que havia feito a noite toda.

Abri a boca para responder várias vezes, mas não consegui.

Voz eu não tinha mais, quer dizer, não sabia onde estava a voz, onde tinha estado antes, em que parte do corpo. Dentro da garganta, era como se eu tivesse um braço ou um ombro: alguma coisa inesperada, que pode falar, então eu abria a boca com um movimento mecânico, mas como se abre uma mão ou se vira um pé. Abria e fechava. Abria e fechava.

Eles me olhavam atônitos, a mãe deles até disse "Deixem o menino em paz, ele está em choque", mas eu estava presente, estava lá, ou melhor, queria responder, sentia dentro de mim que tinha muitas coisas para dizer, que aquelas pessoas todas tinham morrido debaixo do bar, todas juntas, jovens, velhos e crianças, e que mamãe e papai estavam fazendo amor quando morreram, que eu havia passado a noite toda perto deles, talvez aquilo fosse mesmo o choque de que falava aquela senhora, um saco cheio de coisas que eu tinha dentro da barriga e queria pôr para fora, mas não sabia de que jeito, porque já não existiam palavras para esvaziá-lo.

E não aguentei mais quando eles me perguntaram onde eu tinha visto mamãe e papai pela última vez, pois assim podiam ir procurá-los de carro, para salvá-los, caso estivessem andando por aí para se protegerem em algum lugar; aí me aconteceu uma coisa que não entendi mesmo.

Até aquele momento, eu sempre tinha decidido assobiar: só quando nasci, pelo que me contaram, tinha saído um assobio em vez de choro, e isso, claro, eu não podia ter decidido. Mas depois, todas as outras vezes, eu havia *escolhido* assobiar por algum motivo: musical, revolucionário, para falar com Ali, para ser aplaudido ou para me sentir menos triste uma noite no telhado. Mas daquela vez assobiei porque não achava outra coisa que fazer, e falar não dava mais, eu não sabia mais falar. Assobiei porque queria responder, assobiei porque quem sofreu canta, e quem quer cantar só pode cantar como um mainá: com o corpo todo, porque não pode fazer outra coisa.

Então comecei a gritassobiar devagar, articulando bem todos os assobios, revirei aquele gritassobio na boca e sentia o peso do som que expelia, ele inflava a minha garganta, os pulmões se abriam e fechavam do modo mais natural do mundo, e Ali me olhava e entendia, enquanto eu contava, e contei toda aquela noite terrível que tínhamos passado, contei assobiando que havia visto o rabo do iguana despedaçado debaixo dos escombros, as pernas do Parodia, a mão de papai, contei que não entendia mais o mundo que me rodeava, e que tinha a esperança de que agora nascessem em mim também asas e penas para ir embora voando, longe, mais alto, acima das nuvens, pelo menos para sentir um pouco o calor do sol. E depois me perguntava e perguntava a Ali: Por que os pássaros me salvaram? Por que o pardal foi me chamar na porta do bar?

Toda a família Durelli me olhava boquiaberta, mas daquele pasmo não saía nenhum assobio, porque, afinal, tudo aquilo que eu estava contando não podia ser dito com palavras.

Mais tarde, naquela manhã, eles precisaram voltar e ver o que havia acontecido com a casa deles. "Venha conosco", disseram, mas eu não quis ir. Fiquei esperando naquele largo, não distante da minha casa, pois assim, se chegasse alguma pessoa, eu podia levá-la para cavar o lugar onde estavam Estrela e Quirino. Ali estava muito silencioso. Não assobiava, não me dizia nada, só me olhava o tempo todo com aquele olhinho preto e redondo, como um cachorrinho que apoia o focinho na perna do dono, mas, se eu o olhasse, ele virava a cabeça e passava o bico pela patinha.

Por volta das onze, quando eu estava adormecido no chão, perto do latão quente, ouvi um monte de carros chegando, correndo e cantando pneu, parando a uns cem metros de onde eu estava, num estacionamento. Eram a polícia e os carabineiros.

Depois de cinco ou dez minutos, chegou um helicóptero, dava para ouvir o barulho já de longe, mas aquele barulho tinha sido ouvido durante toda a manhã, porque já havia passado até helicóptero de duas hélices, como nos filmes de guerra; dessa vez o barulho era bem mais perto, e altíssimo, e o helicóptero apareceu de trás da colina de Andretta, pelos lados do Lago de Conza, baixou devagarinho e aterrissou bem ali, diante dos meus olhos, como se tivesse ido de propósito para mim. Logo se formou um ajuntamento de gente que tinha descido dos carros ou chegado dos campos vizinhos àquele estacionamento. Quando o helicóptero parou completamente, e as hélices também estavam quase paradas, a porta se abriu e desceram primeiro duas pessoas, que deram a mão para ajudar um velhote a descer. Eu achei que era alguém que eles tinham salvado, porque devia ser um salvamento importante, para se juntar toda aquela gente em volta, talvez o prefeito ou alguma outra personalidade.

— Vamos chegar perto — disse Ali, e voou para o meu ombro.

Peguei tudo o que tinha, coisas que agora eu nunca mais deixava em lugar nenhum, e me pus a caminho. Era impossível chegar perto, porque os adultos estavam todos em volta do velhote que não estava ferido, andava e falava, e todos faziam o que ele decidia, se ele queria ir para a direita, iam para a direita, se queria parar, todos também paravam.

E foi o que aconteceu quando Peppe Ziccardi, operário que era amigo de mamãe e papai, se aproximou; o tal velhote, que era baixinho, logo o abraçou, sem dizer nem uma palavra.

Peppe então disse, enquanto ele o abraçava:

— Mas eu queria lhe dizer que não precisamos só de palavras...

— Eu sei, eu sei — respondeu aquele senhor —, eu não sou de palavras. Os fatos é que vão importar. Tem razão! As palavras são vãs.

E, quando disse isso, pelo jeito como disse, aquele jeito forte, convicto, com a voz um pouco nervosa, eu entendi quem era ele: Alessandro Pertini, vulgo Sandro, o presidente da República! E papai, se não me engano, tinha escrito uma carta também para ele, e agora eu podia entregá-la a Pertini em mãos, agora que ele estava bem na minha frente, a três ou quatro metros! Só que todos aqueles adultos formavam uma espécie de parede em volta dele, e eu não conseguia me aproximar, então dei uma corrida e me postei mais longe, do lado para onde estava indo o presidente.

Peguei a carta da escrivaninha de madeira do banheiro e me preparei. Assim que ele chegou um pouco mais perto, chamei:

— Friéé-truií-mruíí! Friéé-truií-mruíí! Friéé-truií-mruíí!

Depois de eu gritassobiar "Pertini!" três vezes, ele disse:

— Quem é que está assobiando? — E se virou, olhando para onde eu estava.

Eu o esperava com a folha na mão, Ali no ombro, as caixinhas de Idrolitina, o livro e a escrivaninha debaixo do braço. Ele se aproximou, curioso, e me disse:

— Como se chama?
— Fí-truií-prioó-trioó — respondi.
— Isido', fale direito com o presidente — disse então alguém da prefeitura que estava no meio de todo aquele grupo.
— Seu nome é Isidoro? — perguntou Pertini.
— Truií.
— Onde estão sua mãe e seu pai, Isidoro?

Fiz sinal com a mão, daquele lado, lá no fundo, debaixo daquelas pedras, e disse isso também gritassobiando, mas não queria que achassem que eu estava fazendo troça, só que não conseguia soltar as palavras, estava ficando nervoso, e meus olhos se encheram de lágrimas porque, exatamente agora que Pertini estava lá, eu não conseguia mais falar, então Ali, com sua voz de mainá, metálica, disse:

— Mu-do. Mu-do.

O presidente entendeu, pegou meu rosto entre as mãos e perguntou:

— Não pode falar? Mamãe e papai estão bem?

Eu fiz que não com a cabeça entre suas mãos, que cheiravam bem, dava para sentir também um pouco de cheiro de cachimbo.

— Mas estão vivos?

A essa pergunta não respondi nem com um não, fiquei só calado e quieto, e ele me deu um beijo na testa. Então eu lhe mostrei a folha. Ele a pegou, ergueu os óculos na testa e se pôs a ler. Todos em volta ficaram calados, só se ouvia o barulho dos helicópteros que passavam ao longe. Quando terminou de ler, deu uma olhada na direção onde ficava a minha casa, como eu tinha dito, me abraçou forte, dobrou a carta e a pôs no bolso; depois me olhou nos olhos, fez um bico com a boca e começou a assobiar alguma coisa.

Na verdade, não disse nada, não se entendeu nada, pelo menos como Assobulário não significava nada, mas era um assobio cheio de compaixão, ternura e pesar, com uma forma toda cadente, tipo os espaguetes quando secam pendurados. As pessoas ao redor ficaram olhando encantadas, boquiabertas. Depois Pertini disse "Tchau, Isidoro", fez um sinal com a mão para alguém que estava atrás dele e continuou andando, com todos aqueles que iam atrás, mas que se viravam para me olhar, como se dissessem "Mas o que foi que você deu pra ele, o que estava escrito naquela folha que ele pôs no bolso?".

O senhor a quem o presidente tinha feito um sinal ficou lá, perto de mim, e do bolso tirou um bloquinho e uma caneta e me perguntou nome, sobrenome e endereço. Respondi às perguntas dele, mas ele não entendia o Assobulário, olhou para Ali, para ver se ele podia ajudar, mas Ali ficou quieto, no meu ombro. Então esse senhor de cabelo crespo fechou o bloco, viu que todo o grupo estava se afastando, não sabia o que fazer, pegou uma nota de cem mil liras do bolso e me deu, depois saiu correndo para alcançar o presidente.

Eu e Ali voltamos para aquela montanha de pedras que era a minha casa. Peguei a mão de papai, que agora estava muito fria mesmo, e lhe gritassobiei muito animado:

— Tudo certo, papai. Dei a tua carta ao Pertini! A ele mesmo, estava aqui! Mas do que falava a carta, papai? Porque ele se comoveu, lendo a carta, e depois nem ele mesmo conseguia falar.

II.
A biblioteca dos pintassilgos curiosos

Pensei muitas vezes nas palavras de mamãe e papai, naqueles anos, e elas me ajudaram muito a entender como se deve viver num mundo novo. Uma vez, por exemplo, mamãe tinha dito, durante uma noite de Belas Palavras, alguma coisa assim: "O tempo passado a chorar por aquilo que já não existe será tempo perdido se não servir também para tecer o pano com que se costura a bandeira de um futuro melhor, que deve tremular todas as manhãs na sacada da nossa juventude."

Agora entendia aquilo, demorei uns dois anos, mas tinha entendido. Também tentei não chorar e consegui! Sim, de vez em quando vinha o momento de tristeza, quando eu tinha vontade de sentir a mão de mamãe no meu rosto ou ouvir a voz de papai de manhã no banheiro; mas, quando eu sentia essas coisas, aprendi um sistema: em vez de me esforçar por não pensar mais, que era o que me fazia chorar, eu fechava os olhos e pensava mais ainda, e no fim parecia que quase sentia outra vez aquela mão, aquele cheiro de casa, aquele gosto da massa de Estrela, que ouvia aquela voz, e, mesmo que saísse um pouco de lágrima, eu me sentia tristeliz, mas não desesperado.

E via tremular a bandeira na sacada da juventude.

O primeiro mês depois do terremoto eu passei dentro do ginásio da escola média, onde tinham posto centenas de camas dobráveis. Foi até divertido viver naquela espécie de dormitório gigante, para duzentas ou trezentas pessoas; perto de cada cama havia alguma mobília, cobertores, panelas, e cada um tentava reconstruir um pouco da própria casa perto daquelas caminhas. Eu virei filho de todas as mães do ginásio; elas me levavam comida, perguntavam se estava bem, me mantinham ao seu lado, e eu pagava com algum concerto de gritassobios de vez em quando, à noite, antes de dormir: o eco no ginásio era ideal, e as canções saíam como se houvesse uma instalação amplificadora de verdade. Além disso, eu agora sabia todas as canções que tinha aprendido com Renô e assobiava de muitos jeitos diferentes. Eles se punham nas camas, debaixo dos cobertores, principalmente os velhos; apagavam quase todas as luzes, até porque eram de gerador, e não se podia gastar muita energia, e os neons do ginásio também se apagavam a certa hora, ficando acesas só algumas velas; eu subia numa das mesas que eram usadas para pôr os caldeirões de sopa e assobiava quatro ou cinco canções, assim, no silêncio daquele ginásio cheio de gente que já não tinha casa e talvez, como eu, já não tivesse marido, filho ou mãe.

Depois, sem aplausos, sem "Bravo!", naquele silêncio cheio de pensamentos e lembranças pairando no ar, eu ia para a minha cama, Ali sempre comigo. Para me agradecerem, na manhã seguinte todas aquelas mamães me acordavam com carícias, davam-me uma xícara de leite quente com pão e, dentro do leite, sempre esmigalhavam uns biscoitos, e nem imagino onde conseguiam biscoito para me dar.

Depois daquele mês passado no ginásio, chegaram os primeiros famosos contêineres, mas não para todos; claro que não para mim, que era um menino sozinho, nem podiam dar um contêiner inteiro para uma família formada por um menino que assobia e um mainá que fala. Então me transferiram para um convento, que não tinha desmoronado, mais distante do povoado, porém, e levamos quase duas horas de ônibus para chegar lá. Naquele velho convento havia uns cinquenta meninos e rapazes; os mais novos podiam ter até dois ou três anos, e os mais velhos, treze ou quatorze. Nem todos eram órfãos, também estavam lá aqueles que não tinham encontrado os pais e esperavam que eles fossem encontrados para voltarem a viver com eles, mesmo depois de ter passado tanto tempo. Entao todos diziam isso; todos diziam, meio chorando, "Eu não sou órfão, vão encontrar a minha mãe e o meu pai e eles vêm me buscar", e os que diziam isso eram principalmente os da minha idade.

Eu não dizia; primeiro porque não falava, segundo porque sabia que mamãe e papai tinham ficado em Mattinella, não podiam ser encontrados pelos outros, pois tinham sido encontrados por mim.

Aquele lugar era administrado por mulheres da Cruz Vermelha, que nos recebiam, davam uma cama, calças e malhas de lã. Essas coisas, que chegavam de toda a Itália, ficavam guardadas numa salinha, mas tudo amontoado, uma montanha de panos de todas as cores que enchia a salinha inteira, então era divertido, porque elas abriam a porta e diziam "Escolham uma calça e duas malhas", e a gente podia afundar no meio daquela sala de roupa usada e pular, nadar e brincar até encontrar o traje completo. Entre aquelas mulheres havia uma que tinha me recebido no primeiro dia, quando cheguei, e sempre foi a minha preferida; tinha nome, claro: se chamava Renata, mas, para mim, isso não era importante, porque a chamava assobiando, tinha inventado um assobio só para ela, que significava um meio-termo entre mamãe e simpatia, e era um assobio bem engraçado, fazia assim:

— Brá-brá-priá!

Ela estava sempre sorrindo, era uma bela moça de vinte e seis anos do Norte, voluntária da Cruz Vermelha, mas quando eu a chamava ela sorria mais ainda, e para mim aquele sorriso foi a salvação, foi o mundo que recomeçava a me dizer alguma coisa bonita depois daquelas semanas tão terríveis, quando tudo mudou. No dia da minha chegada, ela foi me buscar no ponto de ônibus. Eu carregava um papel em que estavam escritos: nome, sobrenome, idade e MUDO. O pessoal de Mattinella dava aquela informação para evitar mal-entendidos com as pessoas que me ouviam gritassobiar e não entendiam. Renata primeiro veio ao meu encontro, dizendo: "Mas então somos dois!", referindo-se a Ali, no meu ombro, e já sorria por causa daquela novidade, que ela não esperava; depois pegou o papel das minhas mãos, leu e me perguntou:

— Então você não fala?

— Não, é mudo! — respondeu logo Ali, com palavras, sem me dar tempo de fazer que não com a cabeça.

— Ei, olha aqui, a pergunta foi pra mim, hein! — assobiei para ele.

— Tá bom, respondi eu por você, qual é o problema?

— Desculpe, tudo bem que você quer ajudar, mas eu gostaria de responder para essa mocinha!

— Ai, como você está melindroso hoje!

Renata olhava, enquanto a gente conversava e brigava com assobios como dois irmãos, e a certa altura, Ali, no calor da discussão, disse "Merdinha!". Mas não disse com Assobulário, disse com palavras humanas, que ela entendeu e deu uma linda risada, que tinha som de vidrilhos como dizia papai quando ouvia mamãe rir, e nós dois então ficamos quietos, olhando para ela encantados, era a vida voltando diante dos nossos olhos, era alguma coisa nova que renascia daquelas separações, era como se da semente caída da árvore do terremoto começasse a brotar a primeira folha, era uma doçura desconhecida, dada de comer a nós dois.

— Vocês são meus preferidos, já sei — disse Renata e, pegando minha mão, me levou para o convento.

Depois de todos os trâmites para o registro, ela me destinou uma cama num dormitório onde dormiam doze, seis de um lado e seis do outro; todas as camas eram de metal branco, tendo em cima cobertores marrons, doados pelos militares. Não era um lugar feio, eu tinha imaginado coisa pior quando me disseram que iam me levar para uma espécie de orfanato; mas, principalmente, para mim aquele lugar agora era ela: era Renata.

Passei quatro anos lá dentro, e foram quatro anos bons, cheios de descobertas. A primeira surpresa foi que a minha voz, não sendo mais usada, não mudava, não virava a voz de adulto de que Renô tinha falado: ficou sendo a voz de um menino de dez anos, portanto não perdi o gritassobio. Eu tinha medo de acordar um dia, abrir a boca e não ouvir nenhum som, como havia acontecido com a voz propriamente dita, mas isso não acontecia. Aliás, a rotina de toda manhã era a seguinte: Renata me acordava com um beijo na testa; eu descia para o pátio e gritassobiava como despertador para todos os outros, com uma melodia bonita e alegre que tínhamos escolhido juntos. Depois tomávamos o café da manhã e íamos para a escola. Eu me tornei o queridinho de todos e percebi que o meu assobio, a única maneira de me comunicar, era uma riqueza incrível. Sim, na escola eu podia escrever, e de fato os questionários eram feitos assim, por escrito; mas o gritassobio era a minha forma de comunicação por todo o resto da vida, e não só para mim, e não só para as pessoas. O meu gritassobio serviu para fazer as coisas mais incríveis: também lá no orfanato os rapazes acordavam e dormiam com as minhas melodias, as mulheres da Cruz Vermelha me chamavam aos seus quartos para me ouvir gritassobiar as canções que me pediam que aprendesse para elas, mas depois também começamos a usar melhor o voo de Ali e a nossa capacidade de conversar.

Ali de fato entendia as palavras humanas, mas não se podia dizer nada complicado demais, principalmente porque ele havia aprendido a falar com o Esmo, portanto não tinha ido muito além de Gordinha Linda, Bichona, ou Vá à merda. Mas era um sujeito curioso, por isso havia aprendido muitas outras palavras que eu mesmo tinha ensinado quando ainda falava, nas tardes passadas perto da sua gaiolinha, mas eram poucas, de qualquer modo, para falar de verdade; assobiando, porém, dava para dizer tudo, até coisas muito complicadas. Ele era instruidíssimo, não sei onde tinha estudado, se na Indonésia ou em Paris, mas sabia tudo sobre religião, política, geografia, história, tudo, e sabia junto e separado ao mesmo tempo: falando de política, passava a falar de religião; da Indonésia, passava àquele Michel Fucô de quem Renô tinha falado, e conhecia mesmo! Muitas vezes, falando, assobiava ideias e palavras que eu não entendia, e que depois me explicava de outro jeito.

Uma noite, Renata nos pediu um favor.

Estava namorando um rapaz de lá, chamado Michele, e tinha ficado no povoado para estar ao lado dele, mesmo depois que todas as outras voluntárias foram embora. Ganhava um pequeno salário e, quando fechava o orfanato, não podia mais sair, porque precisava cuidar de nós, mas morria de vontade de falar com o namorado. O telefone não podia ficar ocupado por muito tempo, porque sempre havia o medo de ser preciso salvar todo mundo de uma hora para outra por causa de algum outro terremoto, então a linha tinha de ficar livre.

Por isso, inventamos o seguinte sistema: Ali voava para a casa de Michele, que da primeira vez o guiou com uma luzinha amarela; a casa não era distante, ao contrário, mas ficava no meio das ruelas do povoado. Renata e eu íamos para uma salinha do último andar do convento, onde havia uma janelinha com grades, e lá ninguém via a gente.

Então Renata me dizia o que queria dizer a Michele, por exemplo, "Oi, amor", eu assobiava para Ali, e ele repetia em palavras para Michele. Depois, o inverso: Michele respondia com palavras, Ali assobiava, e eu escrevia para Renata. Depois de algumas noites, todo o povoado começou a perguntar:

— Mas o que que tá acontecendo com esse mainá que assobia toda noite?

— São dois! — respondia outra pessoa. — Eles conversam!

— Mas é bonitinho, não?

— É, o assobio deles é bem fofo...

Conversamos assim, ou melhor, eles conversaram assim, durante um tempão; pelo menos duas ou três noites por semana aconteciam esses bate-papos de amor assobiados que, na minha imaginação, construíam uma espécie de teia de gritassobios por cima daquele povoadozinho e o cobriam e protegiam como um escudo.

Um dia, Renata me disse:

— Sabe que agora é mais difícil conversar pessoalmente com o Michele? Quando nós conversamos de noite, graças a vocês dois, precisamos fazer força para ser simples, não complicar o que queremos dizer, senão o Ali não consegue transformar em palavras, ou não entende o que o Michele diz para mim. No entanto, quando a gente conversa pessoalmente, sempre se embaralha, tudo parece mais difícil do que é de fato, e também entram as expressões do rosto, porque aquilo que você disse assim, com aquela expressão, queria dizer o quê... Seria bom poder passar uma horinha da noite com as pessoas que a gente ama, como se fôssemos pássaros. O dia correria bem.

A coisa mais extraordinária me aconteceu pouco tempo depois de entrar no orfanato. Sempre graças a Renata, comecei a gostar da leitura de livros, porque por um longo período, principalmente no começo, ela lia histórias para nós, à noite, antes da hora do jantar. Lia para aqueles quatro ou cinco que queriam ouvir, e eu sempre ia, um pouco porque gostava daquela voz tão suave, e um pouco porque ela se ofendia se justamente eu não fosse, dizendo que eu tinha uma sensibilidade especial e precisava ir sempre para ouvir aquelas histórias. Não é que eu fosse muito ligado a essa tal sensibilidade especial, ao contrário, até sentiria prazer em ficar jogando um pouco de pebolim com os outros; mas, como era tão apegado a ela, não pulei nenhuma leitura.

Ela lia contos de que gostava, ou então lia os livros de Italo Calvino, *A ilha do tesouro* e *Vinte mil léguas submarinas*; os mais novos ouviam sentados em cadeirinhas ou deitados no chão sobre um cobertor e os mais velhos vinham de vez em quando só para olhar quando ela cruzava as pernas ou para espiar pela camiseta, se ela se abaixasse para apanhar alguma coisa no chão.

Seja como for, eu ouvia, no começo distraído, depois com mais atenção e no fim comecei a ler também, porque ela dizia coisas lindas sobre os livros que lia, dava para perceber que eles faziam alguma coisa acontecer dentro dela, porque ela movia os olhos de um jeito diferente, mais depressa, as sobrancelhas se levantavam, ou então lia uma frase e parava para pensar, em silêncio, e nesse ponto todos nós ficávamos pendentes do olhar dela, que era um olhar novo, nunca visto, como se diante dos olhos ela tivesse alguma coisa que depois ia desaparecer e não voltar mais, e então era preciso fixar aquela imagem na cabeça, com os olhos arregalados no vazio. Quanta companhia me fizeram as páginas dos livros, e quantas coisas aprendi lá dentro!

Porque, nas páginas dos bons livros, está escrita a vida que a gente não consegue dizer; nas páginas dos bons livros, a palavra é um sinal preto que se move, se desenha, faz curvas, linhas retas, círculos, e todos esses sinais abstratos significam mais do que realmente é a vida que a gente vê em volta, quando ergue os olhos do livro. Aliás, é mais e é menos ao mesmo tempo, modifica até o espaço ao redor, e isso se parece com os meus assobios, que eram um sinal de som abstrato, às vezes branco, às vezes azul, às vezes amarelo, que voava pelo ar, e era ao mesmo tempo mais e menos do que a vida de verdade.

Passei dois ou três anos lendo os livros que Renata me trazia e os devolvia depois de dois dias; e ela dizia "Já leu!?", e eu gritassobiava que sim, que era lindo, ou triste, e que tinha gostado da parte em que as personagens correm para mergulhar no mar, por exemplo, e ela sorria quando me ouvia, acenando que sim com a cabeça, mas não sei se entendia de fato os meus assobios.

Uma tarde saí, sempre com Ali no ombro, para ler no meio do campo, um pouco mais para cima, na direção da montanha. Uma nova primavera tinha chegado, era a décima segunda vez que chegava para mim, e o ar estava de novo fresco e perfumado, tanto que a gente podia bebê-lo em grandes goles, porque parecia que tinham diluído uma garrafa de orchata nele. Procurei um lugar cômodo para me sentar, com as costas apoiadas numa pedra, com o sol da tarde no rosto, e comecei a ler. Ali voava um pouco por lá, depois voltava até mim e pousava no meu ombro, perguntando como ia a leitura, se gostava daquelas páginas, o que os personagens estavam fazendo.

Enquanto me fazia aquelas perguntas, vi papai e mamãe passando pelo meio das árvores. Passaram andando devagar, um passeio, de mãos dadas, e papai me lançou um olhar com o olho descentrado, enquanto mamãe, com aquele famoso vestidinho amarelo, me mandava uma beijoca com a mão. De um pulo fiquei de pé.

— Ali! Você viu? Estrela e Quirino!

— Não — respondeu Ali —, não vi agora. Mas faz dias que eles estão dando voltas por aqui. Enquanto você lê, eu vou até a floresta, lá tenho visto os dois muitas vezes. Eles passeiam e tentam ver onde você está, para vir te cumprimentar.

— E por que você não me disse? — perguntei, correndo na direção para onde eles tinham ido.

— Não, não adianta correr, Isidoro. Eles dão voltas, à sua procura, mas você não pode sair correndo para falar com eles. Mais cedo ou mais tarde eles se mostram, não se preocupe. O importante é que você sempre retribua todos os favores que recebeu, com o coração límpido de um passarinho.

— Como assim? O que devo fazer?

— Você se lembra de quando o pardal te salvou do terremoto?

— Claro que me lembro, Ali.

— Agora você pode retribuir o favor que recebeu daquela vez.

— Como?

Ali levantou voo e foi pousar na relva à minha frente, fazia sempre isso quando queria falar comigo seriamente.

— Os pássaros têm curiosidade de conhecer a vida dos humanos, mas não conseguem entendê-la só observando. São muitas contradições para nós: um dia se amam e no dia seguinte se matam; alguns comem até não conseguir mais andar, enquanto outros não comem nada e não conseguem ficar de pé para andar; construem bombas supercomplexas e depois se matam uns aos outros, e tantas outras coisas assim, que nós não entendemos. Então você poderia ler os seus livros para os pássaros, os livros que está lendo para si, assim talvez a gente consiga entender um pouco melhor o que vocês fazem. Você me disse que muitas vezes, lendo, entendeu até o que acontecia por dentro de si mesmo, e que a leitura parecia um assobio comprido. Você topa assobiar os livros para os pássaros?

— Mas claro! — respondi. — Só que eles vão precisar ter paciência e me esperar traduzir o que estou lendo com o Assobulário, porque acho que não consigo traduzir muito depressa!

— As melhores coisas são feitas devagar — respondeu Ali. — E então está bem.

Saiu voando, num salto, sem nem me esperar terminar a frase, e voltou depois de dois ou três minutos com uns trinta pássaros voando atrás. Gritassobiei "Boa tarde para todos!", eles responderam e se acomodaram ao meu redor, uns no chão, outros sobre as pedras, alguns nos ramos das árvores. Eu estava lendo *As aventuras de Oliver Twist*, mas tinha começado pouco tempo antes, então não havia lido quase nada ainda.

— Querem ouvir essa história? — perguntei.

— Truiiíí! — responderam os pássaros.

Então comecei a ler, devagar, gritassobiando o romance, tentando traduzir tudo de um jeito que eles também pudessem entender a história daquele menino. Nem todos ouviam com atenção, além disso era primavera; enquanto eu lia, sempre havia aquele pardal ou aquele pombo que estava mais interessado em girar todo entufado em volta da pomba, como os meus amigos que vinham ouvir as leituras só para olhar as pernas da Renata. Enfim: à tarde eu lia para os pássaros e à noite Renata lia para nós, e os ouvintes se pareciam.

Durante dois anos, li para os pássaros duas vezes por semana e, quando fazia frio demais, lia logo depois do almoço, enquanto na primavera e no verão líamos à tardinha, quando o céu ia ficando azul-escuro, devagarinho. Lemos muitos livros, que Renata sempre nos dava e que, aos poucos, deixaram de ser só livros para garotos e passaram a ser livros para os mais adultos, porque eu tinha me apaixonado pela leitura. E o meu público foi se tornando cada vez maior; a certa altura, eu lia gritassobiando para uma centena de pássaros por vez, e precisei aprender palavras novas, procurar o significado no dicionário e depois encontrar um assobio que funcionasse para traduzir, por exemplo, *imperscrutável* ou *estupefato*.

E, de fato, entendi que eles tinham razão: tantas, tantas coisas de nós, humanos, não dá mesmo para entender.

III.
Sétima carta de amor escrita no banheiro

Caras Tardes de Tédio,
Sempre gostei de vocês, porque, se não houvesse um pouco de tédio, a cabeça não começaria a procurar coisas novas, invenções, ideias, abstrusidades; não se esforçaria para entender mais profundamente como funciona, por exemplo, aquele relógio de cuco que está à sua frente. Isso acontece nas Tardes de Tédio, em especial com as Crianças Criativas. A Tarde de Tédio é o momento em que a cabeça funciona mais depressa, porque não tem barreiras: é uma folha em branco que pode ser preenchida com sinais e desenhos, ou melhor, não! É o contrário: é uma folha cheia de coisa escrita e desenhada, que você pode pegar por uma ponta e começar a desfiar devagarinho, como uma blusa de lã, e depois recomeçar a tricotar como for mais do seu gosto, fazendo outros desenhos e outras formas. Nas tardes de tédio, por exemplo, andei a cavalo (não sei montar), dirigi carro (tinha dez anos), pilotei avião (não subiria num nem por cem milhões), naveguei em submarinos (não sei nadar e tenho medo do mar), estive na África do Sul (a pé, de novo o problema do avião), joguei bola contra o Pelé e ganhei (isso até podia ser verdade). Nas tardes de tédio aprendi a ler e escrever, aprendi a profissão que exerço, aprendi a escutar e aprendi a juntar duas palavras imprecisas para formar uma exata.
Vocês, caras Tardes de Tédio, são as melhores amigas das Crianças Criativas, e a dádiva da sua presença nunca mais retornará na vida adulta; é um presente que os pais sempre devem se lembrar de dar aos filhos, porque na Tarde de Tédio a Criança Criativa tem à disposição a maior

riqueza do mundo: o Tempo. E, como acontece com todas as riquezas, a gente também precisa se acostumar um pouco a possuí-lo, senão não vai saber administrá-lo, não vai saber investi-lo e muitas vezes não sabe nem como gozá-lo, e o desperdiça, como fizeram tantos ricos com os capitais herdados dos pais. Mas dinheiro a gente até pode desperdiçar, Tempo, não; principalmente uma Criança Criativa. Porque, para ela, o Tempo serve como o fermento na massa da criatividade; sem tempo, a criatividade não encontra o caminho e fica esmagada pelo aprendizado: aprenda isto, aprenda aquilo, agora você tem meia hora, mas prepare-se porque depois precisamos fazer esta outra coisa. Mas então qual é a diferença em relação aos adultos? Li um artigo que diz que os animais não conhecem o tédio; que eles, tendo comido, feito suas necessidades, eventualmente acasalado, descansam, quer dizer, não vão se entediar se ficarem quietos uma tarde inteira. Mas isso para os animais! Uma Criança Criativa, no tédio de uma tarde de verão, cria a sua vida, cria o seu corpo, uma Criança Criativa numa tarde de tédio é uma espécie de Deusinho de barbicha branca e curta, que faz o mundo brincando no seu quarto.

Ah, como eu gostaria de ainda ter uma daquelas tardes!

Com amor,

Quirino

IV.
Um piquito

Renata foi quem primeiro me falou do amor entre as pessoas adultas, foi quem primeiro me fez entender, enquanto falava com Michele por meu intermédio e de Ali, o que significa querer se dar a alguém, e o que significa ser feliz por aquilo que você dá, acima daquilo que lhe é dado. As coisas correram bem para ela por algum tempo, eles foram felizes durante três anos mais ou menos, três anos e meio, mas Michele era distraído demais, criança demais, e a fez sofrer porque a deixou sem motivo nenhum, de repente.

Passamos duas noites terríveis; Ali ia à casa de Michele, mas respondia às perguntas de Renata só com um assobio de vez em quando, apenas Truíí (Sim) ou Frió (Não), porque Michele quase não falava mais; na segunda noite Ali simplesmente encontrou a janela fechada e, quando voltou para dizer isso, Renata chorou, era como se tivessem fechado aquela janela na cara dela. Eu senti uma forma estranha de chateação, porque pela primeira vez tive certeza de que era minha também a responsabilidade pela felicidade daquela pessoa, e gostaria de dizer: "Renata, eu estou aqui para você, deixe de lado aquele bobo, eu cuido de fazer você feliz!", mas não pude dizer, porque tinha só treze anos, e ela, agora quase trinta, e não pude dizer porque era mudo, se bem que, entre nós, já tinha se formado uma linguagem que os dois entendiam, as coisas mais simples eu assobiava diretamente para ela, e ela entendia, o caderno tinha ficado só para escrever as coisas mais difíceis.

Para mim foi muito triste deixar de ver aquele sorriso de Renata.

Ela decidiu ir embora dois meses depois de terminada a história com Michele, queria voltar para a sua cidade do Norte da Itália.

— Aqui é bonito, sabe, Isidoro, mas não é fácil. Se eu ainda tivesse o Michele, então sim, ficaria no povoado, continuaria trabalhando aqui no orfanato ou, quem sabe, pedia para o farmacêutico me pegar como ajudante, não sei. Mas agora não faz mais sentido, para mim, ficar. Só você me segura aqui, e daqui a pouco também vai começar a voar.

— Não, de jeito nenhum — disse eu, gritassobiando —, eu não voo pra lugar nenhum! Eu só sei assobiar, não sou um pássaro de verdade! Eu fico aqui com você, ficamos noivos, e eu penso em tudo.

Não sei o que foi que ela entendeu do que eu assobiei, mas me acariciou o rosto e me deu um beijo. Mas foi um beijo diferente de todos os outros. Deu um beijo na ponta dos lábios, um beijo macio, um pouco molhado e não rápido; apoiou a boca na minha e deixou lá, parada, enquanto eu bebia o cheiro daquela respiração perfumada e quente que saía do seu nariz e era aspirado pelo meu, e o coração parou, e entre as pernas ficou duro, e minhas mãos suaram.

— Em espanhol isso se chama *piquito*. *Pico* é o bico dos pássaros, e piquito é o beijo dado com o bico — disse-me.

No dia seguinte àquele beijo não fui à escola, matei aula pela primeira vez. Faltava pouco para o fim do primeiro ciclo do ensino médio, e eu já sentia por dentro uma movimentação que não parava nunca, e ficar na escola era cada vez mais uma espécie de castigo, as aulas eram chatas, as provas mais ainda, eu na verdade sentia necessidade de uma bicicleta, sim, talvez uma bicicleta me salvasse daquela agitação que eu sentia cada vez mais dentro de mim. Além disso, aquele beijo foi como jogar lenha na fogueira, porque a minha cabeça já estava cheia de perguntas fazia algum tempo. Quem era eu? Por que não tinha casa? Por que tinha perdido pai e mãe enquanto eles faziam amor? Por que tinha perdido a voz? Por que falava com os pássaros? Por que lia livros para os pássaros, como retribuição por terem me salvado do terremoto?

Chegando a uns cinquenta metros da porta da escola, vi os outros garotos entrando e decidi, pela primeira vez, não fazer o mesmo.

Agora que a Renata também vai embora, quem me resta?, me perguntava. A minha verdadeira escola foi ela, ela me ensinou a ler, ela me ensinou o desejo; nos livros dela aprendi que se diz *pianse*, e não *piangette*, que se diz *mise* e não *mettette*.

Com as mãos no bolso, dei as costas à escola.

— Aonde vamos? — perguntou Ali.

— Não sei.

— Não tem vontade de escola?

— Eh, não, Ali.

— Vamos andar?

— Sim.

— É bonita a Renata, hein? Eu também não gosto que ela vá embora. Vou sentir saudade do jeito como ela ri.

Os mainás são talentosíssimos para imitar os sons das pessoas, não só as palavras; e, depois de dizer essa frase, Ali soltou uma risada com som de vidrilhos, idêntica à risada de Renata; era como ouvi-la rir pessoalmente. Era o modo como ele me dizia que tinha entendido tudo, que sabia o que estava passando pela minha mente. Ele já era um pedaço de Isidoro, era como se fôssemos uma pessoa só, ainda que uma pessoa feita de meio garoto e meio passarinho. Toda noite passávamos tanto tempo falando dos acontecimentos do dia que ele sabia quais eram os meus desejos, medos, sonhos ou esperanças. Sabia que eu estava apaixonado pela Renata, sabia que eu tinha visto o mamilo escuro do seu seio redondo e molhado despontando de um roupão, um dia que fui lhe devolver um livro no quarto, sabia tudo sobre mim.

Eu, ao contrário, não sabia nada dele. Mas não porque ele não quisesse me dizer, não; não sabia nada porque Ali estava ficando cada vez

202

mais misterioso com o passar dos anos. Contava coisas, ainda falava da Indonésia, de Paris, assim como de alguns italianos que cantam canções napolitanas na América do Sul ou de como as cerejas florescem no Japão, mas eram histórias cada vez mais complicadas, mais incompreensíveis, era como se ele tivesse memória do mundo inteiro e de todos os tempos; mas precisaria ter pelo menos quatrocentos anos para ter feito tudo o que me contava. Eu aceitava o seu mistério e o carregava no ombro como sempre tinha feito porque era meu irmão plumado, era ele que tinha me ensinado a falar com a minha voz.

Passada a praça, começamos a andar pela estrada provincial que levava ao povoado seguinte e chegamos lá depois de percorrer três quilômetros. Fomos para a praça, beber na fontezinha. O povoado não tinha movimento, as crianças e os adolescentes estavam na escola e, pela primeira vez, eu me sentia livre de verdade, com a liberdade dos adultos, aquela liberdade linda, mas que é toda de responsabilidade da gente.

Dei um passeio pelo povoado como um ricaço; das janelas abertas das casas saíam canções napolitanas cantadas por vozes potentes de mulher, desfilavam debaixo do meu nariz cheiros de água sanitária, aromas de sopa e fritura; de repente, agitavam-se lençóis branquíssimos, estendidos para tomar ar nas sacadas, junto a travesseiros de meio metro de altura, dobrados dois a dois nos parapeitos, ou então cobertores de lã feitos à mão com fios de todas as cores, e depois se ouviam barulhos de móveis arrastados para limpar os cantos de trás, golpes de picareta ou o lamento do argamassadores rústicos no conserto de alguma paredinha da casa ou do quintal, para tapar alguma rachadura menos perigosa ou derrubar as paredes mais inseguras. Aqui também o terremoto tinha chegado quatro anos antes, e aqueles sons, aqueles cheiros e aquelas cores eram a vida e a lembrança da morte que andam de braços dados. Eu tinha visto tantas pessoas, naqueles anos, reconstruir paredes, plasmando, com pedras e tijolos, o medo de ver tudo lhe cair em cima de novo.

Depois daquele giro, voltamos para a praça e paramos, curiosos, a olhar o único freguês que estava sentado junto às mesas. Era um senhor magro, narigudo, com uma pele que parecia de cera; usava óculos pretos quase redondos e mantinha o rosto erguido para o sol. Sei bem por que aquele senhor me atraía tanto; ele me lembrava a descrição de um personagem que eu havia lido num dos livros emprestados pela Renata: *Ele estava só, vivo, agitado e desesperado, com um ar de morte costurado no paletó.*

Aquele senhor era cego, percebi porque segurava uma bengala apoiada na perna, daquela bengala branca; então Ali foi conferir: voou até a mesa dele e voltou, e ele se virou só um momento depois, atraído pelo rumor das asas. Fazia o movimento típico dos cegos, movia a cabeça como se enxergasse com o centro do cérebro, dava a sensação de ter raios em torno do corpo, como um morcego. Estávamos sentados na beira da calçada, bem perto da sua mesa, onde havia um copo de xarope de cereja, vermelho-fogo, e pensei que pena ele não poder ver essa cor tão bonita. Estava imóvel, ouvia a praça silenciosa e parada em torno do seu corpo, e eu estava curioso demais.

O garçom, um rapazinho da minha idade que talvez fosse o filho do dono do bar, saiu do bar, aproximou-se e disse:

— Senhor Enzo, são quinze para o meio-dia.

— Obrigado — disse esse senhor Enzo, e pela voz não se conseguia entender se era homem com voz de mulher ou mulher vestida de homem.

Ele se levantou, o rapazinho dobrou o cotovelo em sua direção, ele apoiou a mão magra e branca, e os dois se encaminharam para uma ruazinha que saía da praça; exatamente naquele momento o sino soou onze e quarenta e cinco.

Ali e eu voltamos a pé, percorrendo os três quilômetros de estrada provincial ao contrário. Disse a Renata que não tinha ido à escola, que tinha matado aula.

— Não faz mal, por uma vez. O que você fez?
— Nada, andei, olhei... — respondi assobiando.
— Foi bom?
— Foi. Me senti livre.
Renata partiu poucos dias depois.

Seu sorriso estava um pouco mudado, mas era ainda mais bonito; agora era um sorriso crescido, menos ingênuo; já não se via, no seu rosto, o rosto dela mesma menina, e eu sentia que não poderia ficar sem ele. Eu me perguntava qual era o mistério daquela expressão; perguntava por que aqueles lábios, como todos têm, como eu mesmo tinha, repuxados sobre aqueles dentes — que todos têm, dentes e lábios —, por que aqueles lábios, dizia eu, repuxados sobre aqueles dentes, revelavam uma terceira coisa, uma coisa que não era nem os lábios nem os dentes, uma coisa mágica e intocável que estava exatamente ali e não estaria mais, agora que ela ia embora, carregando consigo o seu sorriso. Eu não conseguia entender por que ela não aceitava o amor que lhe oferecia tão generosamente, no fundo qual a importância de eu ter treze anos, e ela, trinta?

Fui com ela à estação onde pegaria o ônibus para Salerno segurando sua mão e, antes de embarcar, ela me contou tudo o que tinha acontecido.

— Amei muito o Michele. Ele perdeu os pais no terremoto, como você. Mas às vezes sabe o que acontece com os homens? Eles não conseguem recriar a vida dentro de si mesmos, como o corpo das mulheres consegue, e aí preferem ficar ligados à ideia de uma infância que nunca vai poder voltar a ser o que era, mas que eles gostariam de ter para sempre, então a carregam consigo enquanto podem, mesmo que seja só num gesto ou num costume. Ele é assim; quando perdeu os pais entrou em crise, porque precisou virar adulto em duas horas, mas queria continuar criança para sempre. Você, não, você é diferente. Você tem um mistério por dentro que eu não consegui entender completamente. Você é novo e velho, é menino e adulto, é límpido e misterioso. É homem, mulher e animal ao mesmo tempo, e isso faz você ser muito lindo. Eu estou grávida, Isidoro, e prometo que, se for menino, vou pôr o nome de Isidoro Michele.

Deu-me outro beijo de bico nos lábios, mas dessa vez rápido, seco. Tchau, Renata.

V.
Não falo, não enxergo, não ando

E, na lista de todas as pessoas estranhas e excepcionais que sempre tive ao meu redor na vida, ou porque as atraía, ou porque as enxergava, e os outros não, não sei, seja como for, havia chegado a hora do senhor Enzo, o cego do bar. Naquela manhã em que nos chamaram para fazer uma espécie de concentração militar já éramos só oito na casa dos órfãos do terremoto, todos pelos doze ou treze anos. Os outros tinham encontrado parentes que os acolheram ou mesmo outras acomodações, e alguns mais velhos tinham partido para a América, onde se encontra muita gente de Mattinella que faz uma festa com banda, estátua e tudo, dedicada a Nossa Senhora de Mattinella, festa que se chama Morning Star, Estrela da Manhã, mas — nem é preciso dizer — a minha Estrela da Manhã sempre foi mamãe, Estrela da Manhã e do Mar.

Enfim, fomos chamados e nos disseram que às três daquela tarde ia acontecer um encontro, e todos nós devíamos participar obrigatoriamente, porque estavam procurando uma casa para mais alguns anos, até a maioridade, onde nós ficaríamos, quem sabe em troca de algum trabalhinho, já que o período da escola obrigatória tinha acabado e só os mais afortunados teriam condições de continuar os estudos; mas, pelo que entendi, nenhum de nós ali era "mais afortunado", os que restavam eram só "mais ou menos afortunados" ou "afortunadinhos", porque é verdade que éramos órfãos, mas pelo menos não tínhamos morrido no terremoto.

Alguns decidiram, aos doze anos, que queriam ser padres, e foram morar numa comunidade que era uma espécie de preliminar de seminário, onde se levava uma vida que era como que um exercício para padrear-se, onde mandavam o adolescente usar camiseta azul-escura com uma cruzinha de ouro no peito e ouvir missa todos os dias, mas também brincar e aprender a tocar violão, se bem que, quando você tinha vontade de fazer uma manobrinha mais relaxante, diziam: "Você pôs mais um tijolo no muro que o separa de Deus."

Para dizer a verdade, essa ideia me atiçava, porque o padre, que tinha ouvido dizer que papai era um comunistão, estava empenhado em tentar me levar de volta ao "bom caminho", me tratava bem, me trazia livros sobre a vida dos santos, que eu lia e me apaixonava por aquelas histórias sempre bonitas e aventurosas, em que o Pai Eterno aparece em pessoa nos sonhos e diz o que você vai fazer e se tornar. O padre também descrevia aquele lugar como uma casa maravilhosa, cheia de paz e de boas palavras, mas no fim se rendeu, principalmente porque eu não respondia às perguntas dele, mas assobiava. Dizia que são Francisco também pregava aos pássaros, que eu tinha um dom extraordinário etc. etc., em suma, aquilo que todos me diziam, desde os tempos do Nocella, mas no fim não me recebeu no seminário da juventude porque "Pode até ser que tenha vocação, mas como vai se fazer entender? Ele assobia, só assobia, como vai conseguir difundir o Verbo?".

Eh, vai explicar a esse padre que *No princípio era o Assobio*, que o Verbo veio muito depois e já era uma explicação da Criação, não mais a Criação pura, o que é que ele podia saber dessas coisas?

Às três nos pusemos todos em fila, na diretoria; as duas moças que tinham ficado puseram um pouco de ordem nas nossas roupas, e, quando estavam concentradas numa mancha na camiseta de Feliciello, enquanto o diretor dizia "não precisa...", franzindo a testa, pela porta entrou ele mesmo: Enzo, o cego.

— Este senhor se chama Vincenzo — disse o diretor Fortunato Persico, apaixonado devorador de 'nduja e chicória, cuja aparição era sempre homenageada com algum pedaço de folha entre os dentes. — O senhor Vincenzo, como podem ver, não enxerga.

Nessa altura, para evitar que a apresentação se transformasse em tragédia, em vista da grande capacidade locutória do diretor, o senhor Enzo logo o deteve com a mão levantada, dizendo "Obrigado, não há necessidade de formalidades, só estou procurando um jovem amigo", e disse isso com aquela voz de mulher que eu tinha ouvido no bar, e, de fato, todos os rapazes começaram a rir de boca fechada e virar a munheca para tirar sarro. O senhor Enzo perguntou o nome e a idade de cada um de nós, mas, chegando a minha vez, naturalmente só ouviu um assobio.

— Por que não quer me dizer o seu nome? — perguntou, sempre com aquele seu tom gentil.

— Não, não, não, senhor Enzo, ele não serve, ele é mudo! — interveio de imediato o diretor. — O que está fazendo? O senhor já é cego, vai botar um mudo do seu lado?

— Mas por que ele assobia?

— É o modo dele de se expressar, digamos.

Nenhum dos rapazes queria ir com ele. Enquanto trocavam essas palavras, eles diziam que não queriam ir à casa de "um desmunhecado", e gozavam uns dos outros, dando-se cutucões e dizendo "Ele, ele quer ir!".

Eu, porém, tirei do bolso o caderninho que usava quando não me entendiam, e escrevi:

A cor do xarope de cereja é vermelha como quando a gente põe uma das mãos sobre a vela e a retira antes de se queimar, e depois a abana no ar fresco. Esse abano do ar seria a luz do sol entrando no vermelho do copo. No Assobulário, seria um gritassobio redondo em forma de lasanha.

Arranquei a folha, dobrei-a e a entreguei a Ali: ele voou para o ombro do senhor Enzo, que não se assustou.

— Isidoro! Chame o Ali de volta, já! — disse o diretor. — Desculpe, senhor Vincenzo, o rapazinho mudo vive o tempo todo com um mainá.

Na minha opinião, ele reconheceu o rumor das asas que tinha ouvido na praça aquele dia; sei que é pouco, que todas as asas se parecem em termos de barulho, mas eu tive exatamente essa impressão. Ele ergueu a mão em direção ao ombro, devagar, para acariciá-lo e sentiu a folha de papel com os dedos.

— O que ele tem no bico?
— Um folheto.
— Pode fazer a gentileza de ler para mim?

O diretor, antes de ler em voz alta, comentou com um "Mas que porra está escrito?", depois se rendeu e leu.

Terminada a leitura, o senhor Enzo sorriu.

— E como soaria, então, no seu Assobulário?
— Trroóó-tsgiióóó! — fizemos em uníssono Ali e eu.

Às sete daquela mesma noite, assumi o posto no meu quarto novo, em Monte di Dio, lindo bairro de Nápoles, muito próximo ao mar. Éramos como os três macaquinhos famosos, aqueles de não vejo, não ouço, não falo; mas éramos melhores, porque cada um fazia uma coisa especial: eu não falava, mas gritassobiava; Ali não andava, mas voava; o senhor Enzo não enxergava, mas imaginava.

VI.
Tchecof

— Ninguém sabe nada do que eu faço. Todo mundo só sabe que eu compro muitos livros, mas não posso ler porque sou cego. E como, quando era mais novo, queria provocar essa meia dúzia de manés do bairro que só pensa em comer, em futebol e em dar porrada, sempre saía por aí com um livro na mão, um livro de um autor que amava e amo ainda, Anton Tchekhov, escritor russo cujas palavras leves e preciosas, dolorosas e frágeis, eu ouvia na voz de minha avó; voz que estava colada à alma dela, porque tinha sido uma grande atriz. "O cego lê Tchecof", e a brincadeira pegou. Para todo o bairro eu virei Enzo Tchecof.*

Essa explicação ele me deu dez dias depois da minha chegada. Assim que pus os pés naquela casa, ele só me disse:

— Este é seu quarto, jovem amigo, este é o banheiro que vocês vão usar, você e o caro Ali; deste outro lado, porém, estão o meu quarto e o meu banheiro, e eu agradeceria se você não entrasse. Aliás, jovem amigo, você não encontraria nada capaz de acender sua férvida mente assobiante de adolescente: é um quarto sem quadros, sem cores, sem nem uma lâmpada. É um simples cubo, um nicho no tempo, mais do que no espaço, apenas uma soleira e nada mais, para lembrar ao meu corpo a diferença entre o dia e a noite. Toda a mobília está na minha cabeça. Nela se encontram as credências com a prataria da família que já não existe quero dizer, nem a prataria, nem a família, na minha

---

* A brincadeira faz sentido porque em italiano a palavra *cieco* (cego) se pronuncia "tcheco". [N. da T.]

cabeça encontrou lugar o tremó de laca sobre o qual o finado meu avô derramou rios de tinta e desejo nas cartas escritas a uma bailarina conhecida no Salão Margherita, belíssima sala circular que fica debaixo da Galleria Umberto: lá havia o café-concerto napolitano, onde ela despertou a paixão dele deixando-o sentir, mas só uma vez, o sabor e o cheiro de um grande seio franco-afragolês, arruinando o casamento dele — e inflando o seu próprio patrimônio — naqueles cinco minutos. Na minha cabeça estão as cadeiras imitação Bourbon forradas de azul e bege, os corais colecionados por minha mãe e os nichos islâmicos de oração, imitação de mirabe que meu irmão viajante mandou um marceneiro dos Gradoni di Chiaia construir, depois de fotografá-los ou desenhá-los num bloquinho, nas suas voltas pelo mundo. Deviam ser lindas aquelas pequenas grutas douradas, de mármore com cenas desenhadas ou de lápis-lazúli, cobertas de imitações de suras, que, em vez de estarem orientadas para Meca, apontavam para Capri ou Prócida. Meu irmão tinha também um tapete paquistanês com uma sequência de mirabes, que eram a obsessão dele; naqueles nichos de oração ele se retirava para fazer as pazes com o mundo, mas principalmente para procurar fazer amizade consigo mesmo, depois de ter procurado a si mesmo por milhares de quilômetros, em vão. Agora, como você pode ver, jovem amigo, a casa está vazia, vendi tudo, todos se foram, mas ficou o indispensável. Você pode ler os livros que encontrar, claro; aliás, o meu objetivo inicial era achar um jovem assistente que pudesse ler para mim as páginas que não enxergo. Mas, não importa. Você retribuirá de outras maneiras.

Disse essas palavras e foi para seu quarto, deixando-me diante de uma mesa cheia de comida, à qual me atirei imediatamente, porque sentia uma fome incrível naquela idade, e mesmo assim continuava magro; mas todas aquelas histórias tinham despertado a minha curiosidade mais do que o apetite, conquistando-me muito mais do que o sabor excepcional do *casatiello* e daqueles timbales de macarrão. Mirabe? Nicho de oração? Corais da minha mãe? Bailarina franco-

-afragolesa? Eu tinha ido parar numa casa vazia e cheiíssima, parecia — isso! — parecia a casa das belas palavras de papai, uma casa onde não havia nada e havia o mundo inteiro, mas sem nenhuma ordem que as agregasse; não havia quadros, cortinas, espelhos, televisor; havia só música, silêncio, histórias e uma vista espetacular para o mar azul, que, no entanto, justamente o dono daquela janela não podia ver. O que me deixou preocupado foi só aquela frase final, aquele "retribuirá de outras maneiras", porque me trouxe à memória as brincadeiras que tinham feito comigo lá na casa dos órfãos do terremoto, enquanto partíamos: "Isido'! Fica de olho! Esse aí sim que vai te fazer assobiar!", e toda a risada e as cotoveladas que aqueles tontos dos meus agora ex-amigos davam uns nos outros.

Pela manhã eu encontrava o desjejum pronto, e à noite, o jantar sempre estava na mesa. Mas não conseguia entender quem era o cozinheiro ou a cozinheira, porque não ouvia barulhos vindos da cozinha — que estava sempre limpa como no primeiro dia —, e ninguém entrava no apartamento nem saía; Enzo Tchecof ia para seu quarto às nove da noite e permanecia fechado lá até a manhã seguinte. Eu olhava ao redor e ficava quieto, tentava entender o que ele me pediria como retribuição, porque não via em que eu poderia lhe ser útil: não sabia fazer nada, a não ser assobiar; não podia ler para ele, porque não era capaz de falar, e, se ele tinha me escolhido para trabalhos manuais, havia errado o tipo, pois eu era magro, distraído e fracote. Mas gostava muito daquela casa, porque dava para perceber que era uma casa cheia de recordações; por lá devia ter passado muita gente, ele, o irmão, os pais e os avós. Era um apartamento grande, com uma escadinha que levava a um pequeno mezanino que ele usava como estúdio, cheio de livros por todo lado, no chão, nos móveis, na mesa e até sobre a única poltrona, completamente coberta de volumes velhos, com capa de papel amarelo e manchado, de onde sempre saía alguma baratinha, daquelas com uma espécie de tesourinha atrás. Era incrível ver a casa de um cego com todos aqueles livros. Ele se movia, dentro daquele apartamento, com grande desenvoltura, como se enxergasse perfeitamente, nunca esbarrava em nenhum livro, em nenhuma mesa, só que de vez em quando parava para ouvir alguma canção que tinha na cabeça e parecia estar olhando para o teto ou para uma das estantes de livros, à procura de um título.

Que trabalho fazia? Eu não conseguia entender e não perguntei.

Uma manhã, às cinco e meia, enquanto Ali e eu dormíamos aquele sono ameno e fresco do amanhecer de verão, ele veio nos chamar.

— Isidoro, jovem amigo, acorde, por favor, se puder. Gostaria que hoje começássemos a nossa colaboração, se não lhe desagradar. Eu sei que é muito cedo, mas, para me perdoar, você vai encontrar umas rosquinhas ainda quentes e um copo de leite e café frio na mesa.

Levantei-me, tomei o desjejum na grande mesa da sala, que encontrei toda posta, com uma toalha linda, branca, perfumada, passada e bordada nas beiradas. Ali saltitava sobre aquela mesa, bicando as migalhas de rosquinha, era o desjejum dele; estava preparada expressamente para ele, com água fresca, uma xicrinha de cerâmica com um pastorzinho tocando flauta, desenhado do lado. Era bonito ver o preto do corpo de Ali e as carúnculas, que são os dois bigodes amarelos e brilhantes dos dois lados do bico, no meio daquele branco esplendente, perto da jarrinha de prata. Mas todas aquelas coisas, mais as sobras de comida, onde iam parar? Não havia credências nem móveis. Enzo Tchecof estava sentado ao meu lado, já pronto, lavado e penteado, com o cabelo separado por uma risca de lado e um ótimo perfume que eu nunca tinha sentido antes, parecia um perfume oriental. Esperava, cantarolando uma canção sem palavras.

Saímos da porta de Monte di Dio às seis em ponto, e da sacada da casa da frente, escancarada porque era um junho já muito quente, ouviu-se um relógio de pêndulo dar os seis toques desafinados. Descemos pela rua silenciosíssima, não passava nem um carro, não havia nenhuma voz, nada. Colaborar, às seis da manhã? Para fazer o quê? Não, eu não conseguia entender mesmo. Ele sabia perfeitamente aonde ir, porque, embora seguíssemos próximos, lado a lado, era ele que me guiava. Chegamos à praça Plebiscito, como me disse que se chamava, uma praça enorme, impressionante, toda cheia de carros estacionados, haveria uns cem mil, que sei eu, de todas as cores. Depois fomos para a esquerda, na direção da Galleria. Quando chegamos lá, no começo de uma rua que se chama via Toledo, Enzo Tchecof parou de repente e me empurrou, com a bengala, para ficar de frente para ele.

— Jovem amigo, aqui, neste momento, começa oficialmente o seu trabalho. Como sabe, eu me comprometi com o diretor do instituto a lhe dar alimentação, roupas, cultura e hospedagem por mais cinco anos, até a sua maioridade. Em contrapartida, você se comprometeu a trabalhar para mim. O que eu gostaria que você fizesse é o seguinte: gostaria que você fosse meu guia. Mas não guia para andar, isso eu sei fazer muito bem sozinho, com a ajuda da minha bengala. Gostaria que você se tornasse o guia dos meus olhos. Quer saber como é isso? Você precisa ir na minha frente, assobiando, e eu vou seguir o seu assobio. Vamos começar assim, de manhãzinha e numa rua reta, porque com pouca gente é mais fácil. Mas, repito, já sei andar, não se preocupe em assobiar só para me dizer onde está e para onde eu deveria ir, não. Assobie o que estiver vendo. Se vir uma estátua, assobie a estátua; se vir um mendigo, assobie o mendigo; se vir o sol, a chuva, uma mulher na sacada, duas pessoas se beijando; se vir alguém roubando ou mijando num muro ou duas pessoas se atracando debaixo das escoras dos prédios que estão para desmoronar, assobie essas coisas para mim. Por enquanto, me contento com a melodia, depois vou aprender o Assobulário de vocês. Esse será o seu trabalho. Tem perguntas?

— Não — assobiei.
— Bom. Então avance uns dez passos e pode começar.

Prédios antigos, vermelhos, cinzentos, amarelo de Nápoles; um castelo lá embaixo, na direção do mar e dois no fundo das subidas, um branco e um marrom; anjos de cara assustada grudados nas paredes das casas, o azul da água desembocando de repente ao longe, ruelas cheias de madeira marrom-escura e marrom-clara colocadas para segurar as fachadas, senão caía tudo, ainda dos tempos do terremoto: foi isso o que assobiei naquela manhã.

Depois assobiei o peixe do mercado Pignasecca, alguns peixes ainda vivos, com olhos brilhantes e redondos e dentes pontiagudos, frutas, verduras, muçarelas brancas e provolones escuros defumados, na água turva de soro. Tecidos, cores, peles de gamo quadradas e amarelas no ombro do senhor que ia a caminho de vendê-las com um cigarro na boca. Duas horas depois assobiei pessoas correndo, gritando, cantando e bocejando. Ele me seguia, sempre a uns dez passos de distância e parecia distraído, atrás daqueles óculos pretos, quando eu me virava sempre o via com o rosto abaixado ou virado para outro lado; depois me lembrava de que não era nos olhos que eu devia confiar, não era o seu falso olhar que devia me fazer entender: ele se virava para voltar os ouvidos em minha direção, porque por eles entrava o meu olhar de verdade, transformado num fio de ar melódico que ia direto para a sua cabeça.

Voltamos para casa lá pelas onze, depois de andar muitíssimo; tínhamos chegado aos Tribunais, de lá fomos para a Ferrovia, da Ferrovia, ao mar, e de novo para casa. Nápoles eu nunca tinha visto, mas naquela manhã vi cinco, seis, sete ou oito diferentes Nápoles. Assim que chegamos, ele me deixou livre para fazer o que quisesse, e eu me joguei na cama e peguei no sono na hora.

À uma e meia a sua voz gentil me chamou.

— Jovem amigo, o almoço está na mesa, se quiser.

Outro milagre.

Na mesa havia uma sopeira branca cheia de macarrão *al sugo*, uma travessa com carne fatiada e costelinhas de porco também no molho de tomate, salada, queijos, frutas e uma bandeja de profiteroles com creme e ginja por cima. A cozinha, limpa, como sempre.

Quem cozinhava?

— Obrigado, você foi muito amável hoje de manhã, Isidoro. Foi entusiasmante, para mim, e talvez eu tenha feito você andar um pouco demais, agora percebo, exagerei um pouco. Mas, pela primeira vez, vi outro mundo, um mundo que nunca tinha visto, desculpe se me atrapalho com as palavras. Alguém se preocupava em me contar as coisas, e foi emocionante, como quando quem fazia isso era a minha mãe. Porque viver, nós sabemos todos, mas contar o mundo, não, essa é uma arte requintada, a *recriação* do todo; o mundo não existe completamente se não houver alguém que o esmiúce, que o pulverize e depois sopre em cima; se não houver ninguém que transforme a matéria em canto, assobio, ode — ou paródia —, poesia, romance, jogo de palavras, canção, dança, o mundo é só pura sequência casual e surda de cópulas, nascimentos, mortes, defecações e alimentações. Você foi o meu Deus, rapazinho, que recriou para mim o relato do mundo no qual eu vivo há cinquenta anos. Obrigado.

E apertou minha mão.

Mas em que situação estranha eu tinha ido parar! Tão estranha que eu não conseguia ver lógica nas coisas. Eu, mudo, só sabia assobiar; morava com um mainá na casa de um cego, casa cheia de livros onde por milagre apareciam o almoço e o jantar, bem na hora do almoço e do jantar, numa mesa elegante e posta, cheia de coisas bonitas que depois desapareciam no nada. O cego me chamava de "jovem amigo" ou de "Deus garoto", e ainda bem que Ali estava por perto, porque naquela noite me ajudou um pouco a entender, ou pelo menos tentou; se bem que, ao mesmo tempo, também me confundiu mais.

— Fique tranquilo, Isidoro — disse-me —, pense que ele, Enzo Tchecof, é um pássaro também; mas é um pássaro que voa num céu que desta vez quem não vê somos nós. É o céu dos pensamentos, das canções, das lembranças de família dele. Você não percebe que, quando fala conosco, quando toca as coisas, quando anda, parece um vagamundo? Um vagamundo feliz, claro, mas um vagamundo; sem casa, sem lugar para ficar. E, quando está distraído, quando se acende a luz dentro da sua cabeça, ele já não está entre nós; voa para o céu e para a sua casa. Você pode ser, para ele, o intermediário entre aquele céu e esta terra, não tem de se preocupar com nada, só com ouvir e assobiar.

— Está bem — assobiei —, mas não sei o que...

Estava para responder aos seus conselhos com todas as minhas dúvidas, que talvez se referissem mais a mim do que ao cego, porque de fato começava a me perguntar o que seria de mim, porque sentia que começavam a me faltar raízes, pensava em mamãe e papai e queria entender se me parecia com eles ou não, também guardava com zelo a memória deles, não queria que aquele Enzo Tchecof agora me incutisse outras coisas que não tinham nada a ver, eu era e queria continuar sendo o filho comunista dos comunistas Quirino e Estrela, era o menino que falava aos pássaros, o Novo Profeta da Língua dos Pobres contra os ricos, aquele que, assobiando, guiaria a humanidade para a justiça, *a felicidade de estar livre da necessidade*, e então por que agora não havia mais nada de tudo isso, por que já não comíamos *falcette* e *martellini* no caldo de carne, enquanto Quirino punha as mãos na bunda de Estrela? Por que tudo isso continuava a se separar de mim?

Estava para desabafar com Ali aquela saudade de mamãe, papai e de todo o meu mundo, quando ouvimos, de repente, a voz de Enzo: sincera, uma voz de mulher, fina, mas cheia de sons bonitos e diferentes; cantava devagar e sem música uma canção napolitana, que ecoava por toda a casa vazia e se ouvia da janela aberta, e viajava até o mar, mas bem pequena, delicada, que também me pareceu cheia de dor, me fez pensar naquele fio de morte costurado no paletó, de quando o vi da primeira vez.

A canção era esta:

> Pe' me tu sì catena,
> pe' l'ate sì Maria,
> io perdo 'a vita mia,

Maria, Maria, pe' te.
Tu nun me dice mai,
mai 'na parola,
dimme 'na vota sola
te voglio bene
e po' famme murì.

    Numa das casas vizinhas um pássaro, talvez um papagaio, tinha aprendido as canções de Enzo de tanto as ouvir, e de vez em quando lhe fazia companhia, misturando a sua melodia, fina, metálica, à melodia frágil e polvorenta da voz de Tchecof.
    E a união das vozes de um homem e de um pássaro, cantando a mesma canção napolitana, é uma das coisas mais bonitas que já ouvi na vida.

VII.
Esta é a cidade do assobio, esta é a cidade do mar

Os meus dias na casa de Tchecof se dividiam em dois ou três momentos: pela manhã, passeios e descrição assobiada da cidade; à tarde, Enzo me deixava livre para fazer o que quisesse, enquanto ele cantava, fechado no seu quarto. Passava tardes inteiras cantando; era talentoso, afinado e com voz agradável, mas muito, muito melancólica. Não se acompanhava com nenhum instrumento, cantava e pronto. O repertório era infinito, para ouvir de novo a mesma canção era preciso esperar até uma semana, no entanto ele cantava — das quatro às seis e meia, mais ou menos — umas vinte canções por dia, com perfeição, com todas as letras de cor. E movimentava-se, talvez dançasse, dava para perceber pela voz que tremia ou estremecia, depois voltava a ser uniforme, plana, macia.

Não era napolitano o que fazia; ele, sim, era napolitano, as canções eram sempre e apenas napolitanas, e de todos os tipos, antigas, modernas, cômicas ou românticas; o modo de se movimentar também seria napolitano, como uma espécie de tarantela lenta e sem saltos, mas o conjunto, ao contrário, sempre tinha me levado a pensar em alguma coisa japonesa. Até a casa, sempre na penumbra, sem móveis, silenciosa, me levava a pensar numa casa de filme japonês, mais ou menos como as casas dos filmes de Bruce Lee, de bambu e paredes brancas. Além disso, a comida que encontrávamos na mesa, almoços, jantares e desjejuns, também tinham aquela mesma elegância silenciosa e fria; era o próprio Enzo que dizia: "Esta casa é o Japão de Monte di Dio."

A partir das oito da noite, depois do jantar, era proibido perturbá-lo: não se podia ir ver o que ele estava fazendo, não se podia chegar perto do quarto, "Esqueçam-se de mim," dizia, "e, se tiver de me acontecer alguma coisa ruim, não se preocupem: nada vai mudar, se me encontrarem na manhã seguinte".

As visitas diárias à cidade me fizeram descobrir mil mundos em um; eu nunca tinha visto Nápoles, nem ele, e eu caminhava acompanhado pelo espanto, porque as surpresas eram contínuas. Ele me levou a uma gruta enorme que guardava milhares de caveiras, todas organizadas em fila, e a uma igreja onde guardavam as veias de duas pessoas, mas só as veias, e um corpo feito de mármore coberto por um véu finíssimo, também de mármore; me levou para visitar palácios reais e museus, jardins e vistas espetaculares e inesperadas, mas, depois, pela rua, encontramos gente brigando, pessoas se abraçando e saltitando de repente, gritando "Napoli! Napoli!", e a voz saía de todos os lugares, voz, voz, a voz das pessoas, digo, saía das casas, das janelas, dos muros, dos automóveis, de tudo.

E todos se aproximavam de nós:

— Olha! Olha aquele moleque com um passarinho em cima do ombro!

— É um mainá? Desculpa perguntar.

— Manda ele assobiar, vá!

— Que bonito! É domesticado?

Todo mundo logo se juntava em volta, todos curiosos com o meu mutismo e com a presença de Ali; Enzo ficava parado, um pouco de lado, sorrindo divertido, esperando que o meu assobio se afastasse para voltar a segui-lo.

Só uma vez respondi a uma pergunta de Ali, numa daquelas situações.

— Por que não prosseguimos? — perguntou.

— Não sei para que lado ir — assobiei —, e com essa gente eu não enxergo nada!

Logo um rapazinho da minha idade, que abraçava uma bola cor de laranja, começou a gritar:

— Falou! Falou com o passarinho!

— Nossa! É milagroso! — disseram as velhinhas com sacolas de compra no braço, o grupo cresceu, e umas trinta ou quarenta pessoas pararam em volta de mim.

— Ei, conversem, vá, conversem um pouco!

Eu não sabia o que fazer, eles pediam as coisas com violência, não era como no meu povoado; um rapaz até me deu um empurrão no ombro:

— Ei, acorda, tá no mundo da lua?

Então Enzo atravessou o grupo, brandindo a bengala, e todos abriram alas para ele passar, mas pareciam mais enojados e irritados com o cego do que propriamente gentis. Chegando perto de mim, ele pegou minha mão e me levou embora.

Mas, quando estávamos para nos afastar, lembrei-me dos saraus com Nocella, tomei coragem e me virei devagar, levantando a mão.

Todos ficaram quietos, intrigados. Então ataquei de *Mierulo affurtunato* assobiado, com todos os seus giros, saltos e descidas, e Ali começou a cantar comigo.

Abriram uns olhos deste tamanho! No fim, aplaudiram muito, gritando "Bravo! Muito bem! O garotinho entendeu!", exaltados por aquela música, e um senhor, para bancar o maioral, para mostrar quem manda nos outros, pôs quinhentas liras na minha mão. Enzo sorria.

Antes de irmos embora, gritassobiei de novo Profeta dos Pobres:

— Sejamos unidos, sejamos fortes, sejamos livres, nem patrões nem empregados!

Deixamos todos lá e descemos para o porto, alguns garotos até nos seguiram um pedaço, mas depois ficaram todos para trás.

— Muito bem — disse Enzo —, você os conquistou e calou. É do que os napolitanos mais gostam: ser calados por alguém. É um povo que vive de maravilhas que os fazem calar a boca. Têm tudo nos olhos e nas vogais, são prisioneiros das vogais que saem da boca deles como uma teia de aranha. Então estão prontos a reconhecer o valor de quem lhes cala a boca e os livra do império vocálico que os domina.

Chegando ao porto, pegamos o hidrofólio para Capri.

Enzo quis que eu lhe assobiasse tudo: o vento, a maresia, e "o que você não souber dizer com palavras, o que não souber como se chama, assobie do mesmo jeito, não consigo ficar nem um segundo sem ouvir a melodia do ar que passa entre os teus lábios". Pediu-me que assobiasse a cor do mar em todas as suas nuances, depois a cor das paredes rochosas da ilha, todos os amarelos, todos os verdes, todos os marrons; a forma dos barquinhos, das redes e o rosto de um pescador. Depois pediu que assobiasse a roupa dos "ricos cafonas", principalmente os sapatos, e as bolsas das senhoras que ele ouvia falar nas ruelas.

— Essa, essa, assobie os sapatos dessa, como são? E aquela que está falando em voz alta nessa loja, o que está comprando?

Comemos num terraço com vista para o mar, e ele quis se sentar de costas para a paisagem. Para mim, pediu espaguetes com marisco e polvo à Luciana, mas não gostei, porque tinha vinho demais e era ardido.

Na volta, pediu que assobiasse Nápoles vista do mar.

Assobiei que era completamente diferente, que só se viam as coisas bonitas, mas tudo em movimento, porque o barco dançava e me lembrava o terremoto, e eu estava vendo a hora que os prédios iam cair de repente.

— O mar chega até as construções, não? É o que parece, certo? No entanto, veja que na verdade o mar para antes, e sabe por quê? Porque ele tem medo dessa cidade. É empurrado para trás pelo vazio, cheio de ar, que há debaixo das casas. Nápoles é feita de vazio, por isso quero que seja você quem me fale dela, do seu jeito, porque o seu assobio conta muito bem essa cidade, também ela feita de assobio. Todo esse vazio que está debaixo dos pés dos napolitanos se transformou em barroco, em canções, em prédios elegantes ou em enormes construções que parecem campos de concentração nos limites da cidade, em vogais vazias e redundantes, em agressões verbais, em gozações autocelebradoras, em autoflagelações teatrais, num processo perene de sublimação do enxofre, do tufo, dos rios subterrâneos. É uma cidade-vapor, muita fumaça sem lenha, e é bonita e assustadora por isso mesmo. Além disso, Nápoles teme a Nápoles que ama, porque a Nápoles que ama é uma cidade vazia, silenciosa, ínfera, luciferina, cujas reflexões não sabem ser superficiais, mas profundas e dilacerantes como uma faca que rompe, esguichando sangue, a carne viva e vermelha do coração, e dá medo. Nápoles é o tudo apaixonado pelo nada, é o tudo leve que afunda as raízes no nada pesado, é a máscara protrusa que te convida a pôr o rosto no lado vazio, para existir. E estamos prontos a morrer, caindo naquele vazio que está debaixo de nossas casas, ou debaixo dos rapilhos do Vesúvio, então não nos resta nada para fazer senão assobiar. Os prédios, as praças, você viu o que são nesses dias? Assobios. São seus assobios a *cannola*, o profiterole, o traque, a cusparada. As pessoas? Nem é preciso dizer: assobios. Sabe como se diz, por estes lados, quando um baixo e um alto andam juntos? *'A mazza e 'o sisco*, o cacete e o assobio. Os sentimentos? Assobios altíssimos, assobios de todos os tipos, assobios cheios de açúcar e vinagre. As crianças? Assobiozinhos que trilam perenemente, sem dar nem um pouco de paz. É por causa da terra, que inchou os pulmões de ar e depois, através das solfataras, através das fumarolas do Vesúvio, nos assobiaram para fora, cobertos de muco, vômito e fedor de ovo podre.

Eu não estava entendendo nada.

Mas era bom ouvi-lo; enquanto falava, revolvia uma mão na outra e apontava o olhar para longe, fora da janela do barco, como se estivesse lendo aquelas coisas num livro aberto no céu, podendo enxergar. Além disso, eu gostava da ideia de as crianças se transformarem em assobiozinhos, assim poderíamos finalmente conversar, eu poderia ensinar-lhes o Assobulário, e era até divertido pensar aquele mundo onde todos se diriam oi, bom dia, boa noite, te amo e adeus assobiando.

Eu imaginava aquela via Toledo da nossa primeira saída, que à noite ficava cheia de gente, eu a imaginava como quando a gente vai à Villa Comunale por volta das sete, e há milhões de pássaros trilando juntos, e aqueles fios de ar se enroscam no céu, formando uma enorme meada brilhante de som diamantino.

Chegando ao cais, enquanto descíamos, uma onda mais alta sacudiu o barco, e Enzo perdeu o equilíbrio. Então aconteceu uma coisa que eu não esperava: com um reflexo rapidíssimo, ele se sustentou num pequeno balaústre, agarrando-o diretamente e com segurança, com a mão que segurava a bengala de cego.

VIII.
Estrela

Entre as coisas que eu tinha conseguido salvar do terremoto, que sempre carregava comigo e agora constituíam meus únicos pertences, no quartinho que Enzo Tchecof tinha me destinado agora, estava o livro de mamãe. Aquele livro eu nunca tinha aberto. Achava que era um livro e mais nada, um livro qualquer, um romance, alguma história de amor, por exemplo, que ela lia aos domingos à noite com a televisão ligada. No entanto, foi grande a minha surpresa quando, numa das tardes de tédio e liberdade que Enzo Tchecof me deixava, fui abrir aquelas páginas.

Ali dormia, o tempo estava fechado, abafado, e o silêncio dominava tudo, porque naquela tarde Enzo não cantava. De fato, era um romance de amor, mas eu nunca tinha visto a capa, porque papai logo a havia coberto com um plástico azul, para não se estragar. Mamãe não tinha muitos livros só seus, tinha quatro ou cinco ao todo e os trocava com amigas, e havia também os livros da casa, os que ficavam na estante. Esse livro azul, porém, pensando bem agora, eu sempre tinha visto na cozinha, meio escondido atrás da televisão, e acho que ninguém mais o havia aberto, nem papai. Eles tinham muito respeito pelos segredos um do outro. Se um deles dissesse "por favor, não abra esta gaveta", aquela gaveta não se abria.

Na primeira página, vi finalmente o título, *Os jasmins da lua cheia*, e a autora se chamava Liala, nome estranho.

Mas o que me impressionou foi o seguinte: na borda branca de cada página estavam escritas quatro frases, uma em cada lado, e eram frases de poucas palavras, digamos, versos, escritos à caneta com a caligrafia redonda e um pouco alongada de mamãe. Achei que eram frases do livro, algumas de que ela tivesse gostado mais, decidindo copiar, em vez de sublinhar; mas não consegui encontrar aquelas frases nas páginas impressas. Na minha opinião, eram pensamentos de mamãe, recordações, ideias, *belas palavras*, que ela havia anotado naquele livro-caderno, talvez porque tivesse começado a anotar alguma, assim, uma vez, só para não esquecer, e depois tinha continuado. Eram frases estranhas, muitas vezes um pouco melancólicas, escritas de um modo que não parecia ela; no entanto, depois de crescido, eu haveria de descobrir que tinha uma mãe diferente da que havia deixado sob os escombros, abraçada a Quirino, que era toda alegria, sorrisos, farinha e macarrão. Quem sabe, talvez ele é que a tivesse feito se tornar assim bonita e contente, mas alguma coisa ela ainda devia guardar dentro de si, alguma coisa que havia ficado enterrada dentro dela desde o tempo de mocinha, não havia desaparecido e agora estava escrita naquele livro diante de mim.

Candura! Graça! Inocência! Desejo! — por exemplo, estava escrito nos quatro lados da borda da primeira página.

Depois, adiante, encontrei:

Pode agitar a sua bandeira arabescada de ouro, futuro, diante dos meus olhos! Você nunca me teve e nunca me concederei a você, continuarei a me dar somente ao bufo sonhador vindo do passado.

Silêncio, só silêncio. E paciência. Silêncio e paciência fazem o mundo. Que desmorona no barulho e no frenesi.

Na página 45, uma frase começava no canto inferior direito, percorria toda a borda em sentido anti-horário e terminava com uma flecha que remetia à outra página, e assim por diante durante algumas páginas.

Saí do povoado com treze anos, me quiseram na cidade.
Cheguei à noite, casa da tia.
Família nova, promessa de almoço ou jantar, todos os dias.
Uma prima, uma amiga na ruela.

Da primeira vez fui com um senhor.
Tinha dinheiro, amigo de família.
Da segunda vez também fui com ele.
Da terceira vez, em lugar do presente, eu disse me dê o dinheiro, o presente eu compro.

Quatorze anos contra sessenta e um.
A maior cidade da minha vida.
Eu não entendia, mas não reclamava.
Nunca gostei de perder tempo chorando.

Eu tinha a vida nas mãos
ele suava a gordura que a mulher dissolvia na panela
e pingava no meu peito
Na primeira vez achei que ele chorava de alegria.

Depois conheci o senhor Tempo
sempre me deu a ilusão de ser lento
mas corria como um louco
e agora não consigo me lembrar nem da cara.

Então, depois da vida, conheci a vida
e não foi contada pelos livros:
Todo ser pode ser.
Todo ser pode ser.

Só depois de Linetta
me tornei uma Estrela
porque quem não atravessa a desgraça
nunca conhecerá a graça.

IX.
Poeira do presente e juventude perdida, esse sou eu

Todo o verão se passou assim, à descoberta de Nápoles. Em todos os lugares se ouviam canções napolitanas misturadas à banda Righeira, a *No tengo dinero! O-o-o* e *Vamos a la playa, o-o-o-o-o*, e eu sempre pensava será que esses caras não conseguem fazer canções sem o-o-o?

Enzo, por outro lado, acrescentou alguns números novos à sua cantoria da tarde. Eram peças de um músico jovem chamado Pino Daniele, eram bonitas, ele cantava intensificando ainda mais aquela parcela de melancolia que estava engastada na sua voz e nunca saía, me fazendo pensar numa alga enfiada nas pregas de uma rocha, que nem a onda mais violenta do mundo consegue retirar.

Nossa casa continuava sendo o lugar mais estranho e desconhecido de toda a cidade, para mim. O famoso "Japão de Monte di Dio" continuava me surpreendendo, mas no início de setembro os segredos daquele "apartamento de Kobe", como dizia Enzo, "de onde vejo o cume majestoso e imperial do Monte Fuji, e não a modesta pontinha desejosa de fumegar do nosso Vesuviozinho, suportada pelo humilde carregador que é o Monte Somma, sobre o qual se fincam, com alfinetinhos de bazar, os olhares perdidos dos breguinhas apaixonados", sim, os segredos daquele apartamento se revelaram todos ao mesmo tempo.

O primeiro segredo descoberto foi o da mesa posta, que trouxe consigo outro, muito mais fascinante.

Depois do desjejum, sempre saíamos depressa para os nossos passeios de Nápoles gritassobiada; depois do almoço eu ia para o quarto ou ficava girando pelo apartamento, e depois do jantar, em geral, lia na cama para mim e para Ali, a quem contava assobiando as partes mais interessantes do livro que tinha na mão. Portanto, nunca vi ninguém entrando em casa para arrumar, tirar a mesa, levar as sobras das excelentes refeições que sempre comíamos juntos, os três. A porta da sala de jantar ficava semicerrada, e a sala não dava para outros cômodos, havia só duas janelas altas, das quais se via o mar. Quando entrávamos, porém, na hora do almoço ou do jantar, sempre estava tudo pronto, a mesa arrumada com lindas toalhas bordadas, branquíssimas, de uma brancura que me lembrava a neblina da minha casa de infância, quando mamãe fazia massa com farinha, porque aquela brancura, rebatida pela luz do sol, se refletia por toda a sala vazia, onde não havia nem uma estante ou credência de madeira escura para abrandá-la um pouco, e às vezes obrigava a ficar com os olhos quase fechados, principalmente de manhã, quando aqueles raios já fortes se metiam pelas janelas sem pudor, condimentados também pelos reflexos azuis do mar.

Certa tarde, depois de um dos nossos almoços, voltei para a sala porque na cadeira tinha deixado uma caneta encontrada na calçada durante o passeio da manhã; era uma daquelas canetas que tinha a figura de uma mulher vestida por dentro do plástico transparente e, quando era virada de cabeça para baixo, o vestido da mulher desaparecia, e ela ficava nua. Na época, eu estava com quase quatorze anos, e qualquer figura de mulher nua logo se tornava minha namorada eterna e provisória, silenciosa e complacente. A caneta havia caído do meu bolso, então voltei para pegá-la. A sala de jantar estava reluzente, limpa, cheia de um sol líquido, embora forte. No almoço tínhamos comido croquete de batatas, rosca de Agerola e salada. Ali adorava croquetes, encontrava o seu pires pronto com um croquete esmigalhado, quase do tamanho do corpo dele sem asas, e o devorava rápido. Enquanto eu estava pegando a caneta, que tinha ficado na cadeira, ele viu uma migalha de croquete no chão, bem pertinho da parede, e voou para apanhá-la.

Mas o que fazia uma migalha tão longe da mesa?

Ninguém tinha dado voltas com croquetes na mão pela sala de jantar e, de qualquer maneira, ninguém teria ido passear rente à parede, no máximo até a janela, que sei eu, para tomar um pouco de ar. Então me aproximei, intrigado, e vi que Ali estava tentando bicar outra migalha, enfiada no sulco entre a parede e o piso. Lá, com a ponta da caneta, consegui tirá-la, enquanto a mocinha se despia dando uma piscada, e percebi que, entre a parede e o piso, havia um espaço bem pequeno, uma *sénga*, uma fresta. Na parede daquela sala havia imitações de marcos de cor bege, Enzo tinha dito que esse era o nome daquelas espécies de molduras de portas inexistentes, "era um uso nos velhos casarões nobiliários, depois podiam colocar ali uma tapeçaria ou um busto empertigado do dono da casa, gordo e bigodudo".

Eram dois marcos, nos dois lados do canto oposto às janelas. Mas aquela fresta continuava ao longo de todo marco, mesmo estando muito bem escondida. Era uma porta, uma porta de verdade! Experimentei bater, mas ninguém respondeu. Experimentei de novo, silêncio.

— Alguém aí? — assobiei.

Não houve resposta. Percebi, então, uma pequena cavilha na madeira, de cor ligeiramente diferente. Apertei, e saltou uma porta bem pequena, com altura de um metro e meio, talvez. Empurrei, entrei, era lindo. Havia dois pequenos corredores que viravam na direção do quarto de Enzo e de outros três ambientes: no primeiro, havia outra cozinha, pequena, mas de verdade, em uso; geladeira cheia, alguns copos sujos na pia, dois panos usados, enfim, devia ser aquela a cozinha onde eram preparadas as iguarias que depois encontrávamos na mesa. Em outro cômodo, estavam amontoados móveis magníficos, tapetes de mil cores, um piano, uma escrivaninha de laca e, em cima dela, fotos antigas de um casal e de uma cantora de cabaré toda cheia de plumas, com esta dedicatória:

A você, único e verdadeiro homem da minha vida. Lily, a fraise de Afragòle.

E, depois, imagens de outra atriz, devia ser a avó de Enzo, primeiros planos com dedicatórias, trajes de teatro dependurados em bustos de madeira...

Eu ia andando nas pontas dos pés, não queria ser descoberto, mas a curiosidade era demais para retroceder. Nas paredes havia dezenas de espelhos, de todos os tipos, com molduras trançadas ou retas, douradas, coloridas ou de madeira escura. Alinhadas nos dois corredores, havia também algumas capelinhas estranhas de madeira, pareciam confessionários, mas todos abertos na frente, tendo na parte de cima escritas incompreensíveis, parecia árabe.

Depois, entrei na última daquelas salas secretas, a sala das fotos.

Do chão ao teto, estava cheia de fotografias emolduradas, dependuradas bem juntinhas, nas quatro paredes, com uma ou duas pessoas apenas. Todas eram fotos de Enzo Tchecof jovem com um rapaz um pouco mais alto que ele, fotos em que estavam sozinhos ou juntos, mas sempre dos dois somente.

Eram muito bonitos: o outro tinha cabelo crespo, pele escura de sol e um sorriso aberto, branco e simpático, com os dentes de cima um pouco separados. Enzo, ao contrário, nas fotos sempre tinha expressão mais sisuda, com sobrancelhas abaixadas e olhar sério. Mas era um belo jovem também, sem aquele fio de morte no paletó que eu tinha visto desde o primeiro dia. As fotos tinham sido tiradas em vários lugares, na praia, na rua, em casa, e se percebia que a pose preferida deles era com o braço do rapaz atrás da nuca de Enzo, e ele com a cabeça apoiada no ombro do rapaz, num movimento um pouco feminino. Numa das fotos, em que os dois estavam com a mão na testa para servir de viseira sobre os olhos apertados, como quem busca alguma coisa no horizonte, estava escrito com caneta:

Adriano e Enzo Rock and Roll enxergam longe.

Fiquei encantado, olhando aquelas fotos, até porque, naquelas em que estava sozinho, Adriano se encontrava em lugares maravilhosos e desconhecidos, atrás dele se descortinavam desertos, ou mesmo construções que pareciam feitas de areia e barro, ou retalhos de vegetação fechada, verde-escura, de uma cor nunca vista. Havia também uma foto diante da Muralha da China e uma na frente do Taj Mahal, mas o nome estava escrito, eh, eu não sabia que se chamava assim aquela espécie de prédio branco régio.

O outro lado da sala estava coberto de cartazes em que só aparecia Enzo Rock and Roll, ou seja, Enzo Tchecof, exatamente ele, que era de fato cantor na juventude e se chamava Rock and Roll! Eram os cartazes dos seus shows, e ele estava sempre com a cara sisuda de costume, tipo galã misterioso, e de topete.

Mas claro, em todas aquelas fotos, cego ele não parecia mesmo.

— Descobriu o lado secreto da casa — ouvi às minhas costas.

Enzo estava na soleira.

— Muito bem, gosto das pessoas curiosas.

Enzo entrou e fez sinal para eu me sentar num tapete, de frente para ele. A casa estava cheia de um silêncio perfeito, absoluto, e só naquele momento me dei conta, com clareza, de que ele vivia daquele jeito fazia anos.

— Agora lhe conto, caro Isidoro, jovem amigo. Tudo começa e termina com esse rapaz, está vendo? Adriano. Adriano foi adotado pelos meus pais quando nós dois já éramos grandinhos. Crescemos juntos, combinávamos muito, éramos inseparáveis. Depois, com mais ou menos dezessete anos, cada um começou a seguir seu próprio caminho: Adriano queria "ver o mundo de onde tinha vindo", dizia, e imagine só se mamãe e papai ficaram felizes, eles que se preocupavam até quando íamos participar de alguma pelada na praça Plebiscito. Eu queria ser cantor, eiii, pior ainda, com o nome de Enzo Rock and Roll. Seja como for, permitiram, nunca opuseram obstáculos. Mas não puderam ver muita coisa das nossas carreiras, porque dois anos depois morreram num acidente de carro. Esta então virou a casa dos dois rapazes mais bonitos de Monte di Dio. Esta, inteira, ou seja, tanto a parte onde nós vivemos quanto estas três salas "secretas". Eu viajava para fazer shows com o meu grupo: Enzo Rock and Roll e os Oklahoma Boys de Antignano, enquanto Adriano percorria os países árabes tirando fotografias, lendo poesias, conhecendo gente "ainda não corrompida pelo dinheiro", como dizia. Quando voltava das suas viagens, Adriano ia a um marceneiro de Gradoni di Chiaia e mandava construir essas capelinhas que estão no corredor, os mirabes, como se chamam, trazendo como modelo os desenhos que tinha feito por lá. Aqueles retornos eram lindos, passávamos dias inteiros festejando, bebendo, comendo, tocando, contando, vendo as fotografias que Adriano revelava numa saleta escura. Eu estava apaixonado. Ele, não sei, mas gostava de mim. Eu nunca lhe disse isso, com palavras, eh. Infelizmente, Adriano morreu novo, com trinta anos, no meio do deserto, debaixo do caminhão que o transportava, que capotou. Exatamente no dia anterior tinha me escrito uma carta em que dizia que queria se tornar muçulmano e mudar de nome. O corpo nunca foi encontrado, eu fui até lá, mas não consegui vê-lo nunca mais. A minha vida e a desta casa, então, mudaram completamente; eu quis me rodear apenas de livros e música, nada mais. Parei de fazer shows, abandonei Enzo Rock and Roll; amontoei aqui todos os móveis da família, tapetes, prataria, piano, quadros, lustres, tudo. Não queria ver mais nada nem ninguém. Por isso, depois de alguns anos, comecei a usar óculos escuros e me fazer de cego. Como outra pessoa que, desde que perdeu a mãe e o pai, parou de falar.

Ficamos em silêncio.

Ele estava voltado para mim, parecia mesmo estar me olhando. Eu também o olhava. Não sei quanto tempo passamos imersos naquele silêncio compacto. Quando o grito de uma gaivota, que passava bem perto de nossa janela, rompeu aquela perfeição, aproveitei a intimidade que se criara entre nós para lhe perguntar o motivo de uma frase que sempre o ouvia repetir de si para si, como uma prece contínua, como um mantra, como ele dizia: *nihil ex operando*.

Ele tirou os óculos escuros. Tinha as pálpebras fechadas por um pequeno pedaço de esparadrapo; arrancou-o com um gesto seco e abriu uma frestinha de olhar, minúscula. Já não tinha cílios, que deviam ter caído por força daquela operação. O sol logo penetrou e pôs a brilhar um pedacinho de íris azul, claríssima, quase branca.

— Os cristãos, os judeus e os muçulmanos dizem que Deus criou tudo do nada, porque nada podia existir antes da criação, e dizem assim: *Operando ex nihilo*. Mas eu quero fazer o percurso inverso: trabalhar para voltar ao nada, a fábrica do nada, quero que essa seja a minha vida. Um nada supremo, obtido com trabalho, afinco, projeto e construção diária. — Ehm...

Eu não tinha entendido.

O que significava "construir o nada com projeto"? Como se fazia isso? O que se escrevia no papel? Nada?

Ele retomou o esparadrapo e selou novamente as pálpebras.

— Obrigado. E desculpe por esta vida tão estranha, mas sei que você pode me entender, porque a sua não é menos estranha e você começou muito antes de mim. Quando eu me for, deixarei o que possuo para você. Poeira do presente e juventude perdida, isso é o que sou. Agora você sabe tudo de mim. No seu mutismo estará a minha esperança.

Voltei para o meu quarto refletindo sobre aquela pessoa extraordinária que tinha me tirado do orfanato. Agora estavam esclarecidas todas as minhas dúvidas sobre a vida do falso cego que me hospedava e a quem eu me afeiçoara, porque sempre me tratava com grande gentileza e, principalmente, era generosíssimo em explicações, de qualquer tipo. Eu podia perguntar tudo: ele sempre tinha uma resposta interessante, um caso ou uma ideia que, caindo na minha cabeça, começava a germinar e a originar as outras que, naquele ponto, eu recolhia e até pareciam ideias minhas. Por exemplo, pensei naquelas coisas que ele tinha me dito sobre Nápoles, no vazio e no cheio, na parte vazia da máscara que atrai, e percebi que aquele apartamento e as salas secretas eram como os dois lados da máscara!

De um lado, o cheio que a gente toca: fotos, móveis, prataria, mirabes, tapetes e todo o resto, como o nariz e as maçãs do rosto da máscara. Do outro, o vazio que a gente *não* toca, mas que impele para o cheio: canções, recordações, silêncio, palavras, ar, pensamentos.

Era como viver ao mesmo tempo do lado de cá e do lado de lá de um espelho.

X.
A coleção de silêncios

Depois das revelações dos segredos, minha relação com Enzo mudou.

Ele ficou mais tranquilo, como se tivesse posto em ordem as últimas coisas que precisavam de ordem em sua vida. Agora eu sabia onde ele fazia o almoço e o jantar e me divertia espiando pela fresta da porta da sala de jantar: entrava rapidíssimo, tinha uma técnica maluca, aperfeiçoada ao longo dos anos, e em cinco minutos tudo estava pronto, fumegante e brilhante, sempre no mais absoluto silêncio. Andava patinando em meias brancas, parecia um duende de cozinha. Certa tarde, porém, pela portinha escondida, vi mamãe e papai entrar, com as mesmas meias brancas. Tiraram a mesa rapidamente, e eu fiquei encantado olhando, sem conseguir assobiar nem me mexer; mas, quando estava prestes a entrar e abraçá-los, Quirino lançou um olhar a Estrela com o olho descentrado e — foi só o tempo de abrir a porta e pôr a cara na sala de jantar — já não havia mais ninguém.

Enzo começou a aprender o Assobulário, mas não foi fácil ensinar; não conseguia fazê-lo ler o meu caderno porque ele tinha decidido ser cego, enquanto eu não podia explicar os assobios em palavras. Para ensinar os assobios a Enzo, então inventei um método novo: ele dizia a palavra, eu a assobiava, ele tentava repetir. Começamos com as letras do alfabeto, depois com as sílabas, depois com as palavras propriamente ditas, por fim chegamos às primeiras frases simples. Depois acrescentamos expressões. Era inteligente o Tchecof e gostava muito de aprender "uma nova língua, esse é o maior presente que você podia me dar!", foi o que disse um dia.

— A minha língua agora é velha, cheia de pó, repetitiva. A vida muda, cresce, amadurece, e a minha língua não, está enrijecida, cobre com um véu de incompreensibilidade o que me acontece. Antigamente era a chave, o instrumento para ter acesso aos lugares mais remotos, agora só me barra o acesso. Na juventude, a língua para mim era uma escada, um tobogã, uma motocicleta, uma vassoura, um beijo, uma lanterna ou uma venda; era aquilo de que eu precisava para ir exatamente aonde queria. E nada podia me escapar, nada podia se esconder. Eu só precisava subir na sua garupa e correr. Ah, como eu me sentia forte, como me sentia bonito, como gostava das minhas fraquezas e como era hábil em usá-las com as pessoas de quem gostava! A fragilidade pode ser o mais potente dos ímãs, sabe? Sim, sabe, porque usou comigo. E eu era jovem, bonito, rico, frágil e esquivo. As garotas enlouqueciam por mim, mas eu não podia retribuir, e isso me tornava irresistível aos olhos delas, exatamente pelo supremo desinteresse que eu demonstrava. A minha vida estava em outro lugar, o que eu reservava para elas eram só palavras, muitas palavras. E, como elas se enamoravam daquelas palavras que as separavam de mim... Com Adriano não era assim, para ele a palavra era só a *ilusão da possibilidade*, como gostava de dizer. Quem sabe se não tinha razão. Gostava de ficar calado, observar, ouvir, por isso fotografava tanto. No princípio era o Verbo, dizia eu, brincando. *Allah akbar*, respondia ele. Depois chega você e me ensina que não, que *No princípio era o Assobio...*

Quando Enzo aprendeu bem o Assobulário, nossos passeios napolitanos se tornaram mais ricos, fomos ver lugares mais difíceis de assobiar, e ele me ajudava a entender o que via, buscando assobios novos, respondendo aos meus gritassobios com os seus assobiozinhos delicados. Assobiamos o Museo Nazionale, assobiamos a Cartuxa de São Martinho, assobiamos o Palácio Real de Nápoles e o de Caserta, Pompeia e Herculano, assobiamos o Teatro San Carlo, aprendi e assobiei também todas as óperas que aconteciam lá dentro, mas aquilo era fácil, era só um pouco de melodia. Agora passeávamos também pelas lojas; eu entrava primeiro, depois Enzo entrava. Fingíamos que não nos conhecíamos; eu assobiava a mercadoria exposta, ele fingia vagar pela loja. Depois ia até a balconista e dizia: "Gostaria de experimentar aqueles sapatos marrons com listras pretas de setenta e cinco mil liras, da terceira prateleira à direita", e ela olhava para ele, pensando, "... Pô, achei que era cego...".

Dois anos depois, começamos a passar as noites indo ao cinema.

Víamos muitos filmes, de todos os tipos: cômicos, dramáticos, policiais, o teatro popular de Mario Merola, tudo. Quer dizer, eu via; ele ia ouvir, e não queria absolutamente que eu explicasse as cenas em que não falavam. O mesmo acontecia no teatro. Ele gostava dos chamados espetáculos "de vanguarda", em que nem sempre se entendia alguma história, com personagens e tudo. Eram espetáculos cheios de luzes, sons, confusão, pedaços misturados, atores que dançavam, corriam, depois momentos de poesia, de tragédia, de amor, de dor. E de silêncio. E eu não devia explicar o que acontecia, nunca.

— Eu venho exatamente por esses momentos — dizia. — Estou fazendo uma coleção de silêncios.

Eu ficava de boca aberta, vendo aqueles atores! As pessoas mais insípidas e anônimas eram capazes de se transformar, diante dos meus olhos, em alguma coisa mágica e surpreendente, cheia de coragem e força, mas também de baixeza e covardia. O que eu mais gostava era dos falsos tontos, daqueles que "se fazem de bobo pra fugir da guerra", como se dizia em Nápoles, que se fazem passar por tontos por conveniência.

Uma vez um ator se transformou em pássaro diante dos meus olhos, com uma luz muito misteriosa, uma luz azul que vinha de um lado, apoiada no chão, e fazia aquilo lentamente, acompanhado por uma música envolvente, ritmada, e eu não consegui me conter, fui tomado pela emoção e lhe gritassobiei; naquele momento se extinguiu o seu olhar de pássaro, ele se sentiu descoberto e foi se esconder atrás de outro ator vestido de cavalo.

Quando voltávamos para casa, Enzo pegava um bloquinho e escrevia uma palavra, uma única, no começo de uma página.

— Esta é a palavra que veio antes do silêncio mais bonito da noite. Estes poucos traços pretos servem para ler o branco que segue, são como aqueles portais japoneses plantados no meio dos jardins zen. Veja, essa palavra é uma soleira.

E escrevia palavras bonitas, palavras tépidas e também palavras inúteis.

Todas seguidas por páginas brancas de silêncios arrebatadores.

XI.
Adeus, minha bela Nápoles, nunca mais te reverei!

No Japão de Monte di Dio também se formou um pequeno público de pássaros que vinham ouvir as histórias contadas nos livros de Enzo, e nas noites de verão o terraço se enchia para assistir àquelas leituras ao ar livre. Quando começamos a gritassobiar os textos de teatro, tive uma ideia genial: lá fora, em cima de uma coluneta da balaustrada, havia um ladrilho largo, de uns vinte centímetros por vinte e, sobre aquele ladrilho, montamos dezenas de cenas de teatro representadas por pássaros. Ali foi um excelente Otelo: girava as pupilas, gesticulava com as asas abertas, esticava o bico para cima, de repente, nos acessos de ira, virava o pescoço como um cabo de guarda-chuva e inflava o peitinho; uma pintassilga, que vinha a propósito de Caivano, declamava todos os papéis femininos das comédias de Eduardo De Filippo, todas rebolando, e nos fazia morrer de rir; uma rolinha alta, elegante, sempre vinha fazer o papel de Desdêmona e ficou famosa pelo jeito como morria, passando a asa por cima do bico, enquanto se deixava cair para trás, no vazio, e reaparecia voando para receber o aplauso de todas aquelas asas batendo no ar.

Ali também, durante uma das réplicas, imitou a morte espetacular da rolinha Desdêmona: depois de fingir apunhalar-se o peito, deixou-se cair para trás no vazio. Irromperam os aplausos, merecidíssimos, que logo depois se extinguiram num silêncio embaraçado, porque ele não se apresentou para receber aquele aplauso: foi simplesmente a última vez que o vi.

Estivera perto de mim como um irmão, durante tantos anos, muito mais do que um mainá qualquer poderia ter vivido, e agora desaparecia assim, como um personagem de teatro, quer dizer, como alguém que a gente vê, ouve, quase pode tocar, mas não existe realmente. E o imaginei indo embora a voar contra aquele fundo, ou talvez seria melhor dizer *pano de fundo*, azul, extenso e limpo, perguntando-me se de fato estivera perto de mim, por tanto tempo, um pequeno mainá pretíssimo com carúnculas amarelas brilhantes.

Eu já era um homem, e tudo o que havia para entender eu tinha entendido, porque tudo se separara de mim; e agora que Ali — aquele misterioso irmão plumado que tinham me enviado sabe-se lá de onde — também tinha me deixado sozinho, decidi ser adulto de verdade e procurar trabalho. Enzo me ajudou, embora não fosse fácil: eu continuava sendo um rapaz inexperiente e mudo; mas, por estranha coincidência, consegui encontrar um bom trabalho, bem adequado a mim.

Pelos lados da praça Municipio, numa ruazinha meio escondida, havia uma loja de animais; eu tinha passado tantas vezes por lá, com Enzo ou mesmo sozinho, mas nunca havia notado aquela entradinha quase encoberta por sacos de ração para cachorros, comedouros e coleiras. Descendo três degraus, a gente entrava numa salinha fedida, cheia de gaiolas, onde, atrás de um balcão, que parecia altíssimo, ficava o dono: baixo, calvo, orelhas de abano e olhos fora das órbitas. Um dia, tive a curiosidade de entrar. Enzo me seguiu sem comentários, como fazia havia algum tempo. Assim que consegui me habituar à pesada penumbra daquele lugar, ouvi um dos pássaros me chamar.

— Isido'!

Eram os Inseparáveis, uma divertidíssima dupla de periquitos que representava pequenas cenas cômicas que extasiavam toda a plateia de plumados do terraço.

— O que está fazendo aqui, Isidoro?

— Estava de passagem e dei uma parada... E vocês?

— Nós moramos aqui!

Dito e feito: o senhor Angelo me viu falar com os pássaros e perguntou se eu queria trabalhar na loja. Fazia tempo que procurava um ajudante, mas não conseguia encontrar nenhum que cuidasse bem dos seus animais.

— Não importa o valor do pagamento — disse Enzo —, o que importa é que o senhor o trate bem. Ele é mudo, mas sabe falar com os pássaros.

— Assim está bom — respondeu Angelo. — Com as pessoas eu me encarrego de falar.

Comecei a trabalhar logo, aquela mesma tarde passei pela loja, e o senhor Angelo demonstrou ser justo e gentil.

Durante os jantares com Enzo abriam-se grandes silêncios entre nós, que pareciam apoiados na mesa. Mas não eram ditados por aborrecimento nem por algum desconforto: acho que Enzo tinha decidido retirar mais uma pedrinha de sua vida, a favor do nada que procurava, e tinha retirado a fala. Muitas vezes eu saía, passeava pelas ruas e pelas praças vazias, respirava, farejava o ar da cidade e todos os seus fedores, em meio aos quais com frequência me chegava o fio de perfume de uma mulher. Uma noite, na praça Plebiscito, vi quatro moças lindas. Passaram e me sorriram, fizeram um aceno para mim, uma até disse "Como você é bonito!", e todas começaram a rir alto. Eu me senti feliz e emocionado! Assim que se afastaram alguns passos, vi atrás delas mamãe, papai e Enzo Tchecof, que eu havia acabado de deixar no seu quarto. Caminhavam na direção oposta à minha. Eu soltei um gritassobio sem pensar, mas o meu corpo me pasmou de novo, como quando nasci, assim como o meu assobio de então havia pasmado a enfermeira: eu gritei. Gritei com a voz, como todo mundo, gritei um "Ehh! Ahee!" com uma voz suja, cheia de muco, um objeto que ficou debaixo da água por muito tempo, mas voz, não assobio.

Arrepiei caminho rumo à casa, tossindo e pigarreando, com um reflexo que parecia quase um tique, minha voz estava voltando depois de dez anos de silêncio e sem que eu quisesse! Assim que cheguei ao Japão de Monte di Dio, fui olhar o quarto de Enzo. Deitado na cama, com os olhos abertos, tinha ficado igual ao que era quando o conheci, delicado, frágil, feminino e sem rugas. Pensando bem, parecia um pássaro sem asas.

Ao lado da cama, havia um livro aberto, com um verso sublinhado:

Meu coração tornou-se capaz de todas as formas

XII.
Dante, Amore, Petraio e Monte di Dio

Fui ao encontro marcado com o tabelião cheio de curiosidade. Passara-se uma semana desde aquele encontro com as pessoas mais importantes que tinham ido embora da minha vida, na praça Plebiscito. Não precisamos procurar instrumentos especiais para me comunicar com o tabelião; fingi forte laringite e, um pouco com gestos, um pouco com palavras, consegui me fazer entender.

Enzo tinha deixado tudo disposto com grande precisão, antes de partir: deixava para o senhor Isidoro Raggiola um pequeno apartamento no Petraio, pouco abaixo de San Martino, e outros dois apartamentos, situados na praça Dante e na praça Nicola Amore, além do apartamento denominado "Japão de Monte di Dio". O tabelião me explicou que a fortuna de Enzo derivava de seu sobrenome, Caracciolo di Torchiarolo, e que no passado a sua família tinha sido uma das mais importantes da cidade e de todo o Sul da Itália. Quando saí do tabelião, fui comer uma *sfogliatella* em honra a Tchecof e levei uma ao senhor Angelo, da loja de animais.

Mais dois anos transcorreram naquela casa vazia e silenciosa, os dois anos em que desci mais profunda e limpidamente para dentro de mim mesmo, como um daqueles mergulhadores que vão descendo devagarinho, enquanto as bolhinhas de ar escapam para respirar na superfície. Eu passava o tempo livre no silêncio mais absoluto, muitas vezes sentado no terraço, olhando o céu e o mar, tentando entender como mudavam, dentro de mim, as cores que eu via alternar-se diante dos meus olhos. Eu tinha ficado só, completamente só, numa cidade que conhecia à perfeição, seguramente melhor do que o lugar onde tinha nascido; com Enzo eu havia percorrido, em anos, cada ruela, cada esquina, tinha olhado com atenção, para lhe assobiar, centenas e centenas de rostos de todas as idades e de todas as camadas sociais.

Santa Maria della Neve, Speranzella, Monteoliveto, Caritá, Concezione, Corpo di Napoli, Anticaglia, Paradiso e Paradisello, Scassacocchi, Forcella e Duchesca, vias e docas, toda aquela cidade eu tinha conhecido, mas só assobiando, sem palavras. Palavra, para mim, era algo que tinha ficado ligado à minha infância, até o dia do terremoto, quando as coisas ainda *podiam ser ditas*; e eram as palavras terrosas, secas, dos camponeses, palavras contagiosas e exclamativas do projeto de solidariedade comunista de papai, ou palavras reflexivas e sentimentais das suas cartas de amor escritas no banheiro; eram as palavras divertidas de Nocella, exóticas e misteriosas de Renô, plúmbeas e incômodas na boca do jovem comunista que queria sequestrar Quirino, ou então macias, claras, com perfume de tangerina e torrone do hálito de Estrela.

Dois anos se passaram assim, remexendo dentro de mim o ar do assobio e o do verbo, o passado remoto e o próximo, o beijo de Renata e o desejo de ter um corpo nos braços, desejo que me consumia e ao qual eu não sabia nem dar nome. Fazendo um exercício cotidiano de memória e de palavra, reaprendi a falar, e, para me exercitar, contava essa história ao espelho, essa que leram, a minha história, usando todas aquelas palavras que haviam feito a minha infância, as de verdade e as inventadas: eu me exercitava com *docedente*, *mefétido*, *tristeliz*, ou então com as que lembrava dos discursos de Quirino.

Quando tentei dizer cem vezes seguidas, como se fizesse cem flexões: "Sejamos unidos, sejamos fortes, sejamos livres, nem patrões nem empregados!", entendi melhor como teria sido o mundo que papai sonhava e senti sua falta, desejaria muito bater papo com ele, abraçá-lo, empenharmo-nos de novo juntos para ensinar aos pobres uma nova língua com que se defenderiam dos exploradores; voltar um pouco a iludir-se, pelo menos, de estar trabalhando na base do assobio para construir um mundo mais justo, junto às pessoas amadas.

Os velhos do bairro ainda me chamavam de "aquele que assobia", mas os rapazes não sabiam nada de mim, a não ser que era mudo. Viam-me passear, entrar e sair pela velha porta de Monte di Dio, mas ninguém nunca se perguntou qual era realmente a minha vida. De resto, não teria sido uma vida fácil de contar: eu não tivera nenhuma verdadeira experiência do mundo e, ao mesmo tempo, tivera centenas; vivera experiências que ninguém tem a sorte de deparar nunca, mas ao mesmo tempo nunca vivera as mais comuns. Fui invadido, naquela juventude de efeito retardado, por uma vontade infinita de entrar de novo em contato com as pessoas, conhecê-las o máximo possível, eu me sentia devorado pela curiosidade de saber como os outros vivem; na minha cabeça ressoava continuamente aquela expressão que Estrela sempre repetia e até havia escrito no livro: *todo ser pode ser*, cada um pode viver como quer e pronto.

Pode ser.

Epílogo:
Primeira carta de amor escrita no banheiro

Cara Marella, meu amor reencontrado,

Um dia você entrou na loja querendo comprar ração para o seu cãozinho. Assim, fácil, fácil, como são fáceis as coisas bonitas e importantes que a vida quer presentear. Entrou exatamente na loja onde eu trabalhava, para comprar ração para o seu cachorro. Bem naquela loja. E eu decidi dedicar a minha primeira carta de amor escrita no banheiro — depois de meu primeiro banho bolocêntrico! — àquele dia magnífico e inesperado que tinha começado tão cinzento, eu não estava contente, sentia falta de alguma coisa. E, claro! Agora é fácil saber que o que me faltava era você, que estava para chegar. O café me parecia queimado, a sfogliatella, velha e murcha, até Peppe, o barista, me disse: "Isido', o que foi? Você não é isso aí." É verdade, Peppe!

Eu tinha vinte e três anos, estava sozinho, era jovem, bem de vida, podia fazer tudo o que quisesse e não tinha mais nada que desejar. Até a fala eu tinha recobrado, mas não sabia o que dizer, nem a quem dizer. E como é possível viver sem nada para desejar? Peppe não me entendia, ou melhor, me invejava só porque eu não precisava pagar aluguel no fim do mês. No entanto, bem naquele dia, tive a sorte de rever a pessoa que de fato me faltava no mundo, a pessoa que, com sua coragem, me salvaria de tudo, até de mim mesmo: aquela menina espástica que tinha se dobrado de rir, na praia, porque uma das minhas bolas saía da sunga.

Faz dois anos que você entrou na loja, e agora está preparando o café du manhã na cozinha antes de sairmos os dois para trabalhar, e eu sou completamente feliz. Você me devolveu a infância que eu não conseguia reencontrar, Marella. Devolveu-a com o seu corpo que não fica parado nem um instante, como quando brincávamos na cisterna do Durelli, com as suas frases, seu sorriso que continuou igual ao que era quando éramos pequenos, com os seus olhos que estão mais pretos ainda do que eram. Mas a infância você me devolveu principalmente por meio da sua doença. "O mundo não existe se ninguém o contar", disse-me uma vez Enzo. Com você, entendi que ninguém representa nem canta a vida doente, dela ninguém caçoa, com ela ninguém brinca. "Já viu a estátua de um doente?", disse você uma vez. "Nos museus há corpos heroicos, moribundos, tensos, angelicais, adormecidos, combatentes, eróticos, tudo o que você quiser, mas nunca doentes." No entanto, você me ensinou que a doença é uma vida mais profunda, mais desejante, mais desafiante.

A doença causa repulsa, é verdade, mas não é o contrário da vida; é o duplo da vida, é a vida mais a consciência de viver, a alegria consciente do gozo que lhe cabe pelo simples fato de estar no mundo.

Marella querida, a minha vida sempre se nutriu de contrários.

Beleza é algo que encontrei onde menos podia esperar! E, quanto mais inesperada, mais foi abundante, caindo sobre mim com uma força capaz de me submergir, quando, por exemplo, descobri que os mainás falam e os homens assobiam, que os estrábicos enxergam mais, que as praças cheias de gente podem se transformar em revoadas de passarinhos prontos a sonhar uma revolução à base de assobios, ou que diante dos olhos dos cegos passam amores indizíveis, ou que os pássaros se divertem representando Shakespeare e morrendo de verdade, como os seus heróis.

Ou quando, no mau cheiro de uma loja de animais, escura, três degraus abaixo do nível do chão — o meu enésimo refúgio —, você entrou, você mesma, toda torta, para me tomar e levar-me de novo para andar, correr, nadar, viajar, falar, cantar, fazer amor e acreditar em alguma coisa milagrosa.

E assobiar para você. Para o meu amor espástico, que voltou de Mattinella, de vinte anos atrás, para me ensinar a vida, o amor e a coragem de agarrá-los.

Com amor,
o seu Isidoro

Este livro foi composto na tipografia Arno Pro,
em corpo 12/16, e impresso em
papel off-white no Sistema Cameron da
Divisão Gráfica da Distribuidora Record.